secession

Urs Mannhart

Gschwind
oder
Das mutmaßlich zweckfreie
Zirpen der Grillen

Roman

Urs Mannhart

Gschwind oder Das mutmaßlich zweckfreie Zirpen der Grillen

Der Autor bedankt sich bei der Stadt Bern, beim Kanton Bern, beim Kanton St. Gallen und dem Schriftstellerhaus Stuttgart für die Förderung seines Schaffens.

MIX
Papier aus verantwortungsvollen Quellen
FSC www.fsc.org
FSC® C014889

Lektorat: Christian Ruzicska
Korrektorat: Peter Natter
www.secession-verlag.com

Typografische Gestaltung: Julie Heumüller, Berlin
Satz: Eva Mutter, Barcelona
Gesetzt aus Lyon Text und **NN Nouvelle Grotesk**
Herstellung: Daniel Klotz, Berlin
Druck und buchbinderische Verarbeitung:
Friedrich Pustet, Regensburg
Papier Innenteil: 100 g Fly 05
Papier Vor- und Nachsatz: f.color metallic von Schabert
Papier Überzug: f.color metallic von Schabert
Printed in Germany
ISBN 978-3-96639-039-2

PROLOG

In einem nicht ohne Grund als einsturzgefährdet erklärten, verbotenen Teil der St. Beatus-Höhlen, in schönster Lage über dem pittoresken Thunersee, kriechen zwei in pechschwarzen Taucheranzügen steckende Menschen mehr als 1900 Meter vom Höhleneingang entfernt im zitternden Schein ihrer Stirnlampen durch einen kaum hüfthohen, immer wieder seine Richtung wechselnden Stollen; feuchte Kiesel knirschen unter ihren Knien, der grobe, wasserfeste Stoff ihrer Rucksäcke schleift der stalaktitgeschmückten Decke entlang, und hin und wieder landet laut und machtvoll, als werde damit eine ganz eigene, im Inneren der Erde tätige Zeit erfasst, ein Tropfen uraltes Wasser in einer der ungezählten, von keinem Wind je bewegten Pfützen.

Als sich einige Meter vor ihnen der Raum zwischen Boden und Decke stark verengt, nimmt die Frau ihren Rucksack ab und blickt den Mann fragend an.

Sie solle vorankriechen, sagt dieser.

Eine Weile bleiben die beiden laut- und bewegungslos liegen. Dann hievt die Frau ihren Rucksack über den Kopf, korrigiert die Position ihrer Stirnlampe, wendet sich, so gut das noch geht, dem Mann zu und sagt, es könnte, falls ihnen jetzt jemand entgegenkommt, eng werden. Dann robbt sie los.

Er lacht, schenkt ihr einen verliebten Blick und kriecht ihr, kaum dass ihre Schuhe im engen Felszwischenraum verschwunden sind, hinterher.

Ochsenschwanz heißt dieser unvergleichlich eng bemessene, knapp 200 Meter lange Abschnitt der Höhle. Sie befinden sich ungefähr in der Mitte des fast 30 Minuten beanspruchenden Durchgangs, als der Mann, die schmerzenden Ellbogen ignorierend, seine alte Angst heraneilen fühlt; die Angst, erdrückt zu werden von den Felsmaßen. Er stellt sich vor, die Angst hocke im Felsen selber, er könne sie hinter sich zurücklassen, wenn er nur schnell genug ist. Er konzentriert sich auf seine Bewegungen, stellt sich vor, wie er bald schon von Stolz erfüllt das Kartenmaterial überarbeiten wird – das hilft. Als sich der Gang schließlich Zentimeter um Zentimeter erweitert, als er fühlt, dass er in wenigen Augenblicken wieder aufrecht stehen wird, durchströmt ihn ein Glücksgefühl. Er mag dies nicht ansprechen, er will nicht gefragt werden, ob er wieder Angst gefühlt habe, und er ist froh zu sehen, dass seine Frau ganz erfüllt ist von der Schönheit des Saals, den sie erreicht haben. Dieser ist groß genug, ein Einfamilienhaus in sich aufzunehmen. Der hintere Teil der bizarr geformten Felsdecke spiegelt sich in einem kleinen See.

Die Frau schweigt, ihre Augen leuchten; nickend bedankt sie sich für das Wasser, das er ihr anbietet. Witzelnd fragt er sie, ob sie hier, am Strand, die Badetücher ausbreiten wollen. Sie lacht und gibt ihm einen Kuss.

Er kramt in seinem Rucksack, holt kleine Gerätschaften und unendlich fein beschriebene Skizzenblätter hervor, dann findet er, was er sucht. Die beiden belegten Brote hat er sorgfältig in Klarsichtfolie gepackt; eines mit Blauschimmelkäse, eines mit Meerrettich.

Sie sitzen am Ufer der unterirdischen Wasserfläche, essen und sprechen über die Einfallslosigkeit der Höhlenforscher, die diesem Saal seinen Namen verpasst haben, sie witzeln darüber, auf welchen Namen sie selbst einen von ihnen entdeckten Saal taufen würden. Sie verstehen nicht, weswegen bisher alle Höhlenforscher der Meinung waren, dieser Arm der Höhle sei hier zu Ende; irgendwo geht es doch immer weiter!

Ins Wasser waten sie jetzt, langsam und wortlos, als gelte es, niemanden zu stören. Sie legen ihre Schnorchel an und tauchen ab. Der Schein ihrer Lampen wird grotesk vom Wasser verformt, das ihre Bewegungen rasch und immer wieder neu in kreisförmige Wellen übersetzt. Sie geben sich Zeichen, tauchen tiefer, tasten unermüdlich die Felswände ab.

Nach etlichen Tauchgängen kehrt sie zurück zum Ufer, nimmt den Schnorchel aus dem Mund, wartet, bis er ihre Zeichen sehen kann. Als er neben ihr steht, erzählt sie von einer Strömung.

Er fragt, ob sie neuerlich an einer sich selbst erfüllenden Prophezeiung arbeite.

Ob er von sich spreche?, will sie wissen.

Beide lachen.

Er holt einen leuchtend roten Stab aus einer Seitentasche seiner Hose, einen Stab, der in seiner Form ein wenig an einen Kugelschreiber erinnert. Sie schwimmen wieder hinaus, tauchen wieder ab; der Strömungsmesser bestätigt eine schwache Wasserbewegung. Sie suchen nach einer Öffnung, kehren wieder um, tauchen auf.

Es ist klar, sie benötigen ihre Masken. Sie schwimmen zurück zum Ufer, schnallen sich zwei Sauerstoffflaschen und Atemmasken um, einigen sich auf ein Vorgehen, um die Felsdecke nach einem Durchgang abzusuchen, verbinden sich mit einem leuchtend roten Kletterseil, geben sich Handzeichen, tauchen ab und gleiten, den Bauch der Decke zugewandt, durch das schwarze Wasser.

Die Frau liebt jenes Fieber, von welchem sie beide, im Wunsch, die Höhle zu erforschen, jedes Mal neu übermannt werden. Hunger, Zeit, Sorgen und berufliche Anforderungen – alles meilenweit entfernt. In der Höhle kennt sie keine Angst, sie kennt lediglich die tonnenschwere Trauer, nach etlichen Stunden – ihr gemeinsamer Rekord liegt bei 26 – zurückkehren zu müssen in den Alltag.

Mit einem Mal wandelt sich das Muster der Reflektionen, das ihre Lampe auf den Felsen wirft. Die Decke steigt an – bald fühlt die Frau, dass sie der Wasseroberfläche näherkommt – ihr Kopf taucht auf, staunend blickt sie um sich. Die Öffnung misst im Durchmesser vielleicht vier Meter. Sie will ihren Mann benachrichtigen, da sieht sie seinen Kopf neben ihr auftauchen.

Der Fels ist aalglatt, ein feines Rinnsal läuft ihnen entgegen; es dauert, bis sie die steile Rampe erklommen haben. Nach wenigen Metern weitet sich die Öffnung zu einem mächtigen Saal, der an Größe dem vorangehenden in nichts nachsteht. Sie umarmen sich, jubeln; sie sind die ersten Menschen, die diesen Saal betreten! Sie fotografieren, sie vermessen, können ihr Glück kaum fassen.

Für vollkommen eigentümlich halten sie das Gestein: auf keinem der Kilometer, die sie im Beatenberg durchkrochen haben, ist ihnen je Ähnliches begegnet. Es weist einen türkisen Glanz auf und bildet, obwohl die Felswände durch und durch feucht sind, weder Stalaktiten noch Stalakmiten aus.

Fasziniert nehmen sie, als sie sich, 13 Stunden nach Eintritt in die Höhle, auf den Rückweg machen, nicht nur unzählige Vermessungsdaten mit, die es ihnen erlauben werden, den neu entdeckten Saal zu kartographieren, sondern auch ein fingerkuppenkleines, sorgsam aus der Wand gelöstes Gesteinsstück. Sie wollen es einer Freundin zeigen, die als Professorin für Geologie an der ETH Zürich arbeitet.

*

KAPITEL 1

Eine dem weißen Bündchen einer schicken Uniform entspringende Flugbegleiterinnenhand reicht graziös die Zwischenverpflegung dar, die im Ticket inbegriffen ist. Pascal Gschwind neigt dazu, sie anzunehmen. Meist aber handelt es sich ja doch bloß um eine schlecht verdauliche Gaumenunterhaltung, um einen kulinarisch minderbemittelten Verlegenheitshappen, also verneint er das Angebot mit durch die Luft fahrender Hand und vertieft sich stattdessen in einen mit diversen Grafiken angereicherten Text, der das soziale Engagement Valnoyas im sambischen Mufulira möglichst großzügig darstellen soll.

Gschwind fliegt *business*, hockt aufrecht im breiten Sitz, dicht im Knoten seiner Krawatte. Umgeben ist er von anderen *business men*, die alle ähnlich vertunnelt und verknotet in ihren Laptop blicken, in diesem vor einer halben Stunde in Frankfurt gestarteten Airbus, der in 40 Minuten auf der Isle of Man landen wird, der *mauskotkleinen* Insel zwischen Irland und Großbritannien. *Mauskotklein*: So hätte es Katharina gesagt, seine Frau, die er fast ausschließlich Rina nennt.

Die Isle of Man bildet einen Magneten für Geld und Krawatten, und Pascal Gschwind, 39, drahtig, flink, seit ein paar Wochen gedanklich und nervlich verbandelt mit diesem hochdotierten Job, ist dort hinbestellt zu einem *business board meeting*.

Vornehmlich ernährt er sich von Kaffee; das zeigt bisweilen seine zitternde Hand, das zeigt jetzt sein zuckendes Lid. Aber Gschwind trägt jugendliche Züge, die Brille sitzt, Kinn und Kiefer sind tadellos rasiert. Unsportlich ist er, wirkt aber nicht so; bloß wer ihn auf einen Zug eilen sieht, kann verstehen, was seine Rina meint, wenn sie sagt, der liebe Gott habe ihm zwei linke Beine geschenkt.

Gerne würde Gschwind ein wenig schlafen, wenigstens die Augen schließen; aber bloß, weil er jetzt ein bisschen müde, weil er schon vor 17 Stunden in der sambischen Minenstadt Mufulira in eine Maschine der ägyptischen Fluggesellschaft eingestiegen ist und viereinhalb Stunden im hoffnungslos überfüllten Terminal von Addis Abeba herumgestanden hat, ohne dass er den Akku seines Laptops hätte aufladen können, ehe endlich der Flug nach Frankfurt abgehen wollte, wo er nochmals drei Stunden auf den Anschlussflug zu warten hatte – bloß weil seine Reise ein bisschen anstrengend ist, erlaubt er sich noch lange nicht, erschöpft zu sein, und die Aussicht, nach diesem Flug ein Meeting durchstehen zu müssen, ist zwar hart, aber Gschwind fühlt sich wohl, wenn er sich beweisen kann. Außerdem herrscht eine euphorisierende Stimmung: Dass ahnungslose Hobbyhöhlenforscher im schweizerischen Beatenberg tatsächlich Rapacitanium gefunden haben, ist nicht nur eine geologische Sensation, sondern für Valnoya von größter Bedeutung. Für Valnoya wie auch für seine eigene Karriere.

Was ihn überdies anspornt, wach zu bleiben, sind die absurden Träume, die ihn seit Wochen auch tagsüber verfolgen, und wenn er döst, rutscht er gedanklich oft ab zu der medizinischen Untersuchung, zu diesem MRI, das er wieder und wieder verschiebt. Also verändert Gschwind die Position der über seinem Sitz befindlichen Frischluftdüse, drückt sich die Brille ans Nasenbein, greift in seine handgefertigte englische Hirschledermappe und überblickt die Meldungen. Bis zum Jahr 2050 soll sich der globale Bestand an Personenwagen nach Prognosen des deutschen Verbands der Automobilindustrie auf 2,6 Milliarden erhöhen. Aufgrund der bisher entdeckten Lagerstätten von Rapacitanium werde es nicht möglich sein, alle diese Autos mit einer rasch aufladbaren Batterie auszustatten – ein Wettrennen zeichne sich ab. Das sich umso eher zuspitzen werde, je früher es bei den Flugzeugbauern Boeing und Airbus zum Standard werde, für das Starten der Triebwerke Batterien einzusetzen.

Zufrieden, erneut bestätigt zu bekommen, wie wichtig Rapacitanium weltwirtschaftlich in den kommenden Jahren werden wird, rückt Gschwind den Laptop in eine angenehmere Position und überarbeitet eine Pressemitteilung zu Mufulira, die spätestens morgen raus muss. Die medialen Anklagen gegen angeblich zu hohe Schwefeldioxid-Belastungen durch die von Valnoya betriebene Kupfermine wollen kein Ende nehmen; gestern hat sich CEO Daniel Hillers dazu durchgerungen, ihn zu beauftragen, mit einer Presseerklärung Gegensteuer zu geben.

Vor zwei Monaten erst hat Gschwind eine hohe Position bei der Suissecom eingetauscht gegen diesen Job in der vielleicht zweitobersten Etage von Valnoya, einer der weltweit führenden Firmen im Rohstoffsektor. Offiziell hat ihn Valnoya – 273.000 Mitarbeiter in 53 Ländern, Hauptsitz in der Schweiz, mehr als 190 Tochtergesellschaften weltweit, umsatzmäßig die größte Firma im Land – eingestellt als Vizeleiter der Kommunikationsabteilung. *Senior Chief Business Network Communications* nennt sich seine Position. Während er in den vergangenen Wochen in seinem Büro stundenlang telefonierte und Hunderte von Mails schrieb, um von den auf fünf Kontinenten verteilten Niederlassungen sämtliche Informationen aufzutreiben, die nötig sind zur Erstellung eines umfassenden, von einer kritischen Öffentlichkeit stets streng beäugten *Sustainability Reports*, für Valnoya eine der wichtigsten Visitenkarten, war er nun in Sambia mit der delikaten Aufgabe betraut, Bundesrat Gadellier zwei erst seit ein paar Jahren in Firmenbesitz befindliche und noch nicht vorzeigbare Standards aufweisende Minen zu präsentieren. Sambia gilt überhaupt als schwieriges Pflaster; in einer Kupfermine, die nicht oder noch nicht in den Händen Valnoyas ist, steckten revoltierende Arbeiter unlängst Gebäude in Brand und nahmen den chinesischen Firmenchef in Geiselhaft, um gegen die schlechten Arbeitsbedingungen zu protestieren – obwohl die nicht schlechter sind als anderswo und obwohl es sonst in der Region kaum Arbeit gibt.

Valnoya schürft in Sambia auch nach Kupfer, aber in den beiden jüngst von Valnoya aufgekauften Minen ist es nach einem ärgerlichen juristischen Zwischenspiel wieder einigermaßen ruhig. Logisch eigentlich; rund 60 Prozent der lokalen Bevölkerung sind arbeitslos, die Mine ist der mit Abstand größte Arbeitgeber.

Zudem ist es Gschwind gelungen, Bundesrat Gadellier und seine kleine Gefolgschaft so über das Gelände zu lotsen, dass dieser die hässlichsten beiden Abraumhalden nicht zu sehen bekam und ihm keine Zeit blieb, wirklich mit den Arbeitern der Fabrik zu sprechen. Mit den NGOs, die Valnoyas Aktivitäten immer wieder behindern, angeblich im Namen der Umwelt und der Arbeitnehmerschaft, wollte sich Gadellier zum Glück ohnehin nicht treffen. So bekam der Bundesrat nur den aufgeräumten Teil der Mine zu sehen, und die für gewöhnlich das toxische Schwefeldioxid ausstoßenden Abgasschlote blieben wegen geschickt terminierten und Gadellier gegenüber verschwiegenen Unterhaltsarbeiten vollkommen rauchfrei. So schickte Gadellier schließlich ganz freiwillig einen begeisterten Tweet los. Einen Dreizeiler nur, aber eben einen bundesrätlichen, voller Anerkennung, und Gschwind war klug genug, diese Worte gleich prominent auf der Valnoya-Website erscheinen zu lassen. Daniel Hillers, sonst ungemein geizend mit Komplimenten, reagierte euphorisch, und also freut sich Gschwind, auch wenn er Schlaf gebrauchen könnte, auf das kurz nach seiner Ankunft auf der Isle of Man stattfindende Treffen mit der Geschäftsleitung.

Pascal Gschwind blickt auf seine in Platin gehaltene Patek Philippe Grandes Complications mit ewigem Kalender, auf die er leider nicht blicken kann, ohne zu denken, er hätte, als er für den Kauf dieser Uhr viel Geld in die Hand nahm, noch ein bisschen tiefer in die Tasche greifen sollen, damit er ihr Zifferblatt betrachtend nicht jedes Mal denken muss, er hätte das etwas teurere, von einem Schleppzeiger geadelte Modell wählen sollen, und schätzt, dass sie in 20 Minuten landen werden. Also bleiben ihm noch 17 Arbeitsminuten.

Leider wimmelt es im Netz von schlechten Nachrichten über eine Valnoya-Mine in Peru: Ein paar wenige Indigene haben in der Nähe von Cerro de Pasco, wo Zink und Blei abgebaut werden, einen Protest auf die Beine gestellt. Sie behaupten medienwirksam, Valnoya zerstöre ihren Lebensraum, verschmutze ihre Luft und nutze illegal ihr Land. Irgendein Polizist hat offenbar die Nerven verloren: Jetzt ist auf Youtube ein Uniformierter zu sehen, der mit Schlagstock gegen eine wehrlose Frau vorgeht, die schließlich vor seinen Füßen im Dreck liegt – heulend. Dieser Geschichte wegen prasseln seit zwei Tagen tonnenweise Mails in Gschwinds Account, und während es tatsächlich Leute gibt, die annehmen, der enthemmte Polizist habe seinen Schlagstock direkt im Auftrag Valnoyas gezückt, kursieren im Netz und in den Medien immer noch absurdere Daten zur Luftverschmutzung in der Region. Abgesehen von Journalisten, die einen vor drei Jahren erstellten Messwert für aktuell halten, gibt es offenbar auch Medienvertreter, die glauben, die Bevölkerung eines Landes atme keine andere als die direkt aus dem Schornstein einer Fabrik wehende Luft. Als müsste in Peru der Wind erst noch erfunden werden.

Immer wieder klickt Gschwind Newsfeeds weg, ignoriert geflissentlich Kommentarspalten; angesichts der grassierenden Dummheit der breiten Masse will er kühlen Kopf bewahren. Er leidet darunter, dass zahlreiche Menschen offenbar glauben, eine florierende Wirtschaft komme ohne Rohstoffe aus, und am liebsten würde er den Polizisten, der so dumm war, sich bei seinem Ausrutscher mit dem Schlagstock filmen zu lassen, ohrfeigen und fristlos kündigen. Denn eigentlich sitzt Valnoya – und damit vor allem er selbst – jetzt bloß seinetwegen in der kommunikativen Bredouille.

Die allerneueste Mail aber stammt von Hillers, Gschwind will sie sofort lesen. Aber egal, wie oft, kräftig und schnell Pascal Gschwind auf sie einklickt: Die Mail will sich nicht öffnen. Je weniger sie sich öffnen lässt, desto mehr will Gschwind wissen, was ihm Hillers mitteilt. Gewiss geht es um das Rapacitanium, das sensationeller Weise im Beatenberg, am nördlichen Ufer des Thunersees, gefunden wurde; der Pressedienst irgendeines geologischen Instituts an der ETH hatte die wuchtige, das bisherige Bild einer Schweiz ohne nennenswerte Rohstoffe komplett über den Haufen werfende Nachricht vor drei Tagen veröffentlicht.

Wie oft hat Gschwind diese Mail jetzt schon angeklickt, ohne dass sie sich öffnet? Er flucht leise, ein Druck baut sich in ihm auf, seine Unterarme füllen sich mit einer unheimlichen Anspannung, und als ihm der Laptop die fehlende Internet-Verbindung anzeigt, schwingt er sich aus seinem Sitz und sucht hinter dem Vorhang, der die Business Class vom Vorraum zum Cockpit abtrennt, nach einer Flugbegleiterin.

Keine ist zu finden; sich jetzt also auch noch in der Economy umsehen zu müssen, ärgert Gschwind. Er hört sein Herz pochen, vernimmt ein Rauschen im Ohr. Wie immer, wenn das mit den Ohren beginnt, zeigt sich auch ein unangenehmes Kribbeln; die starke Anspannung in den Armen dehnt sich auf den gesamten Körper aus. Als würde demnächst in seinem Inneren etwas platzen. Unbehaglich fühlt er sich daran erinnert, dass es womöglich klug wäre, sich und sein Nervenkleid eingehender untersuchen zu lassen. Aber die neue Anstellung lässt ihm dazu keine Zeit; allein der Gedanke an Ärzte, die selbstredend davon ausgehen, ein in leitender Position arbeitender Mensch habe Zeit für ihre umständlichen Untersuchungen, macht ihn wütend. Er will keine Untersuchungen, will kein MRI, da kann seine Ärztin, die im Kantonsspital Thun wirkende Frau Doktor Lepple noch so sehr scherzen: *MRI: Meistens reine Interpretationssache*, gefolgt von der maßlosen Enttäuschung in ihrem Gesicht, als er den Lepple'schen Humor nicht lustig findet – nein: er will jetzt diese Mail lesen. Sobald er diese Mail von Hillers lesen kann, wird seine Gesundheit kein Thema mehr sein.

Möglich, dass er tatsächlich etwas laut spricht, als er die Uniformierte schließlich vor sich hat, oder aber die Leute sind es nicht gewohnt, dass einer von der Business Class überhaupt nach hinten kommt. Jedenfalls glotzen ihn einige so unverblümt an, als wäre er in seinem Ärger über diesen lausigen Service durchaus fähig, der schönen, scheinbar ewig lächelnden Frau mit der porzellanfarbenen Haut beispielsweise den Hals zuzudrücken, der so dünn ist, dass dies wohl sogar relativ leicht zu bewerkstelligen wäre. Ihr Mund würde sich leicht öffnen, die Augen und die feinen Nasenöffnungen würden sich weiten, etwas mehr Farbe im Gesicht stünde ihr gut, denkt Gschwind.

Als die Flugbegleiterin erklärt, sie sei nicht zuständig, werde seine Anfrage aber weiterleiten, stellt Gschwind klar, es handle sich nicht um eine Anfrage, sondern um eine Aufforderung. Und er stellt sich nun noch etwas genauer vor, wie es sich anfühlen würde, diesen blassen, schwanenhaft dünnen Flugbegleiterinnenhals mit beiden Händen zu umfassen und kraftvoll zuzudrücken. Es gibt da etwas in seinen Händen, etwas Schmerzhaftes, und es will hin zu diesem dünnen Hals. Je stärker er drückt, desto eher wird sie tun, was er will.

*

KAPITEL 2

Während er in seiner Fantasie den dünnen Flugbegleiterinnenhals noch so lange umschlossen hält, bis sich die unangenehme Spannung in seinen Händen zu lösen beginnt, ist seine nervliche Erregung längst in den Ohren angekommen, wo sich nun ein starker Druck ausbreitet und dafür sorgt, dass seine Umgebung nur noch aus einem Rauschen besteht. Gschwind fühlt, etwas ist nicht gesund in ihm, deutlich nimmt er den erhöhten Puls wahr, seine restlos angespannten Nerven. Gschwind sieht, die Flugbegleiterin sagt etwas, Entschuldigungen sind es gewiss, ihr Halsgrübchen bewegt sich, sie bewahrt perfekt Haltung, lässt höflich die Hände durch die Luft gleiten und spricht engagiert. Gschwind steht direkt vor ihr und hört sie nicht.

Um nicht noch länger gehörlos vor ihr zu stehen und um vor sich selber und seiner sonderbaren Anspannung wegzulaufen, bedankt sich Gschwind und geht zurück an seinen Platz. Dort schließt er die Augen, atmet tief ein, atmet tief aus, entspannt seinen Körper, indem er an das betörend schöne *Rum Runner* denkt, das er bestellt hat und das im kommenden Jahr fertig gebaut sein wird: Eine elegante Wucht von einem Motorboot mit 370 Pferdestärken, gebaut aus den schönsten Tropenhölzern, gefertigt in der Nähe von Luzern in 100 Prozent Schweizer Handarbeit, ein bulliger RollsRoyce auf dem Wasser, das schönste Motorboot auf dem ganzen See wird es sein und er sein stolzer Besitzer – der Gedanke an dieses luxuriöse Boot verringert zuverlässig den Druck auf seinen Ohren, die Herzfrequenz normalisiert sich, der Hörsinn kehrt zurück. Während Gschwind erfreut an den aufsehenerregenden Spezialtransport denkt, der nötig sein wird, um das massige Boot von der Werft am Vierwaldstättersee an den Thunersee zu holen, erreicht sein Nervenkleid allmählich den Normalzustand.

Wenn er sich diesen *Rum Runner* vorstellt, denkt Gschwind auch an seine Mutter, an seine selbstbewusst auftretende, schon ihr halbes Leben auf dem Thunersee als Kapitänin arbeitende Mutter Barbara. Wenn sie ihn mit diesem imposanten Boot sieht, wird sie verstehen: Er hat was erreicht.

Was die temporären Hörverluste angeht, so versucht seit Jahren ein bunter Trupp unterschiedlichster Spezialisten eine überzeugende Diagnose zu erstellen. Bisher ist nicht klar, was vorliegt. Frau Doktor Lepple vermutet Morbus Menière, aber wenn Lepple ihn untersucht, gerät Gschwind immer ein bisschen durcheinander, denn Lepple zeigt lächelnd ungewöhnlich viel Zahnfleisch, und einmal meinte Gschwind, Blut gesehen zu haben über ihren Schneidezähnen. Was ihn an Frau Doktor Lepple aber vor allem irritiert, ist ihre schwer durchschaubare Neigung, Humorvolles mit Hochernstem zu verquicken. Gleich bei ihrer allerersten Begegnung nannte sie sich *Spezialistin für Spezielles*, *Abteilung Unheilbares*, und schaute ihn dabei an, als verstünde sie sich mit bloßem Auge aufs Röntgen.

Bei Morbus Menière handelt es sich um eine situationsbedingte, stressbasierte, oft mit Schwindel einhergehende Verminderung der Hörfähigkeit. Morbus Menière gilt als nicht mit Medikamenten behandelbar und kann zu dauerhaftem Hörverlust und anhaltendem Schwindel führen. Gemäß Lepple hat auch Vincent Van Gogh darunter gelitten – und sich in einem Wahn von Schwindel und Schmerz einen Teil seines linken Ohrs abgeschnitten.

Was auch immer es sein mag: Tritt es auf, geht es jeweils rasch vorüber. Aber weil sich die temporären Hörverluste seit zwei Jahren häufen, hat Gschwind auf das Drängen Lepples hin jüngst doch eingewilligt, sich einer MRI-Untersuchung unterziehen zu lassen, die aufzeigen soll, ob sich die Sache allenfalls operativ beheben ließe. Die bereits mehrfach von ihm verschobene Untersuchung flößt Gschwind Angst ein, die Vorstellung, den gesamten Schädel millimetergenau abgescannt zu bekommen, ist ihm höchst unbehaglich. Diese Angst verträgt er meist deutlich besser als den Ärger, den Lepple mit ihrem Privathinweis in ihm ausgelöst hat: *Was ich Ihnen persönlich und ganz unabhängig vom Ausgang der Untersuchung empfehle, ist eine Reduktion Ihrer Arbeitsbelastung, eine Reduktion auch der Leistung, die Sie von sich selbst erwarten. Gehen Sie runter auf fünfzig Prozent, schlafen Sie viel und machen Sie lange Spaziergänge im Wald.* Denkt Gschwind diesen Lepple'schen Satz, steigt augenblicklich nicht nur der Druck in seinen Ohren, sondern es verstärken sich auch die muskulären Spannungen an Armen und Beinen. Eigentlich, so überlegt Gschwind, würde ihm ein Arzt helfen, der ihm nahelegt, mehr und härter zu arbeiten.

Oder wäre es – um zur Situation im Flugzeug zurückzukehren, – endlich an der Zeit, sich von dieser Abhängigkeit von lokalen WLAN-Netze zu lösen? Gschwind aber hasst Gebühren, und auch wenn er jetzt bei Valnoya so viel verdient wie nie zuvor, auch wenn eine dreistellige Roaming-Gebühr nur wenige Promille seines Monatsgehaltes verschlucken würde – er hasst es, für Dinge zu bezahlen, die in der Regel kostenlos zu haben sind. Weil ihn Geld und Wirtschaft immer fasziniert haben, hat er sich angewöhnt, seine Sparsamkeit als Ausdruck einer gesellschaftlichen, intellektuellen Haltung zu sehen.

Als Gschwind wieder in seiner gewöhnlichen Unruhe angekommen ist, klickt er 42 Mal auf den Verbindungsbutton – und atmet erleichtert auf, als er seine Mails endlich empfangen kann. Hillers schickt ihm einen Link zu einem Artikel, in dem sich Heinz Glomme, Präsident des Wirtschaftsdachverbandes, ganz euphorisch gibt: Dank des spektakulären Fundes im Beatenberg zähle auch die Schweiz nun zu den rohstoffreichen Ländern. Das Land stehe vor einer historischen Chance, die es klug zu nutzen gelte. Der Bundesrat hingegen gibt sich vorsichtig: Es brauche vorerst ein umsichtiges Konzept für einen nachhaltigen, landschaftsverträglichen Abbau.

Hillers schreibt: »Was ich dir schon die ganze Zeit dazu schreiben wollte: Hol' Schaufel und Pickel aus dem Schrank: Sieht aus, als würden wir demnächst unsere erste Mine in der Schweiz eröffnen. Und wer weiß: vielleicht wird es unsere wichtigste!«

Gschwind fühlt sich geehrt, dass Hillers sich die Zeit genommen hat für einen Spruch kollegialer Art. Aber noch weiß Gschwind nicht, ob er diesen Daniel Hillers für einen Schwätzer halten soll. Für einen, der hoch abhebt, um daraufhin unsanft zu landen. Hillers ist halb Engländer, halb Däne, ein großer und breiter Mann, der nicht so recht zu den Krawatten passen will, die er trägt, der eher so wirkt, als würde er auch mal eine Bierflasche mit den Zähnen öffnen. Immerhin aber leitet Hillers nun schon seit vier Jahren diesen Valnoya-Laden; ein paar Dinge wird er schon richtig machen.

Dass mit Rapacitanium viel Geld zu verdienen ist, weiß Gschwind auch ohne Hillers: Die besten und teuersten der herkömmlichen Autobatterien lassen sich in 20 Minuten auf 80 Prozent ihrer Kapazität laden. Mit den neuen Rapacitanium-Batterien sind in zwei Minuten fast hundert Prozent erreicht. Damit hat Rapacitanium die Elektromobilität global revolutioniert. Nicht nur die Mobilität: Sämtliche Batteriehersteller verlangen jetzt nach Rapacitanium, und die Menschen wollen jetzt ein Telefon, das in zwei Minuten vollständig geladen ist. Dass eine derartige Batterie nach etwa 600 Ladevorgängen mehr oder weniger unbrauchbar wird und sich nicht recyclen lässt, nehmen sowohl Hersteller als auch Konsumenten als vernachlässigbaren Nachteil hin.

*

KAPITEL 3

Schon fast dunkel ist's, als Pascal Gschwind am Flughafen der kleinen Insel in ein Taxi steigt, sich hineinbegibt in den dämmrigen, nach Duftbäumchen stinkenden Bauch des Wageninneren und sich dahinschaukeln lässt. Um seine Müdigkeit vor sich zu rechtfertigen, zählt Gschwind die Stunden, die seit seinem Aufbruch in Mufulira vergangen sind, zählt und rechnet, beginnt nochmals von vorn, und weil er die Sache aufgrund der Zeitzonen nicht klar zu fassen bekommt, fühlt er sich zusätzlich berechtigt, hundemüde zu sein.

Nochmals Nachrichten überfliegend, Sätze aufschnappend über die anhaltende Trockenheit in der Schweiz, über leere Stauseen, sonnenversengtes Gemüse, wassersparende Maßnahmen in der Industrie und über die Diskussion, wann aus einer anhaltenden Trockenheit eine *Dürre* wird, merkt Gschwind, wie wenig er noch aufzunehmen vermag, wie schwer seine Augen bereits sind, wie er ganz Passagier wird; seinetwegen könnte ihn der Chauffeur jetzt nach Hause fahren, egal, wie lange das dauerte, in die Schweiz, nach Oberhofen an den Thunersee, zu seiner Rina, die er mit einem Mal schmerzlich vermisst, zu seiner Rina, mit der er sich nun gerne *vernachrichtlichen* würde, wie sie das nennt. Verliebte Zeilen möchte er hin und her schieben, ihr einen schriftlichen Kuss auf den Bildschirm und in den Nacken legen, sie fernschriftlich umgarnen, an seine Seite und an seine Haut holen. Wahrscheinlich sitzt sie behaglich in ihrem Korbsessel, auf ihrem Lieblingsplatz, den Blick in einem Buch und zwei, drei Finger in den Locken. Katzengleich in ihren Korbsessel geschmiegt, wo er sie gerne küssen und in ihren Wintergartlichkeiten zärtlich unterbrechen möchte.

Jetzt, übermüdet in der Krippe der Taxirückbank liegend, regt sich in seinem Mund, regt sich in seiner Mitte eine dunkle Sehnsucht nach ihrem Körper, nach ihrer zart küssenden Zunge; eine gute Portion Rinalismus wäre nun das Richtige. Während seiner Zeit bei der Suissecom war das schon so und ist es auch jetzt, da er für Valnoya permanent reisen muss: Es bietet sich ihnen nur selten Gelegenheit für Erotisches. Dass sie sich im Alltag kaum sehen, betrachtet er jedoch als anziehungserhaltenden, als eheverlängernden Kollateralnutzen seines Jobs. Er schaut sie gerne an, hat sie gerne vor sich, in Kleidern oder nackt, die Unterarme schamvoll beschützend vor ihren Brüsten, die Hände vor dem Schlüsselbein; er liebt es, wenn sie in Erregung gerät, wenn sie ihn herausfordert.

Aber sein Kopf fühlt sich leer an, sein Sprachzentrum verdorrt, es bleibt bei der Sehnsucht, auf der Rückbank des Taxis ihre körperliche Nähe zu fühlen, ihre Haut, ihre Fingerspitzen, ihre *lasziven Lippen*, wie sie sie nennt in selbstbewussten Momenten, ihre *Luxuslippen (les deux)*, in anzüglichen Momenten.

Rinalismus aber ist keiner möglich auf dieser Taxirückbank und deswegen schließt Gschwind die Augen und berührt zärtlich seinen Ehering, benetzt mit seiner Zungenspitze die Lippen.

Wiegengleich schaukelt das Taxi durch die Vorortsstraßen. Mehrmals nickt Gschwind ein, wobei sich sein Mund öffnet, Arme und Beine leicht zucken, mehrmals erwacht er, etwa wenn es im Taxi an einer Ampel still wird, die Schläfe an der Scheibe, einen Traumfetzen hinter den Lidern. Gerne möchte er sich darüber beschweren, dass er auf der Rückbank sein Telefon nirgends aufladen kann, aber er will sich beim Fahrer für dessen Schweigen bedanken, indem er selber schweigt.

Der nächste Traum schickt ihn in eine Situation mit seinem Sohn Levin, der sich ein Baumhaus baut und nicht mehr herunterkommen will. Pascal sieht den 18-Jährigen glücklich im Baumhaus, ärgert sich aber über dessen Erklärung, er habe, hier oben, jetzt alles, was er benötigt, und werde nie mehr runterkommen. Nie mehr. Es vergehen Stunden, Tage gar, aber egal, wie sehr sich Pascal auch bemüht, wie innig er auch, unter dem Baumhaus stehend, bettelt und wirbt und erklärt, mit der Feuerwehr droht und mit der Polizei: Sein Levin bleibt oben und glücklich. Er sagt, er brauche keine

Schule, kein Essen, schon gar keinen Vater; er habe alles Nötige in seiner Baumkronenwelt, und er, Gschwind, schaut zu Levin hoch und erkennt, sein Sohn hat recht.

Um aus dem Traum zu finden, konzentriert sich Gschwind während mehrerer Minuten auf den Verkehr, auf das Vorwärtsgleiten des Taxis.

Gschwind ist zum ersten Mal auf dieser Insel. Er versteht nicht, inwiefern sie britisch sein soll, ohne zu Großbritannien zu gehören. Was Gschwind deutlich besser einleuchtet, sind die zahllosen Tochtergesellschaften von Valnoya, die auf der Insel angemeldet sind: Steuern für Firmen sind hier niedrig bis inexistent. Und Hillers hat hier, Gschwind hat sich das jüngst erzählen lassen, seinen neuen Privatjet angemeldet. Angeblich kam Hillers aus den USA geflogen und hätte in Douglas ordentlich Steuergelder abdrücken müssen für die Einfuhr dieses Jets in den Luftraum der EU. Direkt am Flughafen aber gründete er mit seinem Jet eine Fluggesellschaft, bei der er nun für jeden Flug ein fiktives Ticket kaufen muss. Da Firmengründungen auf der Isle of Man steuerlich stark begünstigt werden, hat Hillers nun 4,6 Millionen Euro gespart. Und er stellt sich seither gerne als Chef einer Fluggesellschaft vor.

Das Taxi hält; der Chauffeur gibt Gschwind zu verstehen, dass sie angekommen sind. Gschwind schält sich aus dem Halbschlaf und drückt dem Fahrer, was er sonst in Taxis nie macht, ein Trinkgeld in die Hand. Leute, die einer schlechtbezahlten Arbeit nachgehen, so Gschwinds Meinung, sollten nicht durch Trinkgelder verführt werden, länger bei ihrem Job zu bleiben.

Schief und verknittert steht Gschwind in der warmen Abendluft, mit kleinen Augen schaut er sich um: die Hauptstadt der Isle of Man ist ein Dorf. Verglichen mit Sambia, wo er sich eben noch durch die dichtesten Menschenansammlungen hat drücken müssen, wirkt das hier wie ein Freilichtmuseum nach Besuchsschluss.

KAPITEL 4

Das lediglich von vier Sternen gewürdigte Hotel Sefton macht auf Gschwind durch seine Lage direkt am Meer und durch seine prunkvolle Fassade einen luxuriösen Eindruck.

Nun, da er auf den Eingangsstufen zu sehen ist, da sich beobachten lässt, wie er die Lobby durchquert, soll die Frage erlaubt sein, ob Gschwind nicht vielleicht ein bisschen hinkt. Aber es ist einfach das eine Bein, das nicht jenen Schwung entwickelt, der im anderen Bein zuhause ist. Und Augenblicke später, da er sich an der Rezeption meldet, seinen Namen nennt und nach der für Valnoya reservierten Bar fragt, müsste sich die Frage anschließen, ob er nicht etwa stottere. Aber es ist schlicht sein Mund, der, wenn Gschwind müde ist oder nervös, ganz rasch zwei- oder dreimal jene Silben wiederholt, mit denen ein Satz beginnt.

Gerne möchte Gschwind kurz in seinem Zimmer verschwinden, den Timer auf 90 Sekunden stellen und sich mit einem *Power nap* von der Reise erholen, ehe er sich ins Meeting wirft. Allerdings vernimmt er schon an der Rezeption stehend eine bunte Mischung ihm bekannter Stimmen: Gleich im Raum neben der Lobby hat sich das *Board of Directors* von Valnoya versammelt; es sind auch ein paar Valnoya-Figuren eingeladen, die nicht zum Verwaltungsrat zählen, so wie Gschwind, und es ist erwartungsgemäß Hillers' Stimme, die sich am besten heraushören lässt.

Als Gschwind die Bar betritt, wird er feierlich empfangen; aufgrund des Schweizer Rapacitaniums herrscht ansteckende Euphorie. Es ist das erste Mal, dass Gschwind den seiner körperlichen Fülle zum Trotz doch auch sportlich wirkenden Hillers in angeheitertem Zustand vor sich hat, mit Schweißperlen auf der breiten Stirn, es ist auch das erste Mal, dass er von ihm mit einer Umarmung begrüßt wird.

Während einer gar nicht so kurzen Weile steht Gschwind im Mittelpunkt; alle loben ihn für den von Bundesrat Gadellier aus

Mufulira abgesandten Tweet, alle beglückwünschen ihn, den Bundesrat derartig um den Finger gewickelt zu haben, und Hillers schwingt sich gar mit rudernden Unterarmen zu der Behauptung auf, Gschwind habe damit mehr für das weltweite Ansehen Valnoyas erreicht als die seit zwei Jahren forcierte Nachhaltigkeitskampagne.

Pascal Gschwind fühlt sich hineingetauft in eine Gemeinschaft von Auserwählten. Ihm wird warm, er wischt sich Schweiß aus dem Gesicht, die lobenden Worte dringen tief in ihn ein.

Es beglücken Gschwind diese Komplimente auch deshalb besonders, weil ihn die neue Anstellung bei Valnoya häufig stark belastet; wieder und wieder hat er in den ersten Wochen geglaubt, er sei seiner Aufgabe möglicherweise nicht gewachsen. Verglichen mit dem, was bei Valnoya von ihm erwartet wird und was insgesamt auf dem Spiel steht, war sein vormaliger Job bei der Suissecom nichts als ein Sandkastenspiel. Die Suissecom, so denkt er heute, gab sich nach außen hin stets ungemein dynamisch; die Geschäftsleitung setzte sich aus blasierten Schönrednern zusammen, die mit ihrem Gebaren und mit großen Worten davon abzulenken versuchten, dass die Suissecom faktisch noch immer ein Staatsbetrieb ist, ein von Ambitionslosigkeit geprägter Laden mit gesetzlich garantierter Monopolstellung. Bei Valnoya hingegen ist überhaupt nichts staatlich, und wenn irgendwo auf Sumatra 50 Asiaten in einer heruntergekommenen Mine, die sich mit einem vernünftigen Aufwand nicht besser organisieren lässt, verschüttgehen, wenn irgendwo im Norden Kanadas Leitungen vereisen und infolge dessen 300 Arbeiter eine halbe Woche lang gelangweilt in ihren Baracken hocken und dennoch entlohnt werden müssen, oder wenn im Kongo bürgerkriegsbewegte Guerilla-Soldaten eine Mine überfallen, weil sie Mittel benötigen für neue Waffen, dann zeigt sich das Risiko, das Valnoya einzugehen bereit ist. Ein brutal großes Risiko, das im besten Fall mit einem fantastischen Gewinn honoriert wird.

Diese geschäftlichen Risiken, mit denen der breitschultrige Hillers jeden Tag zu tun hat, berauschen Gschwind; jetzt derart deutlich zu fühlen, dass er Teil von Valnoya geworden ist, erfüllt ihn mit Stolz. Tatsächlich hat er bereits vergessen, dass er seit mehr als 24 Stunden ohne Schlaf ist. Er spürt nur noch, dass er sich zugehörig fühlen darf, er fühlt, Hillers wäre wohl nicht abgeneigt, ihn mit einer Lohnerhöhung zu adeln.

Mufulira ist für den Rest des Abends kein Thema mehr, denn bald drehen sich die lauter werdenden Gespräche nur noch um das am Nordufer des Thunersees entdeckte Rapacitanium. Alle sind sich einig, allein die Aufspürung der Seltenen Erde gleiche einem Märchen: Da finden zwei Hobbyhöhlenforscher per Zufall einen speziellen Stein, überreichen ihn einer befreundeten ETH-Geologin, worauf ihn diese erst in ihrer Wohnung herumliegen lässt, immer wieder erwägend, ihn in den Vorgarten zu schmeißen. Wochen später erst entscheidet sie, ihn petrochemisch untersuchen zu lassen – und glaubt erst an einen Irrtum, als das Labor hohe Anteile von Rapacitanium ausweist, jenem Seltene-Erde-Metall, das für den Bau rasch aufladbarer Batterien unentbehrlich geworden ist.

Diese Geologin, Gabriela Hollenstein, behält die Sensation vorerst für sich, schickt Wissenschaftler in die Beatus-Höhlen – und kommt erst jetzt, zwei Jahre später, mit Fakten an die Öffentlichkeit: Das Gestein dieses unscheinbaren Berges am Thunersee enthält Rapacitanium von einer Qualität, die jene der vom Weltmarktführer China gehandelten Ware deutlich in den Schatten stellt.

Die Schweiz muss demnach ein paar Kapitel ihrer Erdgeschichte neu schreiben. Wesentlicher aber ist, dass sie ihre wirtschaftliche Zukunft neu schreiben kann: Das kleine Land in der Mitte Europas zählt nun zu jenen Ländern, die über einen international stark nachgefragten Rohstoff verfügen.

Das Valnoya-Board diskutiert hitzig über die wirtschaftlichen Chancen, die das helvetische Rapacitanium eröffnet. Vor allem der schwer schwitzende, blitzschnell denkende Hillers kann sich kaum bremsen und hört nicht auf zu schimpfen über die lahmen Politiker, die nun Angst hätten, ihre latent grün denkende Wählerschaft zu verlieren, und er hört nicht auf, all jene zu loben, die im Windschatten des Wirtschaftsdachverbandes fordern, so rasch wie möglich mit dem Abbau des Rapacitaniums zu beginnen.

Andere Verwaltungsratsmitglieder schlagen in die gleiche Kerbe: Sie ärgern sich über Geologin Gabriela Hollenstein, die überall von der großen Verantwortung schwafle, welche der Schweiz nun aufgebürdet sei, sie ärgern sich über die Medien, die nicht müde würden, Hollensteins oft wiederholte Aussage zu verbreiten, der wichtigste Rohstoff der Schweiz bleibe ihre Natur, ihre intakte Landschaft.

Je länger sich der Abend hinzieht, je länger die Männer über die globale Rohstoffsituation sprechen, über verschiedene, sich auch im Rohstoffsektor langsam durchsetzenden Ökolabels, über den öffentlichen Druck einer zunehmend ökologisch bewusst handelnden Gesellschaft, desto deutlicher versteht auch Gschwind, wie bedeutsam der Umgang mit dem helvetischen Rapacitanium für die Geschäfte von Valnoya werden wird.

Die Runde ist längst beim Cognac angekommen, als Ulo Tanyeri, ein sonst eher zurückhaltender, sich mit afrikanischen Zinkminen bestens auskennender Gentlemen aus Johannesburg, laut auf den Tresen klopfend vorschlägt, Gschwind solle doch – als einziger gebürtiger Schweizer der Runde, als Einziger mit lokalem Wissen – möglichst umgehend den gesamten Beatenberg kaufen, damit Valnoya später, falls sich zeige, dass der Berg wirklich auch genügend Rapacitanium hergeben werde, seine Mine unter günstigen Bedingungen aufbauen könne.

Die Runde verstummt, alle Augen richten sich auf Gschwind.

Gschwind hat von dieser Praxis gehört: Man schickt in ein wertvolle Rohstoffe enthaltendes Gebiet einen unscheinbaren

Strohmann, lässt ihn, mit welchen vorgeschobenen Interessen auch immer, das Land kaufen, und ein, zwei Jahre später, wenn das Projekt reif ist, kauft Valnoya das Land dem Strohmann zu einem Spottpreis ab und beginnt zu baggern. Auf diesem Weg spart sich Valnoya Kosten und vor allem juristischen Ärger.

Gschwind nimmt zwar wahr, wie alkoholisiert Tanyeri ist, dennoch irritiert es ihn zu sehen, dass dieser Kollege allen Ernstes annimmt, eine Geschäftspraxis wie diese funktioniere auch in der Schweiz. Gschwind fühlt seinen Puls steigen und hofft, dem hierarchisch höherstehenden Tanyeri, immerhin Mitglied des Verwaltungsrates, nicht erklären zu müssen, dass es in der Schweiz durchaus ein paar Gesetze gibt, die das Papier wert sind, auf dem sie gedruckt stehen.

Erwartungsvoll blickt Gschwind zu Hillers, dessen rhetorisches Geschick Abhilfe schaffen könnte. Hillers aber schweigt, lässt dann sein schweres, schweißnasses Haupt ein Nicken andeuten, verengt wie immer, wenn er sich Wichtiges zu sagen anschickt, die Augen zu schmalen Schlitzen, und gibt nach einer bedeutungsschweren Pause, in der sich Gschwinds Ohren bereits mit einem Rauschen füllen, mit alkoholverziertem Schwung Tanyeri recht und behauptet, das sei die Idee des Abends: »Jawohl, Gschwind kauft für Valnoya den Beatenberg! Und legt damit den Grundstein für einen erfolgreichen Abbau des schweizerischen Rapacitaniums.«

Endlich im Bett, es ist bereits tiefe Nacht, gleitet Gschwind in einen überdeutlichen Traum: Er muss sich aufgrund seiner Ohren einer komplizierten Untersuchung unterziehen. Die Ärzte zeigen sich überrascht vom Resultat. Derart überrascht, dass sie erst gar nichts sagen wollen. Sie lassen ihn lediglich wissen, es sei die Untersuchung zu wiederholen, womöglich liege ein technisches Problem vor. Und schieben ihn ein zweites, ein drittes Mal durch die Röhre. Generalstabsmäßig stramm steht Frau Doktor Lepple da und lächelt zahnfleischrot ihr schiefes, überlegenes Lächeln. Gschwind weiß genau, es liegt überhaupt kein technisches Problem vor, auch ist es überhaupt nicht *meistens reine Interpretationssache,* nein, es liegt eine Absonderlichkeit vor, und diese befindet sich in seinem Hirn. Etwas nie Gesehenes ist dort entdeckt worden, und nachdem man ihn ein viertes Mal durch die Röhre geschickt hat, sieht Gschwind triumphierende Ärztegesichter: Sie haben in seinem Schädel, gleich hinter den Ohren, Rapacitanium gefunden. Am nächsten Tag steht es in allen Zeitungen, alle Sender berichten von diesem sensationellen Fund, und der schwitzende, breitschultrige Daniel Hillers erklärt in einem Interview auf zugängliche, sympathische Weise, es sei dies ein Glücksfall für eine Rohstofffirma, und er wäre erfreut, auch bei anderen Mitarbeitern im Hirnareal Rohstoffe zu finden.

Darauf angesprochen, dass es gewiss nicht einfach werde, das Rapacitanium aus dem Schädel herauszubekommen, ohne den Mitarbeiter zu verletzen, antwortet Hillers, er vertraue auf die Möglichkeiten der zeitgenössischen Medizin. Übrigens handle es sich bei Gschwind um einen überaus loyalen Mitarbeiter; er zweifle keinen Augenblick, dass Gschwind alles tun und geben werde, damit Valnoya an sein Rapacitanium gelange. Aufgrund bereits bestehender Komplikationen im Gehör des Mitarbeiters werde es für diesen eine Erleichterung sein, sich die Ohrmuschel, die man sich wie eine verwachsene, ins Hirn eindringende Höhle vorzustellen habe, operativ verändern zu lassen.

Gschwind erwacht verstört, reibt sich den Kopf, betastet seine Ohren. Er benötigt eine Weile, um sich von den Traumgespinsten zu lösen und in seinem steril wirkenden Hotelzimmer anzukommen; er fühlt sich matt und entkräftet. Ihm ist, als wäre im Schlaf etwas Ungehöriges mit seinem Hirn geschehen. Einmal mehr fühlt er sich leise dazu gedrängt, an seiner psychischen Gesundheit zu zweifeln, und er vermutet, es bedeute nichts Gutes, derart intensiv zu träumen.

Zackig steht er auf, um Distanz zu schaffen zu diesem Traum.

Vier Stunden hat er sicher geschlafen, vielleicht sogar fünf, und zusammen mit dem restlichen Alkohol pulsieren noch die Komplimente vom Abend durch Gschwinds Blutbahnen. Am liebsten würde er Hillers gleich anrufen, diesen betrunkenen Hillers, der sich wünscht, er, Gschwind, würde den Beatenberg kaufen. Gschwind ist klar, der nüchterne Hillers wird ganz anders über die Sache denken.

Willensstark absolviert Gschwind 25 Liegestützen und stellt sich unter eine eiskalte Dusche; eine zuverlässige Methode, nach schlechten Nächten wach zu werden.

Blass im Gesicht, im weitläufigen Frühstückssaal des Hotels sitzend, kaut Pascal Gschwind an einem welken, nach Verpackungsindustrie schmeckenden Buttercroissant. Das Messer in der Hand, den zweiten doppelten Espresso in der Tasse, liest er erneut über die anhaltende Trockenheit, unter der die Schweizer Landwirte angeblich zu leiden haben. Er liest, dass Helikopter Wasser hochfliegen zu den Alpweiden, damit das Vieh nicht verdurste, er liest von Ertragsausfällen und starkem Schädlingsbefall bei Gemüse und Getreide, er liest von sinkenden Seespiegeln, trockenen Mooren und sterbenden Amphibien; angeblich alles Folgen der fortschreitenden Klimaerwärmung.

Was ihn deutlich mehr interessiert, ist die Nachricht von japanischen Wissenschaftlern, die auf dem Boden des Pazifischen Ozeans Rapacitanium entdeckt haben. Die Forscher schätzen den Umfang des Vorkommens auf ungefähr 100 Milliarden Tonnen. Das begehrte Metall soll sich in einer Tiefe von 3500 bis 6000 Metern befinden, in internationalen Gewässern, östlich und westlich von Hawaii und östlich von Tahiti. Ob sich das Rapacitanium tatsächlich aus dem Meeresboden holen lasse, sei unsicher. Zwar ließen sich die Vorkommen mit Säure aus dem Boden waschen, doch dafür müsste der Schlamm hochgepumpt werden. Ob dies technisch möglich und wirtschaftlich tragbar sei, bleibe fraglich. Zu den ökologischen Folgen der Gewinnung von Rapacitanium machten die Wissenschaftler keine Angaben.

Zufrieden lässt Gschwind die Meldung eine Weile auf dem Display leuchten: Zu wissen, dass das im Beatenberg liegende Rapacitanium einfacher und ökonomisch sinnvoller zu gewinnen sein wird, macht ihm gute Laune. So einfach, wie Tanyeri sich das vorstellt, wird es allerdings nicht gehen.

Gschwind blickt auf seine in Platin gehaltene, leider keinen Schleppzeiger aufweisende Patek Philippe, beißt nochmals in das entkräftete Croissant und sinniert darüber, dass Hillers keinen Begriff von den Schweizer Verhältnissen hat. Abgesehen davon, dass er in Gstaad eine vielleicht zwei Mal jährlich für zwei Wochen bewohnte Villa besitzt, wo er mit seinem Privatjet bis fast vor die Haustür fliegen kann, und abgesehen davon, dass er sich hin und wieder im Hauptsitz seiner Firma blicken lässt, damit dort nicht vergessen werde, wer der Chef ist, hat Hillers kaum etwas mit der Schweiz zu tun, bewegt sich ausschließlich auf dem internationalen Parkett und kennt eigentlich kein anderes Gesetz als das des Kapitals.

Kaum hat Gschwind diesen Gedanken halbwegs vollzogen, taucht am Frühstücksbuffet tatsächlich Daniel Hillers auf, und Gschwind muss unwillkürlich an einen Rinderzüchter denken, während er Hillers robuste Lederstiefel betrachtet. Als er seinen am Buffet stehenden und das Angebot prüfenden Chef mustert, wandern seine Gedanken vom Rinderzüchter zu einem sympathisch-altmodischen Banditen, der mit der Kraft der eigenen Hände und mit ein wenig Grips aus dem Knast getürmt ist und sich nun, euphorisiert von der selbst errungenen Freiheit, in wilde Taten stürzt.

Dem Buffet den Rücken kehrend, steuert Hillers unvermittelt auf Gschwinds Tisch zu. Gschwind fühlt sich ertappt. Nicht nur, weil er das Gefühl hat, Hillers habe bemerkt, dass er ihn beobachtet und in Gedanken wahlweise als Rinderzüchter oder Banditen diffamiert hat, sondern vor allem, weil er vermutet, Hillers würde glauben, es sei arbeitsfaul, derart lange zu frühstücken.

Eilends streckt Gschwind seinen Rücken durch und befürchtet, noch Schlaf in den Augen zu haben, da steht Hillers bereits vor ihm. Hillers begrüßt ihn auf das Freundlichste, setzt sich gut gelaunt an seinen Tisch und verbindet sich mit ihm durch einen aufmunternden Blick. Gschwind wischt die Scham weg, seinem Chef zerknittert gegenüberzusitzen. Er fühlt, Hillers ist voller Wohlwollen, und die eben noch in Gschwind wirksame Anspannung verwandelt sich umgehend in eine angenehme Neugierde.

Euphorisch schildert Hillers, er habe vergangene Nacht von einem Mittelsmann zur ETH erfahren, das Rapacitanium im Beatenberg erreiche in allen bisherigen Proben einen Anteil von bis zu 17 Prozent im Muttergestein. Deutlich mehr als in den besten Minen Chinas.

Hillers strahlt derart, dass Gschwind für einen Moment glaubt, er warte nur darauf, von ihm umarmt zu werden.

»Und noch wichtiger«, fährt Hillers etwas lauter fort: »Die Proben, das hat die vertrackte Hollenstein bisher verschwiegen, sind über insgesamt vier Quadratkilometer verteilt entnommen worden, und jede einzelne Probe weist Rapacitanium auf. Die Mine wird also nicht klein sein, im Gegenteil: Es sieht schwer danach aus, als könnten wir den ganzen Berg abbaggern!«

Als er diesen Satz sagt, ballt Hillers seine Fäuste wie ein Elfmeterschütze nach einem Torschuss.

»Es ist genau so, wie Tanyeri gestern proklamiert hat«, schließt Hillers und schaut Gschwind dann eindringlich an, neigt sich zu ihm vor und sagt leise und bedeutungsschwanger: »Wir brauchen dieses Land, koste es, was es wolle. Und du wirst es uns unter den Nagel reißen!«

Gschwind, bis eben gerade tatsächlich drauf und dran, Hillers um den Hals zu fallen, weicht unwillkürlich zurück. In seinen Stuhl gelehnt, sucht er in den Augen seines Gegenübers verzweifelt nach einem Hinweis auf Ironie, nach einem wie winzig auch immer ausfallenden Zwinkern, mit dem Hillers signalisieren würde, es sei natürlich Unfug zu glauben, man könne in der Schweiz, was Landnahme angeht, ähnlich vorgehen wie in Afrika.

Aber Gschwind findet auf der Hillers'schen Gesichtsleinwand keinerlei Signale der Ironie, und das nächste, was Hillers in euphorischem Ton von sich gibt, ist die Frage, wann er mit Neuigkeiten von ihm rechnen dürfe. Es gehe ja erst einmal darum, herauszufinden, wem das Land gehöre, unter dessen Boden man das Rapacitanium gefunden habe.

Blockiert durch diesen komplett unrealistischen Auftrag, zweifelt Gschwind kurz an Hillers Intelligenz. Fragend blickt er zu den breiten Wangen, zum kräftigen Unterkiefer, blickt suchend hinein in dieses Bauarbeitergesicht – und hält Hillers für einen umwerfend guten Schauspieler.

Hillers wartet auf seine Replik, und Gschwind nimmt innerlich Anlauf. Er weiß, er wird ein bisschen stottern, seine Anspannung verraten, aber er rafft sich auf zu einem klaren Blick und hört sich sagen: »In acht ... acht ... 48 Stunden hast du einen ersten Bescheid.«

Hillers hält kurz inne, als sei es nötig, die gestotterten Silben an sich vorbeiziehen zu lassen, dann umfasst er mit beiden Händen Gschwinds Rechte und schüttelt sie so energisch, dass Gschwind befürchtet, er wolle ihn doch vielleicht wachrütteln.

Schließlich erhebt sich Hillers schwungvoll vom Tisch, verzieht seine fleischigen Banditenlippen zu einem Lächeln, wünscht Gschwind Erfolg und eilt energisch davon.

Gschwind atmet aus. Den Satz mit den 48 Stunden hat er vor Jahren in einem Managerseminar gelernt; angeblich klingen

48 Stunden deutlich strebsamer, als wenn man von zwei Tagen spricht.

Gschwind stützt sein Gesicht in die Hände, sammelt sich und lässt die Scham vergehen, die sein Stottern ihm beschert. Dass es in solchen Situationen selten ohne den Sprachfehler geht, kann er sich verzeihen.

Während er das restliche Croissant isst, versucht Gschwind, seine Gedanken zu sortieren. Er ist überzeugt, Hillers versteht durchaus, wie unmöglich es ist, in der Schweiz einen Berg zu kaufen. Hillers weiß aber umso genauer, wie wichtig es ist, nur die tauglichsten Leute um sich zu versammeln. Das allein, so ist Gschwind jetzt überzeugt, erklärt dessen Verhalten.

Gschwind versteht allmählich: Offenbar hätte er sich nicht erlauben dürfen, bei der Zusage durch die Personalabteilung Freude aufkommen zu lassen. Diesen neuen Job bei Valnoya – er hat ihn noch gar nicht. Hillers zeigt ihm, er befindet sich erst in der Probezeit.

Einerseits hält Gschwind Hillers' Verhalten für höchst manipulativ und verwerflich. Andererseits findet er, dass sich ein Firmenchef, der es zu etwas bringen will, genau so zu verhalten habe.

Voller Wut auf diesen Hillers und ihn gleichzeitig bewundernd, wischt sich Gschwind mit einer Serviette den Mund ab und steht auf.

Im Zimmer, wo er sich frisch macht und seine Sachen packt, begegnet er kurz seinem Spiegelbild, dem er vorwirft, doch ein dummer romantischer Kerl zu sein. Geschwind fühlt, er will nicht nur diesen Job, er will auch die Freundschaft von Hillers.

*

Zwei geräumige Sitzplätze kann Gschwind auf diesem Flug für sich allein beanspruchen; Tanyeri, der hätte mitfliegen sollen, musste kurzfristig nach Mosambik, Hillers reist mit seiner privaten Maschine via Gstaad nach Singapur, alle anderen verteilen sich über den gesamten Globus. Gewiss hätte er Tanyeri Erhellendes über die hierarchisch geordneten Verästelungen innerhalb der Geschäftsleitung entlocken können, und vielleicht hätte Gschwind gar den Mut aufgebracht, Tanyeri zu fragen, ob Hillers dafür bekannt sei, neue Mitarbeiter mit unmöglichen Aufträgen unter Druck zu setzen. Gut möglich aber, dass die kulturellen Unterschiede zwischen ihm und Tanyeri zu groß sind; helfen würde ihm sein Kommentar wahrscheinlich nicht.

Gschwind bestellt bei der Flugbegleiterin einen zweiten doppelten Espresso und fragt sich, wer ihm wohl in der Angelegenheit behilflich sein könnte. Gerne möchte er seiner schöngelockten Rina alles erzählen, aber seit geraumer Zeit will es ihm nicht mehr gelingen, bei ihr für seine beruflichen Themen Interesse zu wecken.

Ein Anruf unterbricht ihn; Bahnsen ist am Apparat, der Fondsmanager seiner Privatbank. Bahnsen gibt Gschwind die neuesten Entwicklungen durch, nennt Zahlen und Risiken, erwähnt kurz die Hintergründe. Heute steht die anhaltende Trockenheit in der Schweiz im Mittelpunkt der Kalkulationen; sie zeigt wirtschaftlich erste Folgen, der Wert der Wasserkraft sinkt. Gschwind nickt, denkt nach und begrüßt den ihm vorgeschlagenen Investitionskurs.

Kaum ist das Telefonat beendet, passiert, was in letzter Zeit immer häufiger passiert, nachdem Fondsmanager Bahnsen angerufen hat: Gschwind wird bewusst, dass er von Bahnsens Talent, klar, positiv und überaus schnell zu sprechen, mitgerissen worden ist in so etwas wie einen Strudel an Zuversicht. Weil Bahnsen extrem schnell spricht, sich kaum erlaubt, die Wortendungen auszusprechen, scheint es unmöglich, sich für eine wohlüberlegte Antwort Zeit zu lassen. Überhaupt hat er inzwischen den Eindruck, sämtliche Telefonate mit Bahnsen müssten, da dieser ansonsten extrem Wichtiges an der Börse verpassen könnte, so kurz wie nur irgend möglich gehalten werden, und erst jetzt, nach dem erfolgten Gespräch, stellt sich bei Gschwind das Gefühl ein, er hätte sich die soeben erhaltenen Informationen mit einer App auch selbst besorgen können. Mit einer App, die wesentlich günstiger arbeitet als der rasante Bahnsen. Dass der Kurswert von Wasserkraftwerken sinkt, wenn es nie regnet, würde doch auch einer App in den Sinn kommen. Was Gschwind besonders ärgert, ist der Umstand, dass der steigende Gewinn seines Portfolios auch das Honorar Bahnsens in die Höhe treibt – obwohl dieser ja kaum mehr Arbeit verrichtet. Er nimmt sich vor, diese Sachlage baldmöglichst zu ändern.

Zerstreut überfliegt Gschwind nun ein paar Nachrichten, bleibt kurz bei einigen Zeilen zu den Finanzmärkten in Asien hängen, wo der in die Höhe geschnellte Ölpreis angeblich eine gefährliche Inflationsspirale in Gang gesetzt hat, dann wischt er die Nachricht weg, die über die großen, von einer deutschen Firma ins Auge gefassten Lithiumvorkommen in Bolivien berichtet. In der Schweiz hingegen ist offenbar – abgesehen vom neuen Rapacitanium – nach wie vor nichts interessanter als das Wetter: Es wird berichtet, das Land erlebe den heißesten und trockensten September seit Beginn der meteorologischen Aufzeichnungen, es heißt, die Schweiz erlebe eine Dürre. Gschwind will sich schon über diese Wortwahl ärgern, als ihn mit einem feinen Ton eine neu eintreffende Mail ablenkt; sie ist unwichtig, bringt ihn aber zu den übrigen Mails, die ihn daran erinnern, wie viel zu dem Thema Peru noch zu erledigen ist.

Er fragt sein Team an der Schutzengelstraße, ob taugliches Bildmaterial vorhanden sei über die Mine im peruanischen Cerro de Pasco. Für die Website benötige er unbedingt Bilder zufriedener

Arbeiter, zufriedener Stadtbewohner, Bilder auch von der extra von Valnoya für die vertriebenen Familien gebauten Siedlung, mit Krankenhaus und Schule. Gschwind ist überzeugt, dass niemand, der das sieht, noch behaupten könne, Valnoya nutze die indigene Bevölkerung aus: Klar ist doch, diese Menschen wären ohne Valnoya arbeitslos, hätten kein Geld, kaum eine medizinische Versorgung und müssten in völliger Armut in lausigen, von Abfall umgebenen Bretterhütten wohnen.

Unsicher, ob die Leute an der Schutzengelstraße überhaupt verstehen, wie wichtig die Angelegenheit ist, sucht Gschwind selber nach Bildern. Eine neue Mail trifft ein; nochmals darf er Lorbeeren ernten für seinen Sambia-Besuch mit Bundesrat Gadellier. Er löscht die lobende Nachricht nicht.

Pascal Gschwind ist froh, dass dieser Flug nur zwei Stunden dauert, froh, dass die Internetverbindung stabil ist. Zufrieden stellt er fest, dass er dank der Zeitzonen eine Stunde Arbeitszeit gewinnt. So sollte es möglich sein, heute noch fünf Stunden im Büro zu verbringen. Die Sache mit dem schweizerischen Rapacitanium erlaubt keinen Aufschub. Abermals überblickt er kurz die neuesten Nachrichten: Die helvetische Politik, der Bundesrat und die Öffentlichkeit, die Wirtschaftslobby und die Umweltschützer – hitzköpfig debattiert die ganze Schweiz darüber, was nach dem spektakulären Fund des Rapacitaniums getan oder unterlassen werden sollte.

Online studiert Gschwind die Karten, die das Gelände des Beatenbergs zeigen: Ein hübscher Berg, gelegen am Nordufer des Thunersees; gleich hinter der Beatenbucht steigt der Berg steil und dicht bewaldet an, geht 400 oder 500 Höhenmeter später über in etwas flacheres Gelände und eine Streusiedlung, die erschlossen wird von einer Standseilbahn, und oben, auf über 2000 Metern Höhe, wird der Berg von einem felsigen, sich weit hinziehenden Grat gekrönt.

Anschließend schaut sich Gschwind Karten der Beatushöhlen an und versucht zu verstehen, welche Parzellen des Dorfes direkt über den Höhlen liegen. So schwierig abzuschätzen ist das nicht; die Parzellen sind relativ groß. Wem das direkt über den Beatushöhlen gelegene Land gehört, kann Gschwind jedoch nicht in Erfahrung bringen. Klar ist allein, es handelt sich um landwirtschaftlich genutztes Land: die Satellitenbilder zeigen weidende Kühe.

Gschwind verzichtet darauf, die Gemeindeverwaltung anzurufen. Niemand soll Verdacht schöpfen. Er will persönlich hingehen, möglichst rasch. Und wer weiß, vielleicht wird der Bergbauer sein Land ja verkaufen wollen, wenn er hört, dass genau dort, wo jetzt seine Kühe grasen, bald schon Fördertürme stehen und Lastwagen lärmen werden. Valnoya wird die Sache aus der Portokasse finanzieren, und er, Gschwind, wäre vorerst einmal der rechtmäßige Besitzer – und sichert sich damit bei Valnoya seinen Job.

Diese Überlegungen gefallen Gschwind. Gefallen ihm immer besser. Er fühlt sich bereit, auch herkulische Aufgaben anzunehmen. Egal wie, es wird machbar sein. Er wird Hillers und die anderen vom *Business Board* nicht enttäuschen. Erst recht nicht sich selbst.

Abermals bestellt er einen doppelten Espresso und blickt zuversichtlich hinab auf die Wolken, diese zarten Hindernisse, die das Flugzeug genial locker hinter sich lässt.

*

Gschwind sieht es an den von Hillers und von dessen Assistentin Camille de la Rochefoucauld weitergeleiteten Mails: Die Nachricht, die Schweiz verfüge über qualitativ hochwertiges Rapacitanium, schlägt auch in der internationalen Rohstoffszene ein wie eine Bombe: Alle warten darauf, dass die Schweiz ihren neuen Rohstoff liefert. Zahlreiche Handelspartner wollen wissen, wann damit zu rechnen sei, von der Schweiz als Alternative zum chinesischen Rohstoff ein erstklassiges und umweltverträglich produziertes Rapacitanium angeboten zu erhalten.

Während die Valnoya-Aktie steigt und steigt, diskutieren alle zuständigen und weniger zuständigen Ämter des Kantons Bern über ein abgekürztes Bewilligungsverfahren zu möglichen Sondierungsbohrungen. Dies ruft den Schweizerischen Erdbebendienst auf den Plan, der derartige Tiefenbohrungen grundsätzlich als problematisch einstuft. Gschwind überlegt, wieso ihm Fondsmanager Bahnsen nicht empfohlen hat, unverzüglich mehr Valnoya-Aktien zuzukaufen.

Er erstellt sich Notizen, kippt einen weiteren doppelten Espresso, scrollt sich ungeduldig durch Bilder aus Peru, greift dann erneut in die Hirschledermappe zu seinem Telefon: Die *Financial Times* berichtet über transparente Lieferketten und sich allmählich etablierende Standards für umweltverträglichen Rohstoffabbau; auch die Automobilhersteller seien, so heißt es, bemüht, ihre Ressourceneffizienz zu verbessern. Im Fokus stünden auch hier die für die Batterie notwendigen Seltenen Erden, allen voran Rapacitanium. Das *Handelsblatt* erwähnt den markanten Anstieg der russischen Stromproduktion aus Kohle, die von einer immer noch zunehmenden Elektromobilität profitiere.

Als er einen im *Manager Magazin* publizierten Kommentar liest, in dem eine Journalistin behauptet, die Sensibilisierung von Konsumenten für die sozialen und ökologischen Folgen des

Rohstoffabbaus nehme zu, ärgert sich Gschwind. Aussagen wie diese hält er für eine typisch journalistische Nebelmaschine: Wie, bitteschön, ist es der Journalistin über Nacht gelungen, Sensibilitäten zu messen? Angesichts ihres Verhaltens ist es den Konsumenten noch immer das Wichtigste, ein schönes und leistungsstarkes Auto zu fahren – das erkennt Gschwind an sich selbst und seinem Tesla am besten.

Gschwind ist erleichtert, als er vier, fünf Meldungen später in demselben Magazin vom ökologischen Problem lesen kann, dass just dann, wenn die meisten Elektroautos aufgeladen werden, nämlich nachts, Kohle als Stromlieferant viel besser dastehe als die alternativen Energien: Nachts scheint die Sonne nicht, die Winde sind flau.

Gschwind denkt an Deutschland, das sich seines Erachtens mit einer verfrühten Energiewende wirtschaftlich arg ins Hintertreffen gebracht hat, und hält die an ihren fossilen Rohstoffen festhaltenden Russen für schlau, deren Wirtschaft Jahr für Jahr besser brummt.

Das macht Gschwind Mut. In seinem Kopf reihen sich diese Nachrichten wie Güterwaggons hinter eine mächtige, auf sicheren Gleisen in eine bestimmte Richtung fahrende Diesellok: Hin zu einer Schweiz, die dank eines auf dem Weltmarkt stark nachgefragten Rohstoffes auch in 50 Jahren zu den reichsten Ländern der Welt gehört. Zu jenen Ländern, die dank ihrer wirtschaftlichen Leistung genügend Mittel haben für einen effizienten Umweltschutz. Die Schweiz wird ihm für sein Engagement in jener Sache keine Medaille um den Hals hängen, auch Hillers wird keine erhalten – aber es wird befriedigend sein, in zehn, 15 Jahren zu fühlen, dass sie diese Medaille im Grunde verdienten.

Dann erreicht ihn eine Nachricht von seiner Frau. Dass ihm Rina um diese Uhrzeit schreibt, ist ungewöhnlich. Normalerweise erlaubt sie sich private Kommunikation erst abends. Kurz blitzt in

Gschwind die Hoffnung auf, Rina habe ihm eine erotische Nachricht geschickt, habe wie nebenbei ihre Luxuslippen erwähnt, *(les deux),* auch weil sie vielleicht darunter leidet, so wenig Zeit mit ihm zu verbringen. Aber die Neuigkeiten, von denen sie berichtet, haben anderes zum Inhalt: Levin hat sich offenbar entschieden, dem Gymnasium fernzubleiben. Seit drei Tagen wohne und lerne er in einer Waldhütte, die er zu einem Schulhaus umfunktioniert habe; er habe selber eine Schule gegründet, sie heiße *Back to the fruits.* Es sei idiotisch, sage Levin, schreibt Rina, freitags für das Klima zu demonstrieren, den Rest der Woche aber kohlenstoffbasiert zu leben. Mit der neuen Dürre habe der Klimawandel definitiv auch die Schweiz erreicht, und er ertrage es nicht länger, am Gymnasium auf ein Berufsleben vorbereitet zu werden, das allein in einer am Wachstumsgedanken festhaltenden Welt funktioniert. Es brauche einen radikalen Wandel, und mit *Back to the fruits* werde ein Weg für diesen Wandel beschritten. Vorbei die Zeit, da man Jugendliche auf eine Schule schicken konnte, die nicht auf die Zukunft ausgerichtet ist.

Pascal Gschwind liest diese Zeilen gleich zweimal, um sie überhaupt zu begreifen. Er ist höchst besorgt; besorgt auch über den gelassenen Ton, den seine Rina anschlägt. Da sie derart ausführlich formuliert, klingt es, als stecke sie mit Levin unter einer Decke, als habe sie sich diese Nachricht von Levin diktieren lassen.

Gestern dachte Pascal voller Sehnsucht an seine Rina, jetzt scheint sie ihm fremd.

Seinen Ehering betrachtend, als könnte er dort eine Erklärung finden, fragt sich Gschwind, ob seine Rina zu viel Yoga mache, ob sie vergessen habe, dass Levin in neun Monaten mit dem Gymnasium fertig sein wird. Dass er ein sehr kluger Junge ist, der sich mit pubertären Ideen dieser Art die Aussicht auf eine Karriere kaputtmacht. Auf eine Karriere, die es auch in einer hin und wieder von Dingen wie einer Dürre heimgesuchten Schweiz noch geben wird.

In einer kurzen Textnachricht will er von Rina wissen, was sie zu unternehmen gedenkt, um Levin zur Vernunft zu bringen. Ehe er den Zweizeiler losschickt, liest Gschwind ihn nochmals, bemerkt den vorwurfsvollen Ton, ändert die Formulierung. Mehr Achtsamkeit im sprachlichen Umgang hatte sich Rina kürzlich gewünscht; das nervt ihn zwar, aber er möchte das gerne einhalten.

Rina antwortet umgehend. Sie schreibt, sie unternehme derzeit nichts, Levin lasse sich sowieso nicht aufhalten. Schon gar nicht von seinen Eltern; damit müssten sie sich abfinden. Im Übrigen sei sie der Meinung, Levin werde mit seinen radikal-ökologischen Ideen entweder grob auf die Nase fallen – oder aber richtig erfolgreich sein.

Pascal liest auch diese Zeilen mehrmals, doch das hilft nichts. Gut möglich, dass Rinas sprachlicher Umgang ein achtsamer ist, aber Gschwind fühlt sich unverstanden und übergangen. Ihr Sohn schmeißt das Gymnasium, und seine Frau denkt, er werde erfolgreich?

Dass seine Rina vom Yoga so ungemein ausgeglichen und offenbar für nichts zu kämpfen bereit ist, geht Pascal entschieden gegen den Strich.

*

KAPITEL 7

Als die Flugbegleiterin die Passagiere auffordert, sich für den Landeanflug vorzubereiten und alle elektronischen Geräte auszuschalten, starrt Pascal Gschwind auf den Cursor: Jedes Blinken ein mögliches Wort, eine verpasste Chance für einen weiteren Gedanken. Misslaunig klappt er den Laptop zu; nie wird er verstehen, weshalb die Minuten zwischen Anflug und Landung nicht auch Arbeitsminuten sein dürfen.

An *Back to the fruits* denkend fragt er sich, wie sich sein Sohn von Dummheiten dieser Art fernhalten ließe. Kaum befasst er sich mit Levin, füllen sich seine Ohren mit dem ihm bekannten Rauschen; in seinen Armen kribbelt und zieht es; gerne würde er minutenlang etwas zerknüllen, beschädigen und zerstampfen. Und gerne würde er seinem Sohn seine aktuelle Lohnbescheinigung unter die Nase halten, damit dieser sähe, wie sehr sich Bildung auszahlt.

Der schmale, einen dunklen Dreitagebart tragende Australier kommt ihm in den Sinn, mit dem er auf einem staubigen Parkplatz in Mufulira gesprochen und der ihn gefragt hatte, ob er das auch kenne: Nur zufrieden zu sein, wenn er mehr geleistet habe, als er von sich erwarte. Was natürlich ein bisschen mehr sei, als das, wovon er glaubt, es werde von ihm erwartet, wobei diese eingeschätzte Fremderwartung wiederum ein bisschen höher liege als die tatsächliche – nur, um im Nachhinein zu begreifen, dass der Preis für diese dergestalt um vier Stufen erhöhte Leistung vielleicht doch ein bisschen hoch sei, ein bisschen gesundheitsschädigend?

Vier Stufen: Gschwind fragt sich, ob diese auch jetzt am Werk sind, da er an seinem üblichen Pflichtenheft vorbei als Strohmann für Valnoya landwirtschaftlich genutzte Flächen auf dem Beatenberg kaufen soll.

Durch sein Fenster kann Gschwind die unwirklich scheinenden, schneebepuderten Bergspitzen sehen, über denen das Flugzeug erst eine leichte Schrägstellung einnimmt, bevor es dann deutlich in den Sinkflug geht, während der dunkle Zürichsee und die von schwachen Lichtern übersäte Limmatstadt in sein Blickfeld gelangen. Gut möglich, dass die Landschaft unter ihm tatsächlich ein bisschen weniger grün, ein bisschen weniger saftig aussieht als gewöhnlich. Vielleicht ist an dieser Dürre doch etwas dran.

Gschwind schaut auf seine Patek Philippe und schätzt, es sollte gerade noch reichen für den 32er-Zug zum Zürcher Hauptbahnhof. Falls der Pilot nicht trödelt.

Der schmale Australier: Gschwind hatte ihn gefragt, ob er Psychologie studiert habe; der Australier hatte behauptet, er sei mittendrin. Weil Gschwind nicht bei Laune war, mit einem Typen zu reden, der womöglich das Kunststück fertigbrachte, nebenberuflich einem Studium nachzugehen, hatte er ganz einfach zu fragen verzichtet, ob er das ironisch meinte. Deswegen weiß Gschwind bis heute nicht, ob der Australier wirklich Vorlesungen besucht. Er weiß bloß, dass es nicht möglich ist, einmal gefasste Erwartungen zu senken.

Es dauert, bis sie am Flughafen das vorgesehene Gate erreichen; immerhin darf Gschwind, während der Airbus auf dem Gelände herumrollt, seine Geräte wieder einschalten. BMW hat mit Amperex, dem chinesischen Hersteller von Hochleistungsbatterien, der seit einigen Jahren auch in Erfurt produziert, einen Liefervertrag im Umfang von vier Milliarden Euro abgeschlossen. Woher Amperex Rohstoffe bezieht, wird nicht erwähnt. Die neuen Nachhaltigkeitsstandards könnten BMW aber dazu bringen, kein chinesisches Rapacitanium mehr zu akzeptieren. Diesen Satz lesend klatscht Gschwind begeistert in die Hände und fügt die Nachricht zu seinen Favoriten. Alles, was darauf hindeutet, dass einem zwar kostspieligen, sozial und ökologisch aber positiv konnotierten Rapacitanium die Zukunft gehört, findet den Weg in seine Sammlung.

In den Innenräumen des Flughafens fühlt sich Gschwind spröde und erschöpft. Erstaunlich warm ist es, seine Augen brennen, er hasst die künstlich anmutende Luft von Flughäfen. Außerdem will es ihm nicht gelingen, Geräusche richtig zu filtern. Er erwägt, gleich ins Büro zu gehen, noch zwei, drei Stunden zu arbeiten, die Nacht im Büro zu verbringen und sich bei Rina so zu melden, als befände er sich noch auf der Isle of Man.

Da, wo sich Flughafen- und Bahnbetrieb die Hand reichen, stellt Pascal Gschwind verärgert fest, dass der 32er-Intercity schon abgefahren ist. Er muss 19 Minuten auf die nächste Verbindung warten.

Am Kiosk überprüft Gschwind den Preis eines Torino-Schokoladenstängels und fühlt sich besser, als er denselben Stängel in einem nahegelegenen Supermarkt zu einem um fast 30 Prozent günstigeren Preis findet. Einsparungen, egal wie gering, erfüllen ihn mit einer kindischen Zufriedenheit.

Gschwind macht sich jedoch, die Torinos betreffend, auch Vorwürfe. Nie hat er abgeklärt, ob sich große Mengen zu einem vernünftig herabgesetzten Preis beziehen ließen. Davon abgehalten hat ihn hauptsächlich eine Stimme seines Gewissens, die ihm immer wieder mitteilt, seine Lust auf diese außergewöhnlich feine Schokolade sei im Grunde verwerflich. An seinem Körper hat sich in den vergangenen zwei, drei Jahren etwas gebildet, was seine Rina liebevoll *Schokoladenkränzlein* nennt. Der im Hintergrund stets vorhandene Wunsch, mit dieser Gewohnheit zu brechen und für Rina wieder ein knackigerer Liebhaber zu sein, hindert Gschwind daran, nach Wegen zu suchen, die Schokolade zu einem möglichst niedrigen Stückpreis zu beziehen. Gleichzeitig erlaubt er sich nicht, ohne Rücksicht auf den Preis ein Einzelstück zu kaufen. Sein Wunsch, weniger Schokolade zu essen, zwingt ihn also paradoxerweise dazu, mehr Geld und Zeit für Schokolade auszugeben. Er fragt sich, ob sich bei Valnoya ähnliche Mechanismen finden ließen.

In den USA will eine Firma flächendeckend Ladestationen für Automobile errichten, die mit leistungsstarken Rapacitanium-Batterien ausgerüstet sind. Ein marktausweitender Vorgang, der sich, so sieht es Gschwind voller Glück, bald schon überall auf der Welt abspielen wird.

Was aber nichts daran ändert, dass er am Beatenberg ein großes Stück Land kaufen muss, von dem er noch nicht einmal weiß, wem es gehört.

Während der Zucker des Torinos seinen müden Kopf etwas weckt, findet Gschwind auf der Website des Bundes die den Kauf und Verkauf von landwirtschaftlichem Land in der Schweiz regelnden Gesetze. Solches Land, so liest er, könne grundsätzlich nur von einem sogenannten Selbstbewirtschafter, einem diplomierten Landwirt gekauft werden.

Gschwind hält inne: Falls ein diplomierter Landwirt ein Mensch ist, der ein landwirtschaftliches Diplom herzeigen kann, und falls dieses Diplom tatsächlich so ergreifend schlicht gestaltet ist, wie alle jene, die er im Netz findet, wäre es, überlegt Gschwind, nicht besonders schwierig, aus einem *Senior Chief Business Network Communications* mittels Computer und Farbdrucker einen Landwirt zu machen.

Mit dem Fieber eines künftigen Betrügers schaut sich Gschwind im Internet Berufsdiplome an, fühlt still den kollegialen Beifall Hillers, setzt den Timer auf 21 Minuten, startet die Gestaltungssoftware und beginnt mit einem Entwurf. Er recherchiert nach Berufsschulen, die er besucht haben könnte. Immerhin: Mit 18, zwischen Gymnasium und Studienbeginn, kurz bevor er sich in seine Rina verliebte, war er für ein halbes Jahr in Australien und arbeitete dort auch zwei Wochen lang bei einem Rinderzüchter. Auf einer staubigen Ebene, halb so groß wie die Schweiz, wurden 3000 Rinder gehalten. Gschwind erinnert sich an die Fahrten durchs Gelände, an die Kadaver und Skelette: verendete Kühe, ein Teil der Herde. Das kümmerte den australischen Bauern wenig. Es herrschte da draußen das Gesetz der Natur; Zeit, sich um schwache Tiere zu kümmern, gab es keine.

Der Zug fährt ein und Gschwind hat kurz das Gefühl, der Boden unter ihm würde schwanken. Er kennt das und mag jetzt nicht an seinen MRI-Termin denken. Ein kleiner Schwindel ist nicht leistungsrelevant.

Als Gschwind den Waggon betritt, umfasst ihn eine schwüle Hitze; die Klimaanlage ist ausgefallen. Der Timer zeigt noch 17 Minuten. Als Gschwind bei der Schaffnerin aufgrund der schweißtreibenden Unannehmlichkeit um eine Fahrpreisreduktion bittet, blinzelt diese seine Frage charmant weg und bedankt sich für sein Ticket. Ein Ärger kocht in ihm hoch, aber der Timer meldet das Verstreichen der 15-Minuten-Marke; Gschwind sammelt sich.

Australien: An seine damaligen Eindrücke erinnert sich Gschwind zum ersten Mal seit langer Zeit, und es ist ihm ein Rätsel, wie er damals mit fast endlos viel freier Zeit hat umgehen können. Was seinen Arbeitseinsatz betrifft, so ist er der Meinung, damals in zwei Wochen so viele Kühe gesehen zu haben wie ein Schweizer Bergbauer in zwei Jahrzehnten nicht zu sehen bekommt. Das spornt ihn an, die Gestaltung seines Diploms weiter zu verfeinern. Ehe der Timer auf null läuft, will er damit fertig sein. Schließlich verlangt der *Sustainability Report* noch viel Arbeit.

*

KAPITEL 8

Nach kommunikativ anspruchsvollen Stunden im Büro, nach einer langen Diskussion um die Frage, wie sich im Kapitel *Risk Management Policy* die Daten zur *High Risk Incident-* und zur *Lost Time Injury Frequency Rate* in den *Sustainability Report* integrieren ließen, ohne den Eindruck entstehen zu lassen, ein Arbeitstag in einer Valnoya-Mine sei nichts als eine Anhäufung mehr oder weniger schwerwiegender Unfälle, nach nicht enden wollenden Korrespondenzen, die abzuschließen er auch während der Zugfahrt von Aarau via Olten und Bern nach Thun nicht wirklich geschafft hat, steigt Pascal Gschwind ebendort in den letzten Linienbus, der unter der Woche noch fährt, und lässt sich, zu keinem hellen Gedanken mehr fähig, in einer dämmrigen, vom ruckenden Beschleunigen und Bremsen des Busses getakteten Viertelstunde in das beschauliche, um diese Uhrzeit längt vollkommen menschenleer am Ufer des pechschwarz schillernden Thunersees liegende Oberhofen fahren. Das Einzige, an das Gschwind jetzt noch zu denken vermag, ist die sommerliche Hitze, die sich diesmal bis in den Herbst hineinzieht, und wie fast immer, wenn er nicht mit dem Tesla unterwegs ist, sondern sich die Umständlichkeit des öffentlichen Verkehrs zumuten mag, kommt es auch heute bei seiner späten Heimfahrt zu jenem von ihm innig geschätzten Augenblick, in welchem, kurz vor der Bushaltestelle, die alte Steinmauer rechts des Gehsteigs abfällt und den Blick freigibt auf die beiden alten Villen am See, wobei die zweite, die kleinere, aber, wie Gschwind findet, klar schönere, seit fast 15 Jahren für ihn, für Rina, für Levin das Zuhause bildet.

Das Gebäude, umfasst von einem ausladenden Garten mit alten, hohen Bäumen, strahlt eine stolze Behaglichkeit aus. Vielleicht haben sie damals ein bisschen viel bezahlt für das Anwesen, aber seine Rina war vom ersten Augenblick an begeistert, nein, regelrecht verliebt, und die Hypothekarzinsen halten sich erstaunlich tief. Jetzt, in der nur von einem schwachen Mond durchbrochenen Dunkelheit, kann er vom Haus nicht viel mehr erkennen als dessen Umrisse, und hinter dem Gebäude die beiden mächtigen Silberweiden, von denen er immer wieder gerne denkt, dass sie doch sehr würdevoll das alte Bootshaus flankieren. Das Bootshaus, das er noch dieses Jahr renovieren lassen muss, um bei der Steuerbehörde Unterhaltsarbeiten geltend machen zu können.

Das Haus betretend, sehnt er sich danach, von Rina liebevoll geküsst zu werden, auf den Mund, die Wangen, in den Nacken – und von diesen Liebesportionen beschenkt gleich ins Bett fallen zu können.

In der Küche findet er niemanden vor, auf dem Küchentisch aber liegen ein Korkenzieher und eine leere Packung sündhaft teurer, in kaltgepresstem Olivenöl gewendeter Biogemüsechips aus violetten, lokal produzierten und angeblich vom Aussterben bedrohten Kartoffeln.

Schlechte Laune kommt in ihm auf, das vieldiskutierte Artensterben geht ihm auf den Wecker: Solange Menschen hungern, sollte man seiner Meinung nach in erster Linie dafür sorgen, dass alle Arbeit und Geld erhalten, um die weltweite Armut zu bekämpfen. Die Natur könne auch mal eine Nahtoderfahrung durchmachen, ließ Gschwind einmal in einer Diskussion mit Levin verlauten. Levin hatte damals keine Antwort mehr vernehmen lassen; empört hatte er die Küche verlassen. Gschwind erinnert sich daran, als wäre es gestern passiert.

Aus dem Wintergarten kommend, dringen nun Stimmen bis zu ihm vor; das kann nichts Gutes, das kann nur Besuch bedeuten. Pascal Gschwind bleibt bei der Packung Chips stehen und fragt sich, seit wann seine Frau beruflich derart wenig ausgelastet ist, dass sie abends noch die Energie aufbringt, fremde Leute ins Haus zu lassen. Er ärgert sich, und glaubt, er habe alles Recht dazu. Er kennt keine Gäste, die keine Energie kosten und ihm jetzt noch willkommen wären. Ihre Yoga-Freundinnen können es nicht sein: Alkohol gilt bei denen als Fluchtmittel für achtsamkeitszertrampelnde Ignoranten der Gegenwart.

Am liebsten würde Pascal nun in den oberen Stock schleichen und sich unbemerkt schlafen legen. Nein, noch lieber würde er seiner Rina unmissverständlich klar machen, dass einer, der so viel arbeitet wie er, auch mal seinen Schlaf braucht.

Er hört seine Ohren pfeifen; er denkt an Frau Doktor Lepple, er weiß, er muss sich beruhigen. Tief atmet er ein, hält die Luft an, atmet langsam aus und lässt seine Gliedmaßen baumeln. Das wiederholt er drei Mal, unsicher, ob es wirkt.

Um innerlich Anlauf zu nehmen, stellt er sein Telefon stumm, lässt es in die Ledermappe gleiten, blickt auf seine Patek Philippe, ohne die Uhrzeit wahrzunehmen, und verlässt die Küche Richtung Wintergarten. Als er in der Wohnstube um die Ecke biegt, noch gute zwölf Schritte vom Wintergarten entfernt, erkennt er, dass Rina im geblümten, etwas altmodischen, aber doch sehr gefälligen, ihre schöne Hüfte und den schlanken Bauch gut betonenden Sommerkleid im bequemen Korbsessel sitzt, umgeben von Franziska und Bernhard Ruthenbeck, den Nachbarn, mit denen sie sich angeregt bei einer Flasche Wein unterhält.

Pascal Gschwind muss sich zusammenreißen, um nicht umzukehren. Wenn es etwas gibt in Oberhofen, mit dem er nichts zu tun haben möchte, dann das dünkelhafte, kulturbeflissene Paar, das Bernhard und Franziska in seinen Augen abgeben. Die beiden nach Jazz stinkenden, knapp fünfzigjährigen Ruthenbecks sind ihm zutiefst unsympathisch, vor allem, weil Bernhard, als Notar, absurd viel Geld allein damit verdient, dass er täglich zwischen neun und fünfzehn Uhr mit einem sündhaft teuren Stift in einem künstlerischen Schwung ein paar läppische Papiere unterzeichnet, während seine knochige Gattin Franziska sich um nichts anderes zu kümmern scheint als darum, nirgends ein Gramm Fett anzusetzen und ihr stets geschminktes Gesicht faltenfrei zu halten. Außerdem steht zu vermuten, dass sich unter ihren Kleidern angesichts aller anderen nicht vorhandenen Kurven ein chirurgisch optimierter Busen abzeichnet. Jedenfalls ist klar: Sie ist bestrebt, ihr Gesicht auch am Ende ihrer Tage so glatt zu halten wie die Oberfläche des Sargs, in dem es zu liegen kommen wird.

Ehrlicherweise fragt sich Gschwind nun auch, ob die Nachbarn ihm nun derart miese Laune machen, da ihre Anwesenheit ihn daran hindert, Rina zu verführen oder sich bei ihr wenigstens ein paar Zärtlichkeiten abzuholen. Für Bernhard Ruthenbeck empfindet Gschwind immerhin doch auch ein gewisses Mitleid, da sich dieser, obschon kaum fünfzig, angeblich einer Herzoperation hatte unterziehen müssen, die ihn kurz an den Rand des Todes gebracht hat.

Mit seinem Eintreten in den Wintergarten unterbricht Pascal Gschwind ein Gespräch, das sich offenbar um das wegen zunehmender Flugscham in diesem Jahr wohl nicht stattfindende Weihnachts-Shopping in New York dreht. Aber eine Woche Zermatt sei halt doch ein gutes Stück teurer.

Der Kuss, mit dem Pascal seine Frau begrüßt, fällt etwas fade aus; auch vermag Pascal nicht zu sagen, ob Rina überhaupt bemerkt, dass er beim Hinsetzen seine Hand kurz an ihre Hüfte legt, dass er ihr diesen Hauch von Zärtlichkeit unbedingt schenken will. Klar ist bloß: Rina genießt ihre Gäste mit vollem Herzen, die Weinflasche ist schon fast leer.

Gegen seinen Willen lässt sich Pascal auch ein Glas füllen; die Worte, mit denen er sich bedankt, geraten etwas laut. Während er mit den anderen die Gläser zum Klingen bringt, überlegt er, wer wohl den Kauf dieses biodynamischen Weines zu verantworten hat und ob es seine Rina inzwischen auch in Sachen Weinbau für wertvoll hält, überall Schnecken, Käfer und Würmer mitessen zu lassen. In Erwartung eines unerfreulichen Gesprächs sucht Pascal Zuflucht bei einem großen Schluck und versichert sich mit einem flinken Blick auf die Etikette, dass das Gebräu trotz biologischer Herstellung genügend Alkoholprozente aufweist. Von den Biochips mit den violetten Nahtod-Kartoffeln ist offenbar nichts mehr übrig.

Bernhard wendet sich an Pascal und erklärt ihm, weswegen Franziska und er zu ihnen gekommen sind: Zusammen mit Levin sei ihre Tochter Angelika eine der tragenden Figuren von *Back to the Fruits*, der ökologischen Schule, die in einer Waldhütte bei Sigriswil ihren Betrieb aufgenommen hat. Auch Angelika habe das Gymnasium geschmissen.

Pascal versteht weder den wohlwollenden Tonfall, den Bernhard vernehmen lässt, noch erschließt sich ihm, wie sein Nachbar von *Betrieb* sprechen kann, wenn ein paar Jugendliche, statt die Mittelschule abzuschließen, in einer Waldhütte abhängen.

Mit einem Blick zu seiner Frau versucht Pascal zu ergründen, wie die über das Desaster denkt. Es will ihm jedoch nicht gelingen, zu Rina einen näheren Kontakt herzustellen; sie geht nicht auf seinen Blick ein, auch gehört ihre Aufmerksamkeit nicht ihm, sondern dem Thema, sie konzentriert sich auf Bernhard, der es gewohnt ist, andere zum Zuhören zu zwingen und nun wortreich davon redet, wie beeindruckt er sei von diesen Jugendlichen, die dem ressourcenverschlingenden Irrsinn unserer Zeit endlich ein Ende bereiten wollen. Auch angesichts der anhaltenden Dürre sei das ein Gebot der Stunde. Allerdings wisse er wenig bezüglich des Unterrichts; um Ressourcen zu schonen, bleibe Angelika die meiste Zeit offline.

Als könne er sich damit vor der Erwartung schützen, antworten zu müssen, nimmt Pascal abermals einen großen Schluck und blickt angestrengt stumm in sein Glas; er versteht nicht, wie es seinem Nachbarn möglich ist, ohne Ironie über die Angelegenheit zu sprechen. Bernhards gönnerhaftes Verständnis für die pubertären Ideen dieser Jugendlichen widert ihn an, und er fühlt, er wird, falls das so weitergeht, bald in der Laune sein, ihm dies ins Gesicht zu sagen.

Nun unterstreicht Franziska, wie toll sie das Experiment finde, auch weil sie denke, die Jugendlichen stünden, da die Schweiz sommers zukünftig vielleicht immer sowohl mit Dürren wie auch mit heftigem Regen auskommen müsse, in ihrem Leben noch vor großen Herausforderungen.

Falls Pascal richtig begriffen hat, haben sich Bernhard und Franziska bereits die Mühe gemacht, die von ihnen als *Waldschule* bezeichnete Hütte aufzusuchen. Franziska zeigt sich beeindruckt von Levin, der ganz selbstverständlich und ohne Allüren eine Vorbildfunktion übernommen habe. Ganz furchtlos verspeise er dort oben die widerlichsten Insekten.

Auch Bernhard, der seinen Blick immer wieder höchst aufmerksam auf Rina richtet, als müsse er prüfen, ob sie vielleicht nicht doch attraktiver sei als seine optimierte Franziska, lobt nun Levin aus ganzem Herzen. Eine autonome Schule zu gründen in einer stromlosen Waldhütte, sei etwas ganz anderes, als mit einem Plakat vor dem Bundeshaus zu sitzen, Selfies zu knipsen und dem Rest der Gesellschaft vorzuhalten, er unternehme nichts in Sachen Klimaschutz! Ja, was *Back to the Fruits* hier anreiße, sei wirklich revolutionär. Außerdem diese großartige Aktion mit den Strohballen und die visionäre Idee eines Fahrrads *made in Europe*; Levin zeige damit auf, was es heißt, in wirklich allen Details ökologisch zu denken. Da ginge es eben nicht, sich von einem E-Bike anschieben zu lassen. Es sei doch wahr: Die Elektro-Mobilität und dieser unfassbare Wahn, alles, vom Lastwagen bis zur Zahnbürste, mit einer Batterie zu betreiben – das sei einfach Raubbau an der Erde.

Pascal versteht nicht, ob Bernhard ihn nun auch persönlich angreifen will. Noch rätselhafter ist ihm, wieso Bernhard nicht auffällt, dass da genau sein eigener Lebensstil am Pranger steht.

Bernhard wohnt in einem Anwesen, das deutlich fetter ist als die auch nicht gerade kleine Villa, die er mit Rina und Levin bewohnt, er hat zwei übergewichtige Wagen in der Garage stehen, beide von neuestem Jahrgang, beide bestückt mit einer hocheffizienten Rapacitanium-Batterie, und er besitzt ein unendlich viele Liter Diesel verbrennendes Motorboot, das im Bootshaus kaum Platz findet, und dieses Bootshaus – Bernhard hat es einmal stolz erwähnt – lässt sich sogar beheizen, obwohl es nicht isoliert ist!

Gschwind merkt, Rina hat seine Laune zur Kenntnis genommen; ihre Hand berührt kurz seinen Ellbogen, nicht zum Zeichen liebevoller Verbindung, nein, sie signalisiert ihm nur die Frage, ob er noch etwas Wein möchte.

Das will er. Vor allem ist er froh, dass es Bernhard offenbar gleichgültig ist, wie er, Gschwind, über das Gebaren der Kinder denkt. Als käme er frisch aus einer gemeinsamen Sitzung, erzählt Bernhard begeistert von den Ideen, die Angelika und Levin noch umsetzen wollen.

Wenn Pascal richtig hört – und er hört nicht mehr besonders gut – lauten die Schulfächer, die Angelika und Levin in den Lehrplan aufgenommen haben, unter anderem: *Zukunft ohne Fortschritt*. Oder: *Lob ohne Leistung*. Und: *Sommer mit Dürren und Starkniederschlag*. Und: *Mobilität ohne Motor*.

Franziska fügt an, *Back to the Fruits* stelle, falls es wirklich weitergehen könne, die beste Matura-Arbeit dar, von der sie je gehört habe.

Um mehr Raum einnehmen zu können, hievt sich Bernhard ein paar Zentimeter aus dem Korbsessel und schlägt in einem fast schon feierlich anmutenden Ton vor, gemeinsam einen Brief an die Erziehungsdirektion zu schreiben, um die Sache den Behörden zu erklären. Um zu erreichen, dass die Schüler nicht suspendiert, sondern, im Gegenteil, für ihr selbstinitiiertes Engagement gewürdigt werden.

Hätte Pascal Wein im Mund, er würde sich jetzt verschlucken.

Es sei nötig, dem Amt die Ziele und die Vision von *Back to the fruits* darzulegen. Nur so werde sich die Erziehungsdirektion überzeugen lassen. Danach liege es am Kanton: Der habe die Wahl, sich fortschrittlich zu zeigen – oder aber so zu tun, als habe eine Schule nichts mit ökologischer Verantwortung zu tun.

Pascal Gschwind bleibt die Spucke weg, er fühlt Übelkeit und Schwindel in sich aufsteigen. Er merkt, lange wird er die Idiotie der Nachbarn nicht mehr ertragen. Eine Idiotie, die durch das sachliche, aufmerksame Zuhören seiner Rina noch unerträglicher wird.

Rina lehnt sich in ihrem Sessel vor, als wolle sie zeigen, dass nun alle zusammenrücken müssten, und erwähnt, gestern erst gelesen zu haben, dass 73 Prozent der gesamten Umweltbelastung, die der Schweizer Konsum auslöst, nicht in der Schweiz, sondern im Ausland anfallen. Das müsse man sich einmal vor Augen führen: Als würde sie sich einen Porsche kaufen, der 100.000 Franken kostet, von denen sie aber, schlicht weil sie Schweizerin ist, nur 27.000 bezahlen müsse, während die verbleibenden 73.000 namenlose Leute im Ausland übernähmen, die sie nicht kenne und denen sie, weil ihnen das Geld für eine Reise fehle, in der Schweiz auch nie begegnen werde.

Gerne würde Pascal seine Rina fragen, seit wann sie sich für Autos interessiere, aber da nickt schon ganz angeregt die makellos glatte Franziska und fügt an, sie stelle sich manchmal vor, entlang der Schweizer Grenze, aber eben gleich außerhalb der Schweiz, türmten sich riesige Abfallberge, fänden sich gerodete Wälder und verschmutzte Gewässer, wie ein Schmutzwall, der die schöne Schweiz umgebe. Da frage sie sich, was sie eigentlich für eine Generation darstellten und wie sie derart dumm sein könnten, sich noch immer über das Wirtschaftswachstum zu freuen. Es sei beschämend; ja, auch sie selber, ganz persönlich, fühle sich schuldig und schäme sich.

Pascal gibt vor, sein Telefon klingeln zu hören und entschuldigt sich.

Allein in der Küche, stützt er sich neben der leeren Biochipspackung auf den Tisch. Er fühlt sich wie nach einer Folter, seine Ohren brummen, ihm schwindelt. An seiner Armmuskulatur zerrt eine ungesunde Spannung. Vielleicht hat er als Teenager auch ein paar Dummheiten begangen. Aber sicher hat er seine pubertären Ideen nicht ernst genommen und damit seinen Schulabschluss riskiert.

Am liebsten würde er Rina vorschlagen, morgen in aller Früh in diesen Wald zu fahren und Levin, notfalls mit Gewalt und in seinem unökologischen Tesla, nach Hause zu holen. Und zwar bevor es Bernhard tatsächlich schafft, der Erziehungsdirektion einen unsinnigen Brief zu schreiben.

Aber er versteht, das bringt wahrscheinlich nichts. Das ist nicht *zielführend*, wie Rina sagen würde. Und womöglich ist es allein sein Problem, dass er sich danach sehnt, wenigstens in grundsätzlichen wirtschaftstheoretischen Dingen mit Rina gleicher Meinung zu sein.

Er weiß nicht, ob sein Eindruck richtig ist, wenn er glaubt, seine gesundheitlichen Probleme, der Schwindel und der rauschende, sausende und bisweilen dröhnende, von innen her sein Hörorgan füllende Lärm würde sich häufiger und auch deutlicher zeigen. Oder gibt es in seinem Leben jetzt häufiger Ärger? Was, wenn es sich wirklich um Morbus Menière handelt? Was, wenn die MRI-Untersuchung im Inselspital auch bei den liberalsten aller Interpretationen zu dem Fazit kommt, dass in seinem Schädel ein Tumor wächst?

Vielleicht wird er die Erziehungsdirektion darum bitten müssen, seinen Sohn notfalls mit Gewalt ans Gymnasium zurückzuholen. Außerdem könnte er jemanden finden, der die Waldhütte kauft und die Jugendlichen vor die Tür setzt. Das könnte er alles tun und noch viel mehr, aber jetzt kann er es nicht, er ist schlicht erledigt. Er klemmt sich die Ledermappe unter den Arm, geht schwankend hoch ins Schlafzimmer, legt sich hin und schaut sich Bilder des *Rum Runners* an. Die Nachbarn werden ihn entschuldigen; sie wissen, er hat einen anspruchsvollen Job.

Die Bilder des wuchtigen Motorboots, das bald schon ihm gehören wird, beruhigen ihn. Er sieht sich zusammen mit Rina auf diesem Boot ausfahren, sieht alle anstrengenden Diskussionen hinter sich zurückfallen. Allmählich verringert sich der Schwindel, das Rauschen in seinen Ohren klingt ab.

Er versucht, an nichts mehr zu denken. Aber wenn er die Termine richtig im Kopf hat, müsste bald jemand von der Baufirma aufkreuzen, um die Renovation und den Umbau des Bootshauses zu besprechen. Denn in der kleinen Bootshütte, wie sie jetzt am Wasser steht, wird der *Rum Runner* nicht unterzubringen sein.

Mit geschlossenen Augen putzt sich Gschwind die Zähne; gedanklich umschleicht er das Schweizer Rapacitanium, das seine Karriere bei Valnoya beflügeln wird.

Endlich legt er sich ins Bett und schaut, letzte Kräfte aufbietend, kurz nach, wie viel er heute mit seinen Fonds verdient hat. Die Papiere der mit Wasserkraft verbandelten Konzerne hat er zum Glück noch rechtzeitig abgestoßen, die hätten seine Bilanz merklich nach unten gezogen; jetzt zeigt sich ihm eine schöne, vierstellige Summe. Eine Summe, die ihn darüber hinwegtröstet, mit Rina nicht immer gleicher Meinung zu sein. Ehe er einschläft, verdoppelt er, ohne Rücksprache mit Bahnsen, die Anzahl seiner Valnoya-Aktien.

*

KAPITEL 9

Dass er auch ohne Wecker kurz nach fünf erwacht, und zwar unabhängig davon, wann und in welchem Zustand er sich schlafen legt, ist für Rina, falls er sie richtig verstanden hat, nach wie vor unbegreiflich. Er könne es sich nicht leisten, mit dem Schlafen zu trödeln, hat er vor Jahren einmal scherzhaft eingeworfen, und diese stillen Randstunden am frühen Morgen und späten Abend, wenn alle anderen schlafen, zählen seit Studienzeiten zu seinen liebsten; er kann sich in diesen Stunden am besten konzentrieren. Gschwind versteht einfach nicht, wie Rina mit ihrer Tagesleistung zufrieden sein kann, wenn sie sich regelmäßig erlaubt, erst nach acht das Bett zu verlassen.

Nach drei Tassen Kaffee und 90 Minuten am Laptop verlässt Gschwind die Küche und geht die Treppe hoch in die erste Etage, wo er, bemüht, seine Rina nicht zu wecken, die hintersten Winkel seines begehbaren Kleiderschranks nach abgetragenen, landwirtschaftstauglichen Kleidern durchforstet. *Kleider machen Leute*, das hat er bereits während seines Studiums der Ökonomie begriffen; ein passendes Outfit gilt als wesentliche Voraussetzung des Erfolgs. Allerdings stößt er auf nichts als schicke Button-down-Hemden und dunkle Jacketts. Er fragt sich, ob es denn möglich sei, dass er inzwischen keine Klamotten mehr hat, in denen er sich halbwegs glaubhaft als Landwirt präsentieren könnte.

Die doch recht üble Situation mit Levin umwölkt seine Gedanken. Was Bernhard gestern alles von sich gegeben hat, ist Raubbau an seinen Nerven.

Gschwind ist sich sicher, es wäre richtig, diese Angelegenheit zu priorisieren. Er befürchtet, seine Rina werde ihn nicht dabei unterstützen, ihren aus der Reihe tanzenden Sohn zurück ans Gymnasium zu zwingen. Was er am Abend zuvor im Wintergarten von ihr vernommen hat, was sie über diese gewiss nur der Fantasie eines Journalisten entsprungenen 73 Prozent an durch Schweizer

Konsum verursachter Umweltbelastung gesprochen hat, die angeblich im sogenannten Ausland anfallen, lässt ihn befürchten, sie könnte sich darauf einlassen, diesen idiotischen Brief zu unterschreiben, den die jazzverseuchten Nachbarn wahrscheinlich ökologisch korrekt ans Amt schicken wollen. Wie sehr ihn das stört, mag er sich lieber nicht eingestehen.

Ein Kleiderbügel gleitet ihm aus der Hand und fällt zu Boden; Gschwind befürchtet, seine Rina womöglich geweckt zu haben. Sie ist es gewohnt, ihn früh und lautlos aus dem Haus zu haben. Vor ein paar Monaten, als er ausnahmsweise mal bis kurz nach acht hinter seinem Laptop in der Küche gesessen hatte, machte sie ihm erstaunlich nachdrücklich klar, wie sehr sie das morgendliche Alleinsein schätze, um sanft vom Schlaf in die erste Meditation zu gleiten.

Pascal fühlt sich zu seiner Rina noch immer hingezogen, nur ihr zart und zärtlicher werdendes Vokabular befremdet ihn. Als er Rina vor wenigen Wochen während eines Telefonats mit einer Freundin von ihrem *inneren Kind* hat reden hören, musste er das Weite suchen.

Jetzt stellt er sich vor, wie ihn Rina, noch halb im Schlaf versunken, vom Schlafzimmer aus energisch bittet, doch leise zu sein. Spöttisch stellt sich Gschwind vor, sie könne ihm das nicht laut sagen, da jegliche Anstrengung sie energetisch aus der fragilen ayurvedischen Balance werfen würde.

Dass Pascal Rina gegenüber derzeit zu etwas bissigen Reaktionen neigt, hat auch damit zu tun, dass er das Gefühl hat, seine Frau schiebe bei ihrem Job als Denkmalpflegerin eine ruhige Kugel, während er selbst sich unter größter Anstrengung echten Herausforderungen stellt. Noch schwerer wiegt, dass sie ihn vor seiner Abreise nach Sambia gebeten hat, darauf zu achten, nicht zu viel zu arbeiten. Sie habe keine Lust, sagte sie mit entschieden ihre Aussage begleitender Handbewegung, ihn demnächst in einer

Burnout-Klinik zu besuchen. Damit hat sie Pascal empfindlich verletzt, sodass er inzwischen manchmal denkt, sie glaube tatsächlich, eine Position, wie er sie erreicht hat, sei einfach zu halten.

Ein weiterer Grund seines Unmuts rührt aus der Irritation, dass Rina ihn nicht gefragt hat, was das am Beatenberg entdeckte Rapacitanium für Valnoya bedeutet. Sie hält sich einfach nicht auf dem Laufenden, liest keine Zeitung, hört kein Radio, hat keine News abonniert – wie sie derart informationslos durchs Leben gehen kann, ist Gschwind ein Rätsel. So spürt er auch keine Lust, ihr zu erzählen, dass er heute beweisen wird, Hillers' Vertrauen auch tatsächlich zu verdienen.

Egal, in welcher Ecke er sucht: Gschwind findet keine Kleider, die sich eignen für einen Besuch bei einem Berglandwirt. Das Gartenhaus kommt ihm in den Sinn, der kleine Geräteschuppen und mit ihm der rostige Nagel, an dem für gewöhnlich eine karierte, verdreckte Jacke hängt.

Draußen empfängt ihn das Dämmerlicht eines Herbsttages, ein schwacher Wind bewegt sanft die alten Weiden, vom Ufer her dringt das Klatschen winziger Wellen an sein Ohr. Vom Innern des Bootshauses ist das ruhige Knarren der Taue zu hören, mit denen das alte Motorboot festgezurrt ist. Gschwind fragt sich, ob er bei der Renovierung des Bootshauses nicht auch gleich eine Heizung einbauen lassen sollte, da die Tropenhölzer, aus denen der *Rum Runner* gefertigt ist, empfindlich auf Temperaturschwankungen reagieren könnten.

Verträumt steht Gschwind vor seinem Bootshaus und stellt sich vor, wie Ruthenbeck neiderfüllt erblasst, wenn er mitansehen muss, wie sein Nachbar in einem umwerfenden *Rum Runner* über den See gleiten wird. Das Bild hält ihn für eine Weile gefangen, dann erinnert er sich, im Gartenhaus nach Klamotten suchen zu wollen. Er fragt sich, ob sie eigentlich noch immer einen Gärtner angestellt haben und wann er ihn zum letzten Mal gesehen hat.

Dabei fällt ihm auf, dass er auch die Putzfrau schon lange nicht mehr gesehen hat. Er glaubt nicht, dass das an seinen Arbeitszeiten liegt. Allerdings machen Wohnräume und Garten immer einen tadellosen Eindruck auf ihn. Dass der Rasen vollkommen verdorrt ist, hat vielleicht nichts mit einem nachlässigen Gärtner, sondern mit dem landesweiten Verbot zu tun, Grünflächen zu bewässern.

Tatsächlich findet Pascal im Schuppen neben dem Bootshaus eine alte Gärtnerjacke und dunkelgrüne Gummistiefel. An Jacke und Stiefeln klebt trockene Erde; in der Jackentasche steckt eine rostige Gartenschere; Pascal findet das authentisch und zieht die Sachen an.

Er schließt den Reißverschluss der robusten Jacke, schaut an sich herab, findet, dass dies ziemlich gute Kleidung sei. Zu gut für einen Gärtner. Er wird Rina fragen, ob sie dem Gärtner nicht einen zu hohen Lohn bezahlen. Es ist ihr leider zuzutrauen, dass sie die Jacke extra für den Gärtner gekauft hat. Pascal hat nichts gegen Großzügigkeit, aber er findet, sie muss sich lohnen. Sie muss ein *Investment* sein, das irgendwann in einem *Cashback* resultiert.

Vor der Garage klopft er sich allen Dreck von der Jacke; er möchte den Tesla nicht schon wieder in die Innenraumreinigung geben müssen. An einem weißen, in der Garagenwand eingebauten Plastikkästchen tippt Pascal einen fünfstelligen Code ein, woraufhin sich surrend das breite Garagentor öffnet. Lieber wäre ihm, das Kästchen wäre in schlichtem Chromstahl gehalten, aber aus Gründen, die ihm jetzt fremd sind, hatte er es dem Handwerker damals durchgehen lassen, die Variante aus Plastik einzusetzen. Dennoch ist es ärgerlich: Statt die Sache vor Jahren mit einem einmaligen Aufpreis bezahlt zu haben, büßt er nun jedes Mal dafür mit der schmerzhaften Vorstellung, ein Kästchen aus Chromstahl wäre schöner.

Das Tor ist nun ganz geöffnet, in der Garage zeigt sich ansprechend indirekt beleuchtet sein Tesla QX mit der Obsidian-Black-Metallic-Lackierung und den schwarzen 22-Zoll-Onyx-Turbine-Felgen. Wenn Pascal den Wagen anschaut, kommt es vor, dass er sich fragt, ob das Fahrzeug vielleicht nicht doch ein Quäntchen zu klobig ausgefallen sei, ob er vielleicht doch das kleinere, schlankere Modell hätte wählen sollen. Der Eleganz wegen. Zu diesem kritischen Gedanken kann Pascal jeweils eine gesunde Distanz aufbauen, indem er sich daran erinnert, dass Autofahren mit Physik zu tun hat und bei einem Unfall ein schwererer Wagen deutlich sicherer ist. Zudem ruft er sich in Erinnerung, dass das kleinere Modell in der Regel von Leuten gefahren wird, die nicht halb so viel verdienen wie er.

Diesen auffallend schön lackierten Tesla hat sich Pascal in seinem letzten Jahr bei der Suissecom geleistet, im Januar, gleich nachdem der Vorjahresbonus auf seinem Konto eingetroffen war. Er bereut es nicht.

Seinen rechten Daumen hält Gschwind kurz ans Telefon, sein Fingerabdruck wird erkannt; die Fahrertür öffnet sich, die Lichter gehen an, Gschwind steigt ein. Zügig lässt er den schweren Wagen aus der Doppelgarage gleiten, schaltet die Klimaanlage ein, stellt das Radio an und reiht sich auf der kurvenreichen, dem Nordufer des Sees folgenden Straße in den dichten Morgenverkehr. Hin und wieder macht sich Pascal einen Spaß daraus, die Sensoren seines Hightechfahrzeuges zu testen, indem er den Wagen in den Kurven den zwischen Straßenrand und Uferböschung stehenden Leitplanken bedrohlich nahekommen lässt. Immer wieder erfüllt es ihn mit Genugtuung, wie flink der Wagen Alarm schlägt, wie schnell das 24-Zoll-Display auf eine Gefahr hinweist.

Auf der anderen Seite des Thunersees zeigt sich nun der Niesen majestätisch in den allerersten Sonnenstrahlen, der Gipfel des Berges ist noch ganz ohne Schnee. Gschwind muss an die

ETH-Geologin Hollenstein denken, an deren Aussage, der wichtigste Rohstoff der Schweiz sei ihre intakte Natur. Gerne hätte er Hollenstein gefragt, auf wie viele Tausend Franken sie denn den Wert eines derart von der Sonne beleuchteten Niesens schätzt. Er weiß nicht, ob er das Radio ausschalten soll; er möchte sich nicht plötzlich anhören müssen, wie Hollenstein ihre dunkelgrünen Weisheiten verbreitet.

Für den Tesla hat er damals mit allen Extras und nach den über mehrere Tage sich hinziehenden Rabattverhandlungen 132.000 Franken hingeblättert. Das hält er für einen klar definierten Wert; insgesamt hat er dank seines Verhandlungsgeschicks 7990 Franken eingespart, eine Summe, die er so schnell nicht vergessen wird, und er hält es für ausgeschlossen, dass er woanders für so wenig Geld so viel Auto erhalten hätte.

Die Vorstellung aber, chinesische Touristen reisten nicht mehr in die Schweiz, wenn der Beatenberg durch eine größere Rapacitanium-Mine an Attraktion verliert, wie so mancher Verteidiger der unberührten Schweizer Natur es öffentlich verlauten lässt, ärgert ihn enorm. Der Beatenberg, denkt er, sei doch in China vollkommen unbekannt, und solange man das Jungfraujoch an seinem Platz und die Chinesen alles fotografieren ließe, was sie für sehenswert halten, erlitte der Tourismus keinerlei Beeinträchtigung. Wahrscheinlich ließe sich sogar aus einem Beatenberg, der sich einer Mine wegen von einem Berg in eine Mulde verwandelt, ein für Chinesen attraktives Urlaubsziel kreieren: Die Chinesen könnten sehen und fotografieren, wo und wie das berühmte helvetische Rapacitanium abgebaut wird. Und würden verblüfft feststellen, dass sich Rapacitanium gewinnen lässt, ohne ganze Talschaften zu zerstören.

Schon lange ärgert sich Gschwind über die raffinierte grüne Panikmache; jetzt ist mit ETH-Geologin Gabriela Hollenstein eine neue Wortführerin aufgetaucht. Er versteht nicht, weswegen sie

Gehör findet; wer seinen Verstand gebraucht, müsste Gschwinds Meinung nach doch wissen, dass es in der Schweiz seit dem Mittelalter keine intakte Natur mehr gibt. Müsste wissen, dass Wilhelm Tell, um seine Armbrust zu bauen, einen Baum gefällt hat. Wissen, dass eine intakte Natur lediglich eine Frage des Marketings ist.

Das weiß, davon ist Gschwind überzeugt, auch Gabriela Hollenstein. Sie ist aber offenbar klug genug, vollkommen populistisch zu taktieren und aufzuheulen wie die militanten Tierschützer, sobald sie auch nur von weitem einen Jäger erspähen kann.

Je mehr Gschwind über all das nachdenkt, desto mehr reizt es ihn, mit dieser Gabriela Hollenstein ein öffentliches Streitgespräch zu führen. Wahrscheinlich hat diese Wortführerin der sogenannten intakten Natur China nie bereist und überhaupt keinen Begriff davon, was andere Nationen für das Wohl ihrer Wirtschaft herzugeben bereit sind.

Ungehalten über die steigende politische Macht seiner Widersacher, verliert Gschwind die Geduld mit dem Wagen vor ihm. Er sieht sehr wohl, dass die Mittellinie durchgezogen und der halbwegs gerade Abschnitt vor der nächsten Kurve sehr kurz ist, aber das führt nur dazu, dass er umso deutlicher meint, ein Überholmanöver stelle bei der Beschleunigung, die sein Tesla auf den Asphalt bringt, kein Problem dar.

*

KAPITEL 10

In der Beatenbucht, am Fuß des Beatenbergs, zwischen der Schiffsländе und der Talstation der Standseilbahn, sucht Pascal Gschwind für seinen Tesla einen angemessenen Parkplatz. Die auf dem Boden markierten Parkflächen aber sind lächerlich klein.

Klar könnte er auf der steilen Straße ins Dorf hochfahren, aber sein Auto passt definitiv nicht zu seiner Kleidung, er würde Aufsehen erregen.

Unschlüssig schaut er sich um. Gäbe es hier einen Vormittag lang eine Doppelgarage zu mieten, Gschwind würde es tun. Der gestrige Abend kommt ihm in den Sinn; still schüttelt er den Kopf über seine Nachbarn. Ein bisschen verhält es sich mit diesen Parkfeldern wie mit dem Hirn, denkt Gschwind: Viele herkömmliche Hirne sind zu klein, um zeitgenössische Gedanken darin zu parken. Aber gut: Wieso sollten ein von leicht verdientem Geld verwöhnter Notar mit Herzschwäche und seine kosmetiksüchtige Hausfrau auch eine Ahnung haben von wirtschaftlich relevanter Arbeitsleistung? Von der Bedeutung des Bruttosozialprodukts?

Als wollte er beweisen, mit seinem Denken im Recht zu sein, besetzt Gschwind schließlich nahe der Schiffsanlegestelle gleich zwei Parkfelder. Vor dem Aussteigen überblickt er die Nachrichten. Eine Meldung zu den Rohstoffreserven Grönlands lässt ihn innehalten, denn Daniel Hillers hat jüngst in einem Nebensatz erwähnt, dass er ihn gerne dorthin schicken würde. Gschwind überfliegt unaussprechliche Ortsnamen, liest von riesigen Vorkommen an Uran, Seltenen Erden, darunter Rapacitanium, Dysporosium, Titaneisenerz. Wichtigster wirtschaftlicher Player in Grönland sei eine australische Firma namens *Greenland Soils* – Gschwind weiß, Hillers hatte bereits Vorkehrungen getroffen, die Firma aufzukaufen, dann aber den Zeitpunkt für ungünstig gehalten. Offenbar lässt sich der clevere Hillers von der Erderwärmung noch ein wenig grönländisches Eis abschmelzen, ehe er ins Geschehen eingreift.

Gschwind steigt aus, schaut hoch zum Beatenberg, der steil aufragende, felsdurchsetzte Nadelwälder aufweist. Weder der Gipfel des Berges noch der Eingang zu den Höhlen sind von dieser Bucht aus zu erkennen. Der Boden nahe der Schiffsanlegestelle schwankt jetzt leicht. Ein kurzer Schwindel nur, Gschwind kennt das und verscheucht den Gedanken an Frau Doktor Lepple gleich wieder.

Ein mächtiges, den gesamten Raum füllendes Horn eines Schiffes lenkt Gschwinds Blick zum See, zu einem weiß leuchtenden, am gegenüberliegenden Ufer anlegenden Linienschiff.

Das lässt Pascal an seine Mutter denken. Barbara Gschwind ist die dienstälteste Kapitänin der schweizerischen Binnenschifffahrt und auf dem Thunersee so etwas wie eine Institution. Pascal sieht ihr strahlendes Gesicht, ihre souveräne Art, in der stolzen Uniform an Bord zu schreiten, er sieht ihr kräftig gelocktes, graues Haar unter der Mütze im Wind wehen, ihre eleganten Hände zum Gruß winken. Gut möglich, dass er sein berufliches Streben, seine Disziplin, von ihr hat.

Ein Blick in den Kalender bestätigt ihm: In zehn Tagen wird Barbara mit dem neuen Linienschiff auf Jungfernfahrt gehen. Mit jener *Queen of the Alps*, die bereits jetzt Schlagzeilen macht, weil der Bundesrat das Schiff für sein sogenanntes *Bundesratsreisli* gebucht hat. Die politische Spitze der Schweiz will es sich nicht nehmen lassen, auf diesem größten je auf einem Schweizer See zugelassenen Schiff auszufahren.

Wohl auch deswegen ist in den Medien wortreich diskutiert worden, ob es noch zeitgemäß sei, ein derartiges Schiff mit Diesel zu betreiben. Mit einem für Schiffsmotoren üblichen, angeblich besonders umweltschädlichen Schiffsdiesel.

Klar wäre theoretisch auch ein Batterieantrieb möglich, hatte Barbara Gschwind im Namen der Schiffsgesellschaft den Medien erklärt, so ein Schiff sei aber eine höchst ausgeklügelte Einzelanfertigung. *Everything is customized,* gab sie Neudeutsch zu

Protokoll, da brauche es das gesamte Know-how einer mit lokalen Begebenheiten vertrauten Werft; außerdem sei eine Batterie von entsprechender Leistung deutlich zu schwer und zu teuer. Zu langsam auch im Ladevorgang für den dichten Sommerfahrplan.

Von grüner Seite hagelt seither Kritik auf Barbara nieder. Es sei heute, so heißt es, ethisch nicht mehr vertretbar, ein derart riesenhaftes Fahrzeug zuzulassen. Suffizienz müsse auch für Firmen zum Imperativ werden.

Hier hatte Barbara schlicht und sachlich punkten können: Es sei deutlich ökologischer, 1400 Passagiere auf ein einziges Schiff zu packen als auf drei.

Auch im jüngsten Artikel, den Pascal zum Thema gelesen hat, macht seine Mutter mit ihren Meinungen eine gute Figur. Er könnte ihr höchstens vorwerfen, sie habe, als sie die lange Ladezeit einer großen Batterie als Nachteil erwähnte, nicht an Rapacitanium gedacht.

Nun, da er sich diesen Anlass erstmals etwas konkreter vorstellt, betrübt es ihn auch, an der Jungfernfahrt der *Queen* nicht teilnehmen zu können – falls Hillers Planung stabil bleibt, wird er in zehn Tagen in Peru sein.

Allerdings würde er, wenn er es recht bedenkt, bei dieser Jungfernfahrt nichts anderes tun, als neben seinem wortkargen Vater an der Reling zu stehen, nur, um wieder einmal festzustellen, dass er sich mit ihm aller genetischen Nähe zum Trotz nicht unterhalten kann. Er würde sich langweilen, würde zu viel Sekt und zu wenig anregende Gedanken zu sich nehmen.

Pascal Gschwind begibt sich zur Talstation der Standseilbahn und bittet um ein Ticket. Als er den Preis hört, erschrickt er und will wissen, wie lange die Fahrt hoch ins Dorf dauert. Die Frau hinter der Glasscheibe taxiert ihn, nennt ihm die Dauer von acht Minuten, und Gschwind rechnet aus, dass eine Fahrt von einer Stunde mehr als 190 Franken kosten würde.

Er erwägt, die Frau zu fragen, ob sie dies für einen angemessenen Tarif halte, lässt es aber sein und nimmt die Sache als Beweis dafür hin, dass ein monopolverzerrter Markt nach Belieben sein Unwesen treiben kann. Misslaunig steckt er das Ticket in die Gärtnerjacke zur rostigen Gartenschere.

Die sollten sich, denkt er im Weggehen, nicht wundern, wenn die Chinesen in ein paar Jahren hier ihre eigene Bahn hochziehen. Eine Bahn, die doppelt so schnell fährt und drei Mal günstiger ist.

Kaum erfüllt ihn dieser Gedanke mit einer trotzigen Freude, stellt er mit Blick auf seine Patek Philippe verärgert fest, dass erst in sieben Minuten die nächste Bahn fährt. Lange schon will er Google Maps richtig personalisieren, damit der Routenplaner endlich einkalkuliert, dass eine Fahrt mit seinem Tesla schneller geht als mit einem gewöhnlichen Fahrzeug, aber er kommt schlicht nicht dazu.

Jetzt fühlt er den Schlaf, der ihm fehlt. Es überrascht ihn jedoch nicht, dass es hier keinen Kaffee zu kaufen gibt. Als er die Toilette aufsucht, ärgert er sich über den dort angebrachten Hinweis, man möge Wasser sparen; wahrscheinlich, denkt er, verzichten wahre Grüne in dieser Zeit der Dürre sogar auf die wichtigsten hygienischen Grunderrungenschaften.

Als weit oben zwischen den Bäumen die Bahn endlich zum Vorschein kommt, schaut Gschwind kurz vom Telefon auf, dann vertieft er sich wieder ins Studium der neuesten Meldungen auf seinem Rohstoffportal. Gerade geht es um NGOs und andere zivilgesellschaftliche Organisationen, die, was das Wissen um die Folgen des Rohstoffabbaus anbelangt, als Multiplikatoren wirken könnten.

Gemächlich gleitet die Standseilbahn in die kleine Halle; die Menschen, die aus der Kabine steigen, erscheinen Gschwind unmodisch und ärmlich. Gschwind steigt ein, lacht kurz ironisch auf, als er bemerkt, dass die Bahn keine Klimaanlage aufweist, und liest weiter. Den Einfluss von NGOs im Rohstoffsektor hält er für überschätzt. Der Journalist des Artikels hat offenbar nicht überlegt, dass Firmen, die Rohstoffe benötigen, um wirtschaftlich überleben zu können, sich nicht von dem mahnend erhobenen Zeigefinger einer blumenliebenden NGO aufhalten lassen.

Gschwind lässt das Telefon in seiner Jacke verschwinden. Eine uralt wirkende Frau, deren Gesicht von Falten überzogen ist, betritt mit einem Weidenkorb im Arm die Bahn: Gschwind würde sie am liebsten fragen, ob sie den Korb in ein Heimatmuseum bringe oder ob das ernsthaft ihre Handtasche sei.

Seine Mutter erscheint ihm dagegen alles andere als museal. Dass Barbara im kommenden Jahr sechzig wird, mutet ihm sonderbar an. Die Jungfernfahrt der *Queen* dürfte den Höhepunkt ihrer Karriere darstellen; Gschwind fragt sich zum ersten Mal, was sie nach ihrer Pensionierung machen wird. Gut möglich, dass sie einfach weiterarbeiten würde. Einer starken Volkswirtschaft ist es eigentlich nicht zuzumuten, erfolgreiche Leute schon vor dem 70. Lebensjahr in Rente zu schicken.

Noch drei Minuten bis zur Abfahrt. Gschwind liest von einem intransparenten Verhalten irgendeiner EU-Kommission und dass diese den Verdacht schüre, wirtschaftliche Belange hätten in Brüssel mehr Gewicht als der Umweltschutz und die Sicherheit von Mitarbeitenden. Wieder würde Gschwind am liebsten den Artikel mit einem Widerspruch unterbrechen: Umweltschutz und Sicherheit lassen sich, so seine Überzeugung, allein durch eine gut funktionierende Wirtschaft finanzieren. Dann wischt er den Artikel weg und fügt an: Vielleicht begreifen das demnächst auch die Grünen.

*

KAPITEL 11

Mit einem feinen Ruck setzt sich die Standseilbahn in Bewegung, verlässt den Bauch der Talstation, gleitet unwirklich leise den steil ansteigenden Wald empor. Gschwind staunt, dass ihm ein Artikel aus dem *Thuner Tagblatt* empfohlen wird – und erschrickt, als ihm das Gesicht seines Sohnes entgegenlächelt. Er kann es kaum glauben, aber das *Thuner Tagblatt* veröffentlicht einen Bericht über *Back to the fruits*: Sein Sohn posiert auf einem Bild als Schulleiter, in der offenen Hand einen Käfer, den er wahrscheinlich gleich verspeisen wird.

Bauchschmerzen packen Gschwind, und während seine Augen hastig die Zeilen übereilen, beginnen seine Hände zu zittern. Immer wieder schüttelt er den Kopf.

Levin beschreibt das Schweizer Bildungssystem als zukunftsunfähiges Auslaufmodel; der helvetische Mensch lerne bereits in der Schule, sich an Leistung zu orientieren, später bilde er durch Leistung und Beruf seine Identifikation und gewinne durch Leistung Geld und soziales Ansehen. Weil aber Leistung genau jenen zivilisatorischen Fortschritt antreibe, mit dem der moderne Mensch seine Lebensgrundlage zerstöre, sei dies radikal zu ändern: Leistung gehöre bestraft, Arbeit geringgeschätzt. Der Mensch müsse lernen, zurückzufinden in den Kreislauf der Natur. Ein Arbeitsloser, der im Schrebergarten mit selbst gezogenen Samen Gemüse anbaut und stundenlang mit Freunden über Leben und Sterben philosophiert, während sich eine üppige Pflanzenwelt um die Photosynthese kümmert, müsse zum neuen gesellschaftlichen Ideal avancieren.

Um Wald und Wiesen, Seen und Flüsse mit all ihren Tieren, kurz die Flora und Fauna des Landes zu schonen, seien die Gymnasiasten laut Artikel damit beschäftigt, eine Komposttoilette zu bauen, die es dank zahlreicher Mikroorganismen ermöglichen soll, menschliche Exkremente innerhalb weniger Monate in pflanzenverträglichen Dünger umzuwandeln. *Kompost ohne Kompromisse* laute der Titel eines der Unterrichtsblöcke, die von Levin und Angelika koordiniert würden. Fließendes Wasser gebe es in der Hütte nach wie vor keines; geplant sei, Regenwasser zu nutzen. Wobei auch hier der Einfluss von Bakterien ins Spiel komme. Noch vor Einbruch des Winters möchten die Jugendlichen eine Küche in Betrieb nehmen; allerdings werde diese Idee heftig diskutiert: Nicht wenige der Gymnasiasten berufen sich auf die Meinung, der klimaschonende Mensch müsse von gekochter Nahrung absehen. Es verbrauche das Kochen zu viel Energie, zerstöre wertvolle Inhaltsstoffe und töte Millionen von Bakterien, die sowohl im Darm als auch später im Kompost benötigt würden.

Nebst dem Unterricht soll, so wird Levin weiter zitiert, *Back to the fruits* eine starke soziale Wirkung entfalten. So habe man in der Waldhütte ein Café errichtet, das *Grand Café de la Modestie* – das Große Café der Bescheidenheit. Man könne dort alles bestellen, serviert werde aber nichts, abgesehen von einem Kompliment oder einer Idee. Der Service werde übernommen von zwei Studentinnen der Hochschule der Künste, Abteilung öffentliche Interventionen, die bühnenreif den inexistenten Kaffee servieren.

Jetzt fehlen nur noch die Gäste, sagt Levin, und lacht, besagt der Artikel.

Nicht mehr als 40 Personen allen Alters werde die Schule als wichtiger Ort naturnaher, konsumfreier Alltagskultur aufnehmen, erklärt Levin weiter, womit er die aktuelle Kapazität des ökologischen Biotops für definiert hält. Alles, was mit Leistungssteigerung zu tun habe, sei abzulehnen. Er hoffe aber, es entstünden an anderen Gymnasien ähnliche Initiativen.

Die Sache mit der Waldschule sei lediglich *ein* Projekt, an dem der umtriebige Levin Gschwind derzeit arbeite. Neben einer Vision für ein lokal hergestelltes, batterieloses Fahrrad arbeite er auch daran, ein eigenes Amt zu gründen. Ein Amt für gesellschaftlichen

Wandel. »Für jeden Bullshit«, so wird sein Sohn unzensiert zitiert, »gibt es schon ein Amt, und viele dieser Ämter sind überflüssig. Was wir benötigen, ist ein gesellschaftlicher Wandel auf allen Ebenen – also müssen wir diesen Wandel auch auf allen politischen und bürokratischen Ebenen angehen. Von unten, als Revolutionäre, von oben, mit einem Amt. Mit einem Amt für gesellschaftlichen Wandel.«

Damit schließt der Artikel.

Pascal Gschwind treffen die Zeilen bis ins Mark. Er kann kaum fassen, dass sich sein eigener Sohn so naiv dem öffentlichen Spott preisgibt, dass seine Ansichten derart verdreht sind. Dass aber die Journalistin auch nichts unternimmt, um seine Ideen kritisch zu hinterfragen, findet Gschwind einfach nur noch geschmacklos.

Kurz hofft er, es sei alles nur ein absurder Traum, aber der Artikel leuchtet ihm aus der Tiefe seines Telefons entgegen.

Ein Café, das nichts serviert! Kompost als Unterrichtsfach! Ein schnöseliger Angeber, der eben noch in die Windeln kackte, und jetzt mal eben ein Amt gründen will und sich mit der Pflanzenverträglichkeit von Bakterien in der menschlichen Scheiße beschäftigt!

Gschwind fühlt ein Würgen im Hals, sein Herz schlägt heftiger, und in seinen Ohren nistet sich das ihm nur allzu bekannte Rauschen ein. Er merkt, er kann nicht länger verdrängen, dass sein Sohn die Mittelschule abgebrochen hat, und dies wahrscheinlich mit dem Wohlwollen seiner Mutter! Niederschmetternd und ungemein schmerzhaft ist es für ihn, den eigenen Sohn diesen pubertären Irrweg gehen zu sehen. Und schmerzhafter noch, annehmen zu müssen, seine Rina werde sich über den Artikel freuen.

Die Bahn erreicht die Bergstation. Als Gschwind das Gebäude verlässt, liegt vor ihm eine großartige Aussicht. Aufdringlich imposant stehen die Berge da, ihre Flanken flammend gelb und rot gefärbt vom herbstlichen Laub der Bäume; Gschwind versucht sich daran zu erinnern, dass allein die Gegenwart zählt. Er bleibt stehen, lässt die Alte mit dem Weidenkorb ziehen, atmet tief durch. Die Bauchschmerzen müssen weg, das Rauschen in seinen Ohren muss abebben.

Er sammelt sich. Merkt, wie sein Puls langsamer wird. Er will für Valnoya einen guten Job machen. Valnoya braucht das Rapacitanium, und er braucht dafür den Berg.

Seine Rina kommt ihm in den Sinn: Vielleicht sollte er sich kurz hinsetzen und yogamäßig nichts tun, um zu warten, bis er sich wirklich von dem Schock erholt hat.

Unter dem wuchtig blauen Himmel, geschmückt von ein paar zarten Wolken, findet Gschwind eine Bank, setzt den Timer auf 90 Sekunden, zieht die Gärtnerjacke aus und schließt die Augen. Er konzentriert sich auf seine Atmung, er sitzt mit geradem Rücken da; er ist stolz, dass er das jetzt wirklich tut, dass er sich mitten am Tag 90 Sekunden lang entspannt. Eigentlich müsste er sich dabei filmen – er befürchtet, seine Rina werde ihm das alles nicht glauben.

Obwohl er die Augen geschlossen hält, ist ihm, als könne er die sinnlos schöne Bergwelt sehen. Das fasziniert ihn. Er spürt plötzlich, wie froh es ihn stimmt, dass seine Rina nicht einfach nur Yoga macht, sondern sich zur Yoga-Lehrerin ausbilden lässt. Es hat ihn beruhigt zu sehen, wie rasch sie begriff, dass beim Yoga meist 20 Personen zahlen und eine 21., die genau dasselbe macht, aber in die andere Richtung blickt, verdient. Er darf bloß nicht daran denken, wie viele Kurse Rina geben muss, bis die unsinnig hohen Ausbildungskosten eingespielt sind.

Erst jetzt fällt ihm auf, dass die Luft vom Zirpen der Grillen erfüllt ist. Er weiß nicht, weshalb er das vorher nicht wahrgenommen hat, und ob zu vermuten steht, er sei hineingeraten in einen Zustand der Achtsamkeit. Noch weniger weiß er, was das pausenlose Zirpen den Grillen eigentlich bringt.

Langsam öffnet er seine Augen. Zwei Schulkinder laufen vorbei, ihre Ranzen am Rücken. Sie grüßen eilends, Gschwind nickt nur und freut sich, dass sie nicht trödeln. Dann bimmelt der Timer, und er muss los.

*

KAPITEL 12

Bereits nach wenigen Schritten durch das Bergdorf fühlt sich Gschwind, als hätte er ein Museum betreten: Kunstvoll verzierte Holzhäuser säumen eine mit trockenen Kuhfladen bedeckte Straße, vor den Fenstern wachsen üppige Geranien, überall gedeihen sorgfältig umzäunte Gemüsegärten, Hühner flattern herum, Schreiner, Sanitärspengler und Landmaschinenmechaniker bieten auf selbstgemachten Schildern ihre Dienstleistungen an. Vieles erinnert Gschwind an seine Kindheit in Unterseen, an jenes alte Holzhaus, in dem seine Großmutter noch immer wohnt.

Als er den Dorfladen passiert hat, biegt Pascal Gschwind ab auf eine steil ansteigende Straße; er benötigt Übersicht. Tatsächlich kann er bald bis nach Oberhofen sehen, mit einem Feldstecher ließe sich gewiss die eigene Villa mit den Silberweiden und dem Bootshaus ausmachen. Wie er sich umschaut, fällt ihm auf, wie viele Wiesen und Weiden in einem matten, kraftlosen Braunton unter der Sonne liegen.

Dann überblickt er das Dorf, dieses Dorf namens Beatenberg, das sich nicht mal einen eigenen, vom Berg unterschiedenen Namen gegönnt hat, überblickt die Infrastruktur der Siedlung und ärgert sich. Sind sich die Bewohner dieses Kaffs eigentlich im Klaren darüber, dass sich die Schweiz den Unterhalt derart abgelegener Siedlungen nicht mehr lange wird leisten können?

Auf Google Maps blickend bemerkt Gschwind, dass er dem Land, das über den Beatushöhlen liegt, bereits recht nahe ist. Etwas weiter nach Süden muss er noch gehen, dorthin, wo auf einer ausladenden Fläche ein alter Bauernhof liegt. Mit weit abfallendem Dach, einem verwitterten Stöckli, einem windschiefen Stall – und einer Herde weidender Kühe. Was Gschwind da an Landfläche überblickt, umfasst gewiss zwei Quadratkilometer; weiter südlich kann er nicht sehen, da taucht das Gelände ab. Der Karte gemäß mündet es in einen steilen, felsdurchsetzten Wald.

Insgesamt ist auch der landwirtschaftlich genutzte Teil dieses Stück Lands stark geneigt, stärker, als er es der Karte nach erwartet hat. Allerdings ist es sicher ausreichend groß, um ein anständiges Firmengebäude darauf zu errichten.

Gschwind erstellt ein paar Bilder.

Abermals denkt er über Hillers nach, über diesen sympathischen Bauarbeiter und Banditen. Es fühlt sich gut an, nun hier zu stehen und die ersten Schritte zu unternehmen, mit denen er sich seinen Job und Hillers Freundschaft sichern wird.

Dann denkt er an die alte Frau mit dem Weidenkorb und ist sich sicher: Für Zürcher könnte man hier Eintritt verlangen. Vermarktet als *historical resort* würden Dörfer dieses Zuschnitts wirtschaftlich Sinn ergeben. Die Zukunft Beatenbergs würde aber die eines Minenstädtchens sein.

Gschwind spaziert entlang des Weges, der einen Steinwurf entfernt an dem Bauernhof vorbeiführt; er beobachtet, wie sich ein Mann, in blaue Arbeitskleider gehüllt, mit gekrümmtem Rücken mühsam die Gummistiefel abstreift und ins Haus verschwindet.

Gschwind ist froh, dass ihm der Zufall seinen Verhandlungspartner schon einmal präsentiert hat. Das gibt ihm Zeit, eine Taktik zu entwickeln. Der Begriff *Elsoco* streift seine Gedanken. Er entstammt einem halbgaren Suissecom-Manager-Seminar: *Elsoco* steht, er kann sich gut erinnern, für *Extra Linguistic Soul Connection*. Sprachliche Kommunikation sei essenziell für alle menschlichen Verbindungen, so die allgemeine Einsicht hinter dem Fachbegriff. Außersprachliche Erlebnisse würden jedoch sträflich unterschätzt, hatte der Leiter des Seminars seine Kursteilnehmer wissen lassen; in Wahrheit sei nichts auch nur annähernd so verbindend wie das gemeinsame Erfahren eines körperlich anspruchsvollen Abenteuers, das beste und einleuchtendste Beispiel dafür sei guter Sex.

Gschwind hat sich selten wohl gefühlt bei diesen meist von hochkarätigen Worthülsen emporgehobenen Weiterbildungen;

zu oft wurde man da behandelt, als sei man nie an einem Lagerfeuer gestanden, als sei es revolutionär, in einem Gespräch auch an Emotionen zu denken oder unmöglich, mit einem überzeugenden Auftritt auch den größten Schwachsinn als plausibel erscheinen zu lassen. Aber jenes *Elsoco* ist ihm geblieben, und daran denkt er nun, als er die einträchtig grasenden Kühe beobachtet, die vor dem Bauernhaus auf der Weide stehen.

Auf der weiter oben gelegenen Bergstraße lässt Gschwind ein einsames Auto vorbeiziehen, dann holt er die robuste Gartenschere aus seiner Jackentasche. Mit ein paar Schritten steht er am Zaun der Kuhweide, führt die Schere zur Litze, durchtrennt das zähe Material, beobachtet erfreut, wie groß die Lücke wird, die er damit aufreißt, und spaziert in gespielter Gemütlichkeit davon.

Seine Laune hebt sich. Als er sich nach einigen Schritten erwartungsvoll umdreht, sieht er die nämlichen Kühe jedoch auf der nämlichen Weide stehen und tun, was sie zuvor auch schon getan haben: In aller Seelenruhe fressen sie Gras.

Ungehalten blickt Gschwind auf seine Patek Philippe – sie gibt ihm das Gefühl, längst im Büro sein zu müssen. Mit einem Mal scheint es ihm absurd, überhaupt in dieses verlorene Bergkaff gereist zu sein, statt auf seine *key talents* konzentriert zu bleiben, sich um eine bessere thematische Eingliederung der Arbeitssicherheitsverbesserungsmaßnahmen im *Sustainability Report* zu kümmern und jemanden zu engagieren, der diese verquere Sache hier für ihn abwickelt.

Da beobachtet er, wie eine Kuh auf die Lücke im System aufmerksam wird. Sie schaut sich um, beschnuppert die am Boden liegende Litze, als handle es sich um ein gefährliches Tier, zögert, scheint nachzudenken, bewegt sich keinen Schritt vor und keinen zurück. Gschwind denkt verärgert, das Tier sei schwer von Begriff. Kaum glaubt er, sein Plan werde an der sanften Blödigkeit dieser

Nutztierseelen scheitern, läuft die Kuh mit erstaunlich sportlichem Gang aus der Weide auf den Weg.

Als ihr eine weitere Kuh folgt, freut sich Gschwind wie ein Kind. Bald wird auch der Rest der Herde von Unruhe erfasst – die Kühe verlassen binnen Kurzem die Weide und gondeln Wegrandgräser fressend dem Dorfzentrum zu.

Gschwind gewährt ihnen Vorsprung. Mit Häme beobachtet er, dass die vordersten drei der Herde zügig ihrer Neugierde folgen, dann geht er auf den Hof zu, weicht einer sich empörenden Gans aus und drückt die Klingel.

*

KAPITEL 13

Im dunklen Spalt der leicht geöffneten Haustür erscheint ein faltenreiches, von Misstrauen erfülltes Gesicht.

Als Gschwind den Bauern fragt, ob es vielleicht seine Kühe seien, die da frei durchs Dorf spazieren, dauert es nur Sekunden, und der Landwirt rennt, einen Haselstock in der Hand, an ihm vorbei aus der Tür. Gschwind muss zusehen, dass er mithalten kann. Hinkt Gschwind? Seine beiden Beine laufen mit ordentlichem Schwung, wenn auch nicht ganz demselben. Zum zweiten Mal heute bedauert er, dass ihn seine Rina nicht in Aktion sieht.

Bald hat Gschwind den alten Landwirt eingeholt; er genießt es, neben ihm herzurennen.

»Wie wollen wir vorgehen?«, fragt er außer Atem.

Der Landwirt mag sich nicht recht auf seinen Begleiter einlassen, zu beschäftigt ist er damit, die Namen seiner Kühe zu rufen und für Gschwind kaum verstehbare Flüche auszustoßen.

Hundert Meter vor ihnen verteilt sich die Herde auf die mit Gemüse und den letzten Salaten der Saison bepflanzten Vorgärten und scheint es zu genießen, nun nicht nur dürres Gras fressen zu müssen.

»Geh du rechts hoch, hinter dem Dorfladen durch!«, ruft der Landwirt dann doch, und Gschwind freut sich, dass es tatsächlich zu einem *Co-Working* kommt.

Dann öffnet sich die Tür des Dorfladens, zwei Männer springen auf den Vorplatz.

Sofort schreit ihnen der Landwirt etwas zu, und augenblicklich, als wären sie stets gefasst auf derartige Einsätze, blockieren sie die zur Bergstation führende Straße. Die drei flinksten Kühe biegen trabend zum Sträßchen ab, das hinter dem Dorfladen verläuft – und dort steht Gschwind, unsicher, ob die Kühe sich von seinen ausgebreiteten Armen aufhalten lassen.

Nun flucht der Landwirt nicht mehr, er bleibt stehen und lässt tiefe, gedehnte Vokale ertönen. Tatsächlich kommt Ruhe in die Herde. Gemessenen Schrittes begibt sich der Landwirt hinter den Dorfladen, nickt kurz dem in der Mitte des Sträßchens stehenden Gschwind zu, dann schickt er die drei Kühe, die den Umzug angeführt haben, mit einem überraschend zarten Klaps zurück in Richtung des Hofs.

Wie schuldbewusste Teenager trotten die Kühe ihrem Ziel entgegen. Kurz vor dem Hof biegen sie reumütig ab auf ihre Weide, stehen untätig herum und blicken zu ihrem Chef, als wollten sie erkunden, ob er ihnen den Ausbruch verzeihen wird.

Sich den Schweiß aus der Stirn wischend, steht der Landwirt am kaputten Zaun, stellt am Weidezaungerät den Strom ab und flucht leise über die Dürre. Gschwind, ebenfalls verschwitzt, fragt ihn, ob er seine Kühe öfters im Dorf einsammeln müsse.

Der Landwirt schüttelt den Kopf. In diesem Jahr aber, sagt er, sei das Gras derart mager, dass man sich nicht wundern dürfe, wenn sich die Tiere nach besserem Futter sehnen.

Gschwind nickt, als kenne er das Problem, und genießt heimlich die Leichtigkeit, mit der er sich die Welt verfügbar machen kann.

Als der Zaun geflickt ist – Gschwind hat mit ein paar Handreichungen tatsächlich helfen können –, steht der Landwirt abwägend vor ihm. Gschwind ist klar, der Mann möchte sich bedanken, weiß aber nicht, wie. Gschwind bemüht sich, jetzt auf keinen Fall irgendeine Erwartung auszustrahlen.

In knappen Worten lädt der Landwirt ihn schließlich ein auf einen Kaffee.

Gschwind denkt *Elsoco!*, lässt den Ruf der Gans verhallen und nimmt die Einladung an.

In der niedrigen, von nur einem Fenster erhellten Küche sitzt Gschwind an einem klebrigen Holztisch, rührt in einem mit

Schnaps angereicherten Instant-Kaffee und bemüht sich, die unzähligen Fliegen am Rand seiner Tasse, auf seinem Löffel und seiner Hand zu ignorieren. Er ist entschlossen, so zu tun, als halte er die herrschenden hygienischen Bedingungen für normal. Das Holz an Decke und Wänden ist derart rußgeschwärzt, dass man meinen könnte, hier hätte letzte Woche ein Feuer gewütet; über den an der Wand hängenden Kalender, der landwirtschaftliche Nutzfahrzeuge zeigt, spaziert auf langen Beinen eine handtellergroße Spinne; Gschwind ist dankbar, dass die meisten Ecken dieser Küche im Halbdunkel liegen. Seinen Kaffee belässt er in der Tasse.

Unglaublich eigentlich, denkt er für sich, dass es sich bei dieser Küche wahrscheinlich um die reichste der ganzen Schweiz handelt: Gleich unter seinen Füßen schlummert Rapacitanium in einem Wert von zig Milliarden Franken. Das erinnert Gschwind an seine Mission: Trotz der unbehaglichen Umgebung versucht er, sich auf den Landwirt zu konzentrieren, auf seinen krummen Rücken, seinen Bart, seine ledrige Haut und seine bräunlichen Zähne, die Gschwind besonders irritieren.

Mit schweren Schultern hockt ihm dieser Landwirt gegenüber, schenkt sich selber etwas Schnaps nach, bemerkt an seinem linken Unterarm eine leichte Schnittwunde, leckt umständlich das Blut von ihr ab, wirft einen prüfenden Blick auf die jetzt speichelglänzende und tatsächlich weniger blutende Stelle, räuspert sich und will gerade seinen Gast ansprechen, als aus dem Halbdunkel des Hinterzimmers auf leisen Pfoten ein altersmüder Hund erscheint und dem Landwirt nach einem zarten Stups mit der Schnauze den schweren Hundekopf auf den Oberschenkel legt.

Der Landwirt streichelt sanft den Kopf, liebkost diesen alten Hund, zieht ihm zärtlich die Ohren nach hinten, lässt ein paar beruhigend ausgesprochene Silben verlauten, fängt den treuen Blick seines Hundes auf und macht keinerlei Anstalten, je damit aufzuhören, dieses Tier zu streicheln, das seine Berührungen mit geschlossenen Augen in sich aufnimmt.

Unsicher, ob der Landwirt bereits vergessen hat, dass noch jemand in seiner Küche sitzt, wagt Gschwind zu fragen, wie der Hund denn heiße.

Tatsächlich holt er den Landwirt damit zurück in eine Gegenwart, für die dieser nicht besonders viel Wertschätzung übrig zu haben scheint. Nach der zweiten Tasse erfährt Gschwind, dass der alte Bauer es längst müde ist, diesen Hof zu führen. Dass er Probleme mit den Behörden hat, weil er es schon zweimal versäumte, seine Steuererklärung abzugeben. Dass es Probleme mit dem zugekauften Stroh gibt, das es ihm zum Teil unter der Hand verschimmelt, weswegen er auf keinen Fall den vollen Preis bezahlen will. Auch die Milchannahmestelle bereitet ihm Probleme, weil man dort behauptet, seine Milch sei nicht sauber, weise zu hohe Keimzahlen auf. An seinem größten Problem aber, so sagt der alte Mann, sei er selber schuld, da er keine Kinder habe, die ihm hier helfen könnten.

Kaum hat er diesen Reigen beendet, vertieft sich der Landwirt wieder wortlos ins Streicheln seines Hundes. Für einen Moment glaubt Gschwind, es sei dem Landwirt möglich, sich restlos aufzulösen in der Zuneigung für dieses Tier.

Dass seine Kinder nicht interessiert sind, auf dem Hof zu helfen, sei doch nicht seine Schuld, versucht Gschwind den Faden wieder aufzunehmen. Damit teile er das Schicksal vieler Landwirte, deren Kinder in die Stadt ziehen und mit Landwirtschaft nichts am Hut haben wollen.

Der Landwirt gibt ihm recht. Aber seine Frau, so erzählt er, sei gestorben, bevor sie ihm ihr erstes Kind habe zur Welt bringen können. An einem Sonntag sei sie ums Leben gekommen, seine bildhübsche Frau. Hochschwanger sei sie gewesen. An einem Sonntagmorgen, er selbst sei noch nicht einmal mit den Stallarbeiten fertig gewesen. Er habe sie gefunden. Mit verdrehtem Kopf habe sie dagelegen, nach einem Sturz vom Heuboden.

Berührt, traurig und sprachlos hält sich Gschwind an der klebrigen Tasse fest.

»Und ich …«, hebt der Landwirt nach einer langen Pause wieder an, bricht aber erneut ab und lässt seine Hand weiter über den Kopf seines Hundes gleiten. Es ist merkwürdig still in dieser dunklen Bauernküche. Dann, ohne seinen Kopf zu heben, fährt der Landwirt leise fort: »Ich habe die morschen Latten im Heuboden lange schon ersetzen wollen.«

*

KAPITEL 14

Auf dem Rückweg zur Bergstation der Standseilbahn, emotional noch ganz benommen von der Begegnung mit Samuel Sommer, so der Name des einsamen Landwirts, bleibt Pascal Gschwind vor dem Dorfladen stehen. Es verwirrt ihn, wie museal hier alles wirkt, während er mühelos Erinnerungen abrufen kann, die ganz ähnliche Bilder bezeugen: Er sieht, wie er, vielleicht neunjährig, an der Hand seiner schon damals unvorstellbar alt anmutenden Großmutter Gerda einkaufen geht. Der Laden, den sie zusammen aufsuchen, entspricht in vielen Details dem Geschäft, vor dem er steht.

Inzwischen ist Gerda weit über achtzig; seit der Beerdigung ihres Mannes vor zwei Jahren hat Pascal nie Zeit gefunden, seine in Unterseen, kaum 20 Kilometer von Oberhofen entfernt lebende Großmutter zu besuchen. Es beschämt ihn, nicht einmal sagen zu können, wie es ihr geht. Jetzt, da er mit Samuel Sommer in dessen Küche gesessen und seine Geschichte erfahren hat, beschämt es ihn noch mehr.

Gschwind betritt den Dorfladen, der Raum ist kaum größer als sein eigenes Badezimmer. Vier, fünf Dörfler stehen in Gummistiefeln an dem mit einer massiven Kasse versehenen Ladentisch und sind mit der stämmigen, hinter der Theke stehenden Ladenbesitzerin in ein lebhaftes Gespräch vertieft. Die der Frau aus den kurzen Ärmeln ihrer Bluse quellenden Oberarme sind von einem Umfang, dass Gschwind, unwillkürlich von Respekt übermannt, jede Legende, jede Heldengeschichte zu glauben bereit wäre, die von dieser Frau erzählt würde. Er ist restlos fasziniert, findet es allerdings nicht ganz einfach, den lokalen Dialekt zu verstehen.

Dass es in so einem Geschäft aber auch um Wirtschaft geht, daran scheint niemand zu denken. Am liebsten möchte Gschwind die hinter der Kasse aufragende Frau fragen, wieso dieser Laden noch betrieben wird, obwohl er in einem Kaff dieser Einwohnerzahl nicht genügend Umsatz generieren kann und hygienisch gesehen längst vom Bundesamt für Gesundheit hätte geschlossen werden müssen. Aber Gschwind zwingt sich, erst einmal zuzuhören und stellt interessiert fest, dass die Kassenhünin sich unter Verwendung zahlreicher Schimpfworte mit einem Kunden über die Sondierungsbohrungen unterhält, die der Kanton Bern in Angriff nehmen will. Sie reden über Erdbeben, die mit den Bohrungen ausgelöst werden könnten, über verschmutztes Grundwasser, über die anhaltende Dürre, über den Wertverlust des Bodens und über die lächerlichen Entschädigungszahlungen, die der Kanton all jenen in Aussicht stellt, auf deren Grund die Bohrungen stattfinden sollen.

Niemand wisse, wessen Land es mit den Bohrungen erwischen werde, sagt die Kassenfrau. Klar sei nur, mit seinem direkt über der Höhle gelegenen Land werde der Sommer Samuel gewiss Bohrungen erdulden müssen.

Einer der Kunden wirft ein, Sommer könne wahrscheinlich kein Auge mehr zutun; gewiss befürchte er, die Leute vom Kanton würden die Chinesen entdecken, die er im Stöckli untergebracht habe.

Ob hier auch schon Chinesen wohnhaft sind, will Gschwind wissen, selber überrascht, sich so unvermittelt ins Gespräch zu werfen.

Ein kühles Misstrauen erfüllt umgehend den Laden; unfreundliche Blicke messen Gschwinds Gestalt. Gschwind sieht den Dörflern an, dass es jetzt gut wäre, ihnen in drei, vier Sätzen sagen zu können, wo er geboren ist, was sein Vater beruflich macht, wie viele Kühe er im Stall stehen und wieso er Zeit hat, mitten unter der Woche in einem Lebensmittelladen zu stehen.

Nachdem alle Anwesenden seine verdreckte Gärtnerjacke gemustert, seine Gummistiefel beäugt und wieder und wieder sein hier noch nie gesehenes Gesicht begutachtet haben, lockert die den Konsens der Leute offenbar bestens erfühlende

Dorfladenbesitzerin ihre klobigen, aufs Thekenholz niedergedrückten Fäuste, entspannt ihre Körperhaltung und erklärt, das Stöckli sei ungefähr das Letzte, was Sommer finanziell noch über Wasser halte. Abgesehen davon gehe es Sommer seelisch miserabel. Er dusche nicht mehr, trage immer dieselben verdreckten Kleider und habe momentan wieder eine Milchsperre.

Das klinge wie eine Krankheit, sagt Gschwind, und die Ladenbesitzerin muss laut loslachen. Die anderen stimmen in ihr Lachen ein; Gschwind ahnt nun, wie rasch sich unter diesen Leuten das Eis brechen lässt.

Milchsperre: Das trete ein bei einem Landwirt, der dreckige Milch abliefere, erklärt man ihm. Erst erhalte der Landwirt vom kantonalen Labor eine schriftliche Verwarnung. Liefert er dann nochmals dreckige Milch, werde er für einen ganzen Monat gesperrt, sodass er die Milch dann selber trinken oder ins Gülleloch kippen könne, je nach Durst; und wieder wird lauthals gelacht.

Das Gelächter verwandelt den kleinen Laden in eine Festwirtschaft.

Gschwind will wissen, was das mit Chinesen zu tun haben soll.

Die Milchsperre habe natürlich nichts mit den Chinesen zu tun, erklärt ihm einer der Bauern bereitwillig. Aber Sommer vermiete sein dem Verfall geweihtes, längst als unbewohnbar eingestuftes Stöckli an ein paar Chinesen, die darin still ihr lukratives Geschäft abwickelten, an Chinesen, die kein fließendes Wasser nötig hätten und überhaupt bescheidener seien als das Vieh.

Ihr Geschäft abwickeln?

Diese in Sommers Stöckli wohnhaften Chinesen, so die Hünin hinter der Theke, füllen Luft in Flaschen ab und schicken diese nach China, wo die Sache als erstklassige, reine Schweizer Bergluft teuer verkauft wird; angeblich ein Bombengeschäft. Drei oder vier Mal die Woche fährt, das weiß das ganze Dorf, ein Kleintransporter mit rumänischem oder bulgarischem Nummernschild auf den Hof, lädt die Flaschen auf und bringt sie in den Osten, wo wieder ein paar Chinesen, wahrscheinlich ebenfalls in einem Stöckli wohnend, wie die hinter Gschwind stehende Kundin lachend ergänzt, den Flaschen eine schöne Etikette mit der Silhouette des Beatenbergs aufkleben und so für den Weitertransport nach China vorbereiten. Jedenfalls kann man die bei Sommer einquartierten Chinesen über Stunden am Brunnen die leeren Flaschen waschen sehen, während andere die sonnengetrockneten Flaschen mit einem Deckel versehen.

Der Ladenbesitzerin gegenüber schüttelt Gschwind zwar den Kopf, insgeheim aber findet er dieses Geschäftsmodell sensationell; er wird Hillers unbedingt davon erzählen müssen. Er weiß, die chinesischen Gesetze erlauben die Übernahme chinesischer Firmen nur durch Chinesen, aber falls Valnoya die kleine Firma mit einer chinesischen Tochterfirma in den nächsten Monaten billig aufkauft, könnte daraus ein einträgliches Geschäft werden.

Ein Anruf reißt ihn aus seinen Träumereien: Eine Assistentin von Camille de la Rochefoucauld will wissen, wann genau er in Grönland eintreffe. Gschwind erklärt, es handle sich wohl um ein Missverständnis; eine Reise nach Peru sei vorgesehen. Er hängt auf und vermutet, Hillers wolle ihn bald auch nach Grönland schicken.

Die Ladenbesitzerin ist unterdessen in ein Gespräch mit einem anderen Kunden verwickelt, sie spricht über ihren krebserkrankten Vater, und Gschwind ist der Meinung, genügend lokales Wissen gesammelt zu haben. Und weil ihm hier alles zu teuer ist, zu unhygienisch auch, verabschiedet er sich mit einer linkischen Entschuldigung, ohne etwas gekauft zu haben.

Draußen blendet ihn die Herbstsonne. Noch immer ist es erstaunlich warm, noch immer sieht es nirgends nach Regen aus. Nachdenklich wirft Gschwind einen Blick hinunter zu Samuel Sommers Hof, wo er nun genauer das Stöckli in Augenschein nimmt, das gleich hinter dem mächtig ausladenden Dach des Haupthauses zu sehen ist. Chinesen kann er keine ausmachen.

Kaum hat er den Dorfplatz hinter sich gelassen, begegnen ihm zwei Fahrzeuge mit dem Wappen des Kantons Bern; Mitarbeiter des Tiefbauamtes, denkt er. Er geht davon aus, dass sie Sommer erklären werden, auf seinem Land müsse man zwei Bohrtürme aufstellen, er denkt, dass ihm dies helfen werde, Sommer für den Verkauf seines Landes zu gewinnen.

Auf die Standseilbahn wartend, liest er einige Gesetzesartikel zum Mietrecht und zur Gewerbeverordnung, er notiert sich hin und wieder die Nummern eines Paragrafen, und erneut fallen ihm die Grillen auf, die nicht zu sehen, aber verstörend laut zu hören sind. Er rätselt, ob ihr Leben nicht effizienter wäre, würden sie auf ihr endloses Gezirpe verzichten.

Während der Rückfahrt nach Oberhofen merkt Gschwind deutlich, wie er müde und träge wird; wehmütig fragt er sich, wann er das nächste Mal ausgiebig wird schlafen können. *Eine Reduktion Ihrer Arbeitsbelastung, eine Reduktion auch der Leistung, die Sie von sich erwarten. Gehen Sie runter auf fünfzig Prozent, schlafen Sie viel und machen Sie lange Spaziergänge im Wald,* hört er Frau Doktor Lepple sagen.

Er lässt die Scheiben runter, hält den Kopf in den Fahrtwind, holt sein Telefon hervor und macht sich eine Sprachnotiz: Er als anonym bleibender Informant habe aus kantonsnahen Quellen erfahren, dass ihm, Samuel Sommer, eine doppelte Anklage drohe. Eine erste wegen Vermietung eines als unbewohnbar eingestuften Gebäudes, eine zweite wegen Tolerierens eines illegalen, nicht eingetragenen Gewerbebetriebs auf seinem Grundstück. Da er alleinstehend und ohne Nachfolger sei, empfehle er ihm dringlich, den Hof samt Land und Nebengebäuden so rasch als möglich zu verkaufen.

Gschwind beendet die Aufnahme; er ist von seiner Idee nicht nur begeistert, er glaubt auch, Gutes mit ihr zu bewirken. Er wird es Samuel Sommer ermöglichen, sich aus einer wirtschaftlich aussichtslosen und seelisch deprimierenden Lage zu befreien. Und er wird ihn vor einer Gefahr bewahren: Die Sache mit den Chinesen könnte ja tatsächlich jederzeit auffliegen, Sommer würde dann verurteilt und aufgrund hoher Strafgelder wirtschaftlich in den Ruin getrieben werden. Gut vorstellbar, dass Sommer deswegen schließlich in einer Nervenheilanstalt landet, wo man ihn auf staatliche Kosten die restlichen 30 Jahre bis zu seinem Tod durchfüttern müsste. So gesehen sollte auch der Kanton Bern ein lebhaftes Interesse daran haben, dass sich Gschwind mit einer kleinen Urkundenfälschung den Hof unter den Nagel reißt.

Sobald er, Gschwind, diesen Bauernhof besitzt, wird er die Chinesen einen klugen Mietvertrag unterschreiben lassen, einen Mietvertrag, der explizit ausschließt, dass das Stöckli als Wohn- oder Gewerberaum benutzt werden darf.

Je länger er darüber nachdenkt, desto überzeugter ist Gschwind, dass Samuel Sommer glänzende Augen bekommen wird, wenn er auch nur eine geringe Summe angeboten bekommt.

Gschwind hört sich seine Sprachnotiz an, um seine Idee zu feiern und zu erfühlen, ob er auch an alles gedacht habe. Die Aufnahme ist noch nicht ganz zu Ende, als Gschwind feststellt, dass er längst an Oberhofen vorbeigefahren ist.

Schlafen Sie lange, denkt er mürrisch. Eigentlich müsste er jemanden anstellen, der Frau Doktor Lepple mit ihrem leuchtenden Zahnfleisch jeden Tag daran erinnert, dass es auf dieser Welt auch Leute gibt, die hart arbeiten müssen.

*

KAPITEL 15

Flink und präzise parkt Pascal Gschwind seinen Tesla in der zwei Autos Platz bietenden Garage. Beim Aussteigen wirft er einen prüfenden Blick auf den Lack der Kühlerhaube: Das derzeitige Verbot, Autos zu waschen, hat eine täglich wachsende Staubschicht zur Folge, die Gschwind übel aufstößt, die er aber ignoriert, weil er weiß, es wissen alle, dass sie nicht einer Nachlässigkeit seinerseits geschuldet ist.

Während sich hinter ihm beinahe lautlos das Garagentor schließt, blickt Gschwind auf seine Patek Philippe und schätzt, dass es noch reichen sollte für eine Scheibe Brot und einen doppelten Espresso, ehe es Zeit wird, zum Bus zu eilen. Kurz nach 13 Uhr wird er in Aarau am Schutzengelweg eintreffen und bis 17 Uhr darauf zählen können, dass Mails einigermaßen schnell beantwortet werden. Immerhin vier Stunden. Später, nach dem Feierabend der anderen, wird er noch drei, vier effiziente Stunden vor sich haben.

Diese Perspektive verleiht Gschwind ein halbwegs gutes Gefühl. Er wird sich so allen sich um Peru, Sambia oder das schweizerische Rapacitanium drehenden Aufregungen zum Trotz in den nächsten Tagen auf den enorm aufwendigen Nachhaltigkeitsbericht konzentrieren können, den er am liebsten bereits vor einer Woche fertiggestellt hätte. Das Verfassen dieses *Sustainability Report* ist eine zeitfressende und umständliche Korrespondenz erfordernde Knochenarbeit, mit der es wahrscheinlich nicht einmal besonders viel Lorbeeren zu holen gibt.

Noch bevor er im Haus ist, klingelt sein Telefon: Bahnsen. Wie immer mit einer vom Börsendruck geprägten Stimme: Diesmal geht es um das in Gschwinds Portfolio nicht gerade nebensächliche Aktienpaket einer Firmengruppe, deren Geschäfte sich deutlich auf fossile Energie stützen. Bahnsen erwähnt, gewisse Börsianer bezeichneten Aktien dieser Art als komplettes Auslaufmodell.

Zu investieren lohne sich nur in Firmen, deren Geschäftsmodell an erneuerbare Energien geknüpft sei.

Hier legt Bahnsen eine ungewöhnliche Pause ein, um Gschwind, so vermutet dieser jedenfalls, zum Widerspruch einzuladen.

Gschwind lässt die Pause Pause sein, als wolle er damit seinen Unwillen zeigen, sich Bahnsens rhetorischen Strickmustern unterzuordnen. Schließlich ergreift er doch das Wort und sagt, solange es Erdöl gebe, werde es auch verkauft, und zwar zu steigenden Konditionen.

Genau diese Aussage habe er erwartet, behauptet Bahnsen, also sei entschieden: das Paket bleibt.

Zufrieden legt Gschwind auf. Sekunden später ärgert er sich, weil ihm deutlich wird, dass es Bahnsen mit diesem nichtigen und sein Portfolio überhaupt nicht verbessernden Anruf einmal mehr gelungen ist, seinen Anspruch auf Gewinnbeteiligung aufrechtzuerhalten, obwohl die Dienstleistung, die Bahnsen anbietet, diesen Namen gar nicht verdient. Vielmehr müsste sie *Störleistung* genannt werden! Gschwind wiederholt das Wort laut und ballt eine Faust dazu.

Zufrieden, endlich einen Fachbegriff gefunden zu haben für die rhetorisch tadellos verpackte Lumperei, nimmt sich Gschwind vor, möglichst in den nächsten Tagen zu prüfen, wie er diesem Typen, den er nie gesehen hat und nicht zu sehen wünscht, kündigen kann.

Mit dem Schwung dieses Entscheids öffnet Gschwind seine Haustür. Im Entree wird er von Levins Sneakers überrascht, die voller Dreck auf der Kokosmatte liegen.

Gschwind ist verblüfft, und eine eigentümliche Anspannung nimmt ihn in Besitz. Er begibt sich mit kleinen Schritten, als dürfe jetzt nichts schnell und nichts schief gehen, in die Küche – und tatsächlich sitzt dort, Gschwind kann es kaum glauben, sein Sohn und Schulverweigerer am Küchentisch, sitzt mit durchgestrecktem

Rücken hinter einem belegten Brötchen und grinst seinen Vater wortlos an.

Pascal Gschwind ist überfordert: Seine väterlichen Gene diktieren ihm, Levin zu umarmen. Die von der Gewohnheit dressierte Vernunft hingegen hält ihn davon ab. Gschwind weiß, Levin ist kein kleiner Junge mehr und hält von körperlicher Elternnähe rein nichts. Zudem versetzt ihn die Erinnerung an die Lektüre jenes haarsträubenden Zeitungsartikels in einen Zustand, der ihm empfiehlt, am besten gar nicht mit seinem Levin zu reden.

So bleibt Pascal Gschwind ein paar Augenblicke lang sprachlos stehen. Dass auch Levin nichts sagt, sondern nur sein Grinsen verbreitet, empfindet Pascal als billige Provokation. Sein Herz pocht, ein Rauschen legt sich in seine Ohren.

Auf den zweiten Blick erkennt Gschwind, dass Levins Haar verfilzt ist, dass sein Shirt beinahe organisch anmutet und dass ein ungewohnter Duft von Harz und Wald in der Küche liegt. Vor Levin steht ein Einweckglas, wie es Pascal nie gesehen hat.

Levin schaut seinen Vater an, langsam an seinem Brötchen kauend.

»Hey, das erste Mal im Leben, dass ich dich in coolen Klamotten sehe!«

Pascal schaut an sich herunter; die verdreckte Gärtnerjacke hatte er bereits vergessen.

»Ich versuche mein Bestes«, antwortet Pascal.

Dann lachen sie beide, lachen über die an ihm so sonderbar wirkenden Gärtnerklamotten, und Gschwind ist endlos dankbar dafür. Gerade jetzt beneidet er andere Väter, die wahrscheinlich genügend Zeit haben, um sich in irgendwelchen Workshops und Selbsthilfegruppen über die Frage auszutauschen, wo man hinsoll mit der Liebe für seinen Sohn, wenn der in die Pubertät abdriftet und alles, was ein Vater tut oder macht, entweder blöd oder peinlich findet.

Pascal sieht, wie genüsslich Levin in sein Brötchen beißt.

»Schmeckt es?«, fragt er zögerlich.

»Selbst gesammelt schmeckt doppelt«, antwortet Levin. »Ist aber wohl nichts für dich: voll bio!«

Pascal weiß nicht, was er kontern soll. Das Rauschen in seinen Ohren hält sich zum Glück zurück.

»Ist es heute nicht mehr cool, überhaupt Hallo zu sagen?«, will Gschwind dann doch wissen.

Levin lässt sich Zeit und kaut.

Eine dreckstarrende Trainingshose von Levin in der Hand, betritt Rina die Küche.

»Du bist noch zuhause?« fragt Pascal erstaunt, merkt aber sogleich, dass der leicht vorwurfsvolle Ton, den er angeschlagen hat, sehr schlecht gewählt war.

Verärgert erinnert ihn Rina daran, dass sie seit einer halben Ewigkeit lediglich 70 Prozent arbeitet und seit Anfang des Jahres über gleitende Arbeitszeiten verfügt.

»Wieso sollte ich da nicht an einem Mittwochmorgen zuhause sein und für unseren berühmten Sohn ein paar Kleider waschen? Oder willst du das übernehmen? Du darfst! Du bist ja offenbar auch nicht im Büro!«

Pascal ärgert sich, Rina eine Steilvorlage für einen Streit geliefert zu haben. Gerne würde er nochmals von vorne beginnen. Und sehr gerne würde er sich zusammen mit Rina über Levin mokieren, über diesen tiefgrünen, eigenhändig das Schulsystem auf den Kopf stellenden Revolutionär, der überheblich genug ist, ein Amt gründen zu wollen, der Kompost mit einem Unterrichtsfach verwechselt, der nicht versteht, wieso E-Bikes einen riesigen Erfolg haben, der ein Café betreibt, das ohne Kaffee und ohne Kunden auskommt, und der sich von seiner in Sachen Fürsorglichkeit total bestechlichen Mama wie ein kleiner Hosenscheißer die Kleider waschen lässt.

Pascal kann es an Levins Gesichtsausdruck ablesen: Er ist nicht zurückgekehrt, um wieder aufs Gymnasium zu gehen. Er ist ein Revoluzzer auf Verpflegungspause. Ein Ökoguerillero, der sich in seinem bürgerlichen Basislager frische Klamotten holt, damit er im vermeintlich richtigen Leben, oben in der dreckig-ökologischen Waldhütte, ein bisschen bequemer den essbaren Insekten hinterherkrabbeln und hirnlosen Journalistinnen von halbgaren Visionen erzählen kann.

»Weißt du, welches die beste Nation ist, Paps?«

Levin klingt amüsiert, und Pascal kann und will es nicht zeigen, aber es rührt ihn trotz allem, den listigen Humor seines Sohnes zu spüren.

»Die beste Nation ist die Koordination!«, jubelt sein Sohn.

Pascal möchte lachen, merkt aber, dass ihn der Witz enttäuscht. Dass er sich von einem Gymnasiasten ein bisschen mehr Ernsthaftigkeit gewünscht hätte.

Rina, offenbar erheitert oder jedenfalls abgelenkt durch den Witz, fragt Pascal kühl, ob er nichts essen wolle. Sie werde, wenn die Wäsche gemacht sei, ohnehin eine Kleinigkeit für Levin warm machen. Etwas Veganes.

Pascal wollte sich schon freuen, aber die letzten beiden Worte haben seine aufkeimenden Gefühle durchkreuzt. »Etwas Veganes?« Er spricht es aus, als handle es sich dabei um eine Krankheit.

»Das brutale Unrecht gegenüber den Tieren hat ein Ende«, wirft Levin ein.

»Und wer Insekten isst, fügt Tieren kein Unrecht zu?«, fragt Pascal scharf.

»Insekten haben kein zentrales Nervensystem. Sie sind nach allem, was wir bisher wissen, nicht im herkömmlichen Sinn leidensfähig«, erklärt Levin schulmeisterlich. Nach einem kurzen Vortrag, der damit endet, dass er irgendwo Gemüse anbauen möchte, um im kommenden Jahr die für *Back to the Fruits* benötigte Nahrung selber herzustellen, setzt Levin ein derart selbstgerechtes Gesicht auf, dass sich Pascal tief provoziert fühlt.

Hilfesuchend schaut er zu Rina, aber je länger er sie ins Auge fasst, desto klarer wird ihm, dass sie überhaupt nicht gewillt ist, ihren Sohn zurück zur Vernunft, zurück ans Gymnasium zu bringen.

Pascal kocht innerlich, aber er schweigt. Ohne Rinas Unterstützung kommt er nicht weit, also muss er sich zuerst mit ihr wieder verstehen. Er schaut sie nicht mehr an, denkt aber angestrengt über sie nach. Seit je her hat sie den besseren Draht zu ihrem Sohn. Und eine lange Zeit, so denkt Pascal wehmütig, war so etwas wie ein Draht auch gar nicht nötig. Levin war pflegeleicht, folgsam und verständig, ein höchst angenehmes Kind. Während ringsum alle über ihre pubertierenden Kinder klagten, ging Levin brav zum Fußballtraining, kam pünktlich nach Hause, schrieb in der Schule die besten Aufsätze.

Diese Veränderungen zu sehen, macht Pascal traurig.

Dann schleppt Rina Pullover und Shirts an, die sie offenbar schon gewaschen hat. Pascal kann sich nicht zurückhalten: »Und wenn Mutti dich mit allem versorgt hat, haust du wieder ab in deine peinliche Wurzelschule?«

Eine schwere Stille tritt ein.

Levin nickt freundlich, offenbar imprägniert gegen Kritik.

Pascal ahnt, dass ihm diese Worte später einmal leidtun werden. Und doch fühlt es sich befreiend an, kein Blatt vor den Mund zu nehmen. Überhaupt ist er nicht damit einverstanden, zuhause seine Meinung nicht mehr vertreten zu dürfen.

Rina durchbohrt ihn mit einem kühlen Blick und sagt dann leise, aber eindringlich: »Hast du den Artikel im Tagblatt nicht gesehen?«

Pascal taxiert sie. Er fragt sich, seit wann sie eigentlich so arg mit sich selbst beschäftigt ist, mit sich und mit irgendwelchen meditativen Weisheiten.

»Du siehst unglücklich aus«, sagt Rina, als sie von Pascal keine Antwort erhält.

»Soll ich etwa glücklich aussehen, wenn unser talentierter Sohn das Gymnasium abbricht? Wenn er mit einem veganen Ökoschwachsinn die ganze akademische Karriere gegen die Wand fährt, die er locker würde absolvieren können?«

Rina schüttelt entnervt ihren Kopf. »Siehst du nicht, was unser Sohn alles auf die Beine stellt? Hast *du* in deiner Jugend eine Schule gegründet, die in der ganzen Region Beachtung gefunden hat?«

Pascal fühlt sich betrogen und angegriffen. Der Küchenboden schwankt leicht, er bekundet Mühe, richtig zu hören, aber das ist nebensächlich, eine Frage der Interpretation.

»Habe ich nicht das Recht, mich zu ärgern, wenn unser Sohn sich von einem vorbildlichen Gymnasiasten mit besten Noten in den naturwissenschaftlichen Fächern in einen steinzeitlichen, blumenliebenden Neandertaler verwandelt, der dem 21. Jahrhundert die Batterien verbieten will? Glaubst du etwa den romantischen Schrott, der von einer ahnungslosen Pseudojournalistin über *Back to the fruits* geschrieben wird? Glaubst du, die Schweiz werde zu einem fußgängerfreundlichen Naturschutzgebiet, bloß weil unser Sohn pädagogisch wertvolle Insekten frisst? Glaubst du, man könne ein Bundesamt am Postschalter gründen?«

Levin erleidet einen Lachanfall.

Rina taxiert Pascal, unsicher, ob sie ihn ohrfeigen oder trösten soll.

MRI, denkt Gschwind, er fühlt sein pochendes Herz, fühlt Frau Doktor Lepple hinter sich stehen, besorgt und vorwurfsvoll. Der Lärm in seinen Ohren ist laut, sein ganzer Körper hat sich angefüllt mit ungesundem Druck, und er weiß, er ist weit davon entfernt, sich in den kommenden Minuten zu beruhigen.

Weil er merkt, wie wenig von dem, was er noch zu sagen hat, bei Rina ankommen wird, wendet er sich ab, greift nach seiner

Hirschledermappe, verlässt grußlos das Haus und setzt sich in den Tesla. Er hat das Grundstück noch nicht verlassen, als Rina ihm etwas nachruft – er hört es nicht.

Gschwind genießt es, in zwei Sekunden von null auf achtzig zu beschleunigen. Es fühlt sich gut an, hinter dem Steuer lange und lauthals über all jene zu fluchen, die glauben, die Welt lasse sich auch ohne die Leistungen der Wirtschaft retten.

*

KAPITEL 16

Auf der Autobahn beschleunigt Gschwind seinen Wagen auf 150 Stundenkilometer und will nicht fassen, wie viele Autos noch immer mit Verbrennungsmotor fahren.

Unvermittelt drängt sich ihm das Bild eines Unfalls auf; er nimmt Tempo weg, fährt ruhiger, möchte nicht, dass Levin seinen Vater verliert. Bewusst langsam drückt er auf dem Display herum, lässt sich die Nachrichten vorlesen; die mediale Aufregung über das am Beatenberg entdeckte Rapacitanium hält an. Allerdings ist auch die Empörung über den Polizeieinsatz im peruanischen Cerro de Pasco noch groß.

Wissend, wie schwer gegen die allseits beliebte Unsitte anzukommen ist, sich im Netz lautstark über jede Kleinigkeit zu empören, denkt Gschwind darüber nach, wie die öffentliche Meinung über das Vorgehen Valnoyas in Peru möglichst rasch korrigiert werden könnte.

An seine Bürotür hängt Gschwind ein rotes Schildchen, das andere davon abhalten soll, einfach einzutreten. Die Aussicht, nun ungestört arbeiten zu können, von seinen Sorgen um Levin und Rina abgelenkt zu werden, erleichtert ihn.

Dunkel rinnt der doppelte Espresso aus der Kaffeemaschine. Während er Zucker verrührt, einen kleinen Schluck kostet, Zucker nachlöffelt und die Maschine auf die zweite Tasse vorbereitet, begutachtet er den Entwurf jenes Papieres, das ihn als Diplomlandwirt auszeichnet. Er lächelt: In diesen die Berglandwirtschaft generell marginalisierenden Zeiten wird niemand fragen, ob sein Diplom nun echt sei oder nicht.

Rasch kippt Gschwind den zweiten stark gesüßten doppelten Espresso und kümmert sich um Peru. Das lange Telefonat mit Jon Sandqvist, dem in Cerro de Pasco verantwortlichen Mitarbeiter, macht ihm Mut. Sandqvist versichert, die Lage vor Ort wie überhaupt die ganze Angelegenheit mit dem Polizeieinsatz habe sich längst beruhigt. Eine einzige NGO versuche noch, über die sozialen Netzwerke Valnoyas Reputation weiterhin als miserabel erscheinen zu lassen. Aber auch das werde sich verlaufen. Man erwarte die baldige Ankunft des Schweizer Fernsehens, ein kleines, umtriebiges Team offenbar, verstärkt durch einen Naturwissenschaftler. Er glaube kaum, sagt Sandqvist, dass die tatsächlich ihre eigenen Luftqualitätsmessungen durchführen werden; sollten sie es dennoch tun, würden sie damit auf das Schönste beweisen, dass die Medien jene Wahrheit, von der sie angeblich berichten, am liebsten gleich selber herstellen.

Gschwind ist dankbar für Sandqvists Einstellung, für dessen Weitblick. Am Ende des Gesprächs aber ist er abgelenkt, weil er an Rina und ihre Reaktion denken muss, wenn er ihr, kaum zurück aus Sambia, verkünden wird, er werde für Valnoya in wenigen Tagen nach Peru fliegen. Er wünschte, es wäre ihr umstandslos beizubringen, wie wichtig es für seine Firma ist, gegen die mögliche Kritik des Schweizer Fernsehens aufs Beste gewappnet zu sein. Wie sehr es ihn herausfordert, einen guten Job zu machen. Vielleicht wäre es klug, mutmaßt er, Rina darüber zu unterrichten, dass er den Job noch gar nicht wirklich habe, dass er sich lediglich in einer Probezeit befinde. Was ja, würde man Hillers fragen, keine aus der Luft gegriffene Behauptung wäre.

Dann wendet sich Gschwind wieder dem Nachhaltigkeitsbericht zu. Daten zu den Maßnahmen gegen Korruption und Kinderarbeit sind eingetroffen, das Kapitel zum Thema Biodiversität besteht weiterhin vor allem aus Lücken, mehr als ein umständlicher Bericht zur Vermeidung von Lichtverschmutzung liegt bisher nicht vor. Zudem müssen verschiedene Programme zur Unfallvermeidung thematisiert werden – vor allem aber die jüngste Unfallstatistik selbst. Weil die Daten, wie sie sich Gschwind bisher zeigen, Valnoya keine besonders guten Noten verleihen, bereiten sie ihm Kopfzerbrechen: Die *Lost Time Injury Frequency Rate* stieg im

Vorjahr auf 1,09 je Million Arbeitsstunden, die *Total Recordable Injury Frequency Rate* sogar auf 3,28.

Am liebsten würde Gschwind schriftlich festhalten, dass drei Unfälle auf eine Million Arbeitsstunden extrem wenig seien – und ehrlicherweise müsste er hinzufügen, dass diese Statistiken keinen hohen Aussagewert besitzen, da in jenen Ländern, in denen gehäuft Unfälle auftreten, mit Papierkram extrem nachlässig umgegangen wird. Das ist aber auch gar nicht das Problem an diesem Bericht; das Problem ist, dass die Unfallzahlen steigen, weswegen der Nachhaltigkeitsbericht – so die hausinterne Vorgabe – die strategische Priorität zu erläutern hat, mit der dieser Trend umgekehrt werden soll.

So investiert Gschwind viel Aufwand in die Lektüre jener Texte, die ihm von den für die sogenannten Arbeitssicherheitsverbesserungsprogramme zuständigen Mitarbeitern übermittelt worden sind. Das Englisch dieser Texte ist haarsträubend; bei nicht wenigen von ihnen handelt es sich ohne Zweifel um nicht redigierte Produkte einer lausigen Übersetzungssoftware.

Während der Lektüre dieser Texte lässt Gschwind die Stoppuhr laufen; aus Gründen der Effizienz hat er sich angewöhnt, bei einer nicht vertiefenden Lektüre für eine einzelne Seite nicht mehr als zwölf Sekunden aufzuwenden. Fünf Seiten pro Minute – das hilft, sich von unverständlichen Details nicht aufhalten zu lassen.

Nach 108 Minuten hat Gschwind die Mehrheit der aus allen fünf Kontinenten stammenden Berichte zu den jeweiligen Arbeitssicherheitsverbesserungsprogrammen überflogen. Ihm schwirrt der Kopf. Das Einzige, was er glaubt, ehrlicherweise im Nachhaltigkeitsbericht erwähnen zu müssen, ist, dass einen verdammt gefährlichen Job ausübt, wer in einer Mine arbeitet.

Als Entwurf für einen Abschluss des Kapitels über *Risk Management* schreibt er schließlich:

*Unsere Zahlen machen deutlich, dass meistens Fahrzeuge beteiligt sind, wenn es zu einem HPRI (*High Potential Risk Incident*) kommt. Unser* Risk Management *orientiert sich deswegen an der Bemühung, das betriebliche Umfeld dieser Fahrzeuge möglichst sicher zu gestalten. So priorisieren wir die technische Nachrüstung unserer Fahrzeugflotten mit Technologien zur Müdigkeitserkennung. Aufmerksamkeitsassistenten kontrollieren anhand verschiedener Gesichts- und Kopfbewegungen, ob der Müdigkeitswarner aktiviert werden muss. So können Lenker risikoreicher Fahrzeuge mit einem akustischen Signal oder einer Vibration gewarnt werden.*

Gschwind will sich gerade überlegen, ob er den Begriff *risikoreiche Fahrzeuge* nicht ersetzen müsste, um möglichen Ärger mit den Fahrzeugfirmen von vornherein auszuschließen, da unterbricht ihn ein Anruf von Misenus Zambrano, dem Geschäftsführer einer sich in Chile befindlichen Valnoya-Mine. Wortreich und in einem Englisch, das Gschwind sich simultan in sein eigenes Englisch übersetzen muss, erklärt Zambrano, es dürften die Todesfälle, die einer seiner Mitarbeiter letzte Woche gemeldet habe, auf keinen Fall in der Valnoya-Jahresstatistik auftauchen.

Gschwind erinnert sich undeutlich, eine Mail aus Chile erhalten zu haben, deren als Attachment eingefügte Jahresstatistik 21 Todesopfer ausgewiesen hat. Das sind, wie Gschwind erst jetzt begreift, mehr als in allen anderen Valnoya-Niederlassungen zusammen.

Zambrano erklärt, man mache ihm die Hölle heiß, es dürften diese Toten keinesfalls in der Statistik auftauchen. Er habe gute Gründe, warum diese Toten nicht zu zählen seien. Der tragische Unfall habe sich ereignet, als Valnoya die Mine noch gar nicht richtig geleitet habe, sprich: drei Monate nach der Übernahme, womit die bei Valnoya sonst üblichen Sicherheitsvorkehrungen zu diesem Zeitpunkt noch nicht wirklich kommuniziert worden seien. Wichtiger noch: Valnoya habe gleich zu Beginn seines Managements erklärt, dass der marode Zugang zur unterirdischen Mine umgehend geschlossen werden müsse. Von den 21 Mitarbeitern seien fünf damit beauftragt gewesen, den alten Zugang abzusperren. Die anderen 16 hätten aus reiner Trägheit die gewohnte Abkürzung zum Untertagebau benutzt, seien also mitgefahren auf dieser Abkürzung, die Valnoya von Anfang an ein Dorn im Auge gewesen sei – und genau da habe die längst als einsturzgefährdet erklärte Felswand nachgegeben und das Transportfahrzeug mit den 21 Männern 80 Meter in die Tiefe gerissen.

Aufgrund dieses Unfallhergangs könne es doch nicht angehen, dass die 21 Toten in die Jahresstatistik aufgenommen werden: Es würde dadurch ja der Eindruck entstehen, Valnoya missachte in Chile sämtliche Sicherheitsbestimmungen. Dabei sei allein die schlechte Angewohnheit der über viele Jahre von der Vorgängerfirma beschäftigten Mitarbeiter der Grund dafür gewesen, dass dieser schlimme Unfall sich überhaupt habe ereignen können.

Als Gschwind Zambrano zu verstehen geben will, dass er ihn und sein Anliegen begriffen hat und schauen werde, was da zu machen sei, beginnt Zambrano erst richtig loszulegen. Er erzählt nochmals von vorne, jetzt aber deutlich detaillierter, jetzt mit den Namen der Vorarbeiter, jetzt mit der Erklärung, wie lange und welcher Gründe wegen dieser Eingang zur Mine benutzt wurde, und als Gschwind ein weiteres Mal zu verstehen geben will, dass er sehe, um was es gehe, fühlt sich Zambrano erst recht ermutigt, mit seiner Schilderung der Situation noch detailgetreuer Gehör zu finden, sodass sich Gschwind kurzerhand entscheidet, die Verbindung nach Chile aufgrund einer technischen Störung als unterbrochen anzusehen – und den Hörer auflegt.

*

KAPITEL 17

Als Gschwind dieses Mal vom Bildschirm weg und aus dem Bürofenster blickt, ist es bereits dunkel. Er arbeitet noch immer an dem *Sustainability Report*; das Kapitel *Risk Management* immerhin hat inzwischen belastbare Formen angenommen, bei der Korruptionsbekämpfung, der Kinderarbeit, der indigenen Bevölkerung und den Nachweisen zu den Bemühungen, die Biodiversität im Umfeld der Minen zu bewahren, klaffen aber noch große Lücken. Da der Bericht die Standards der *Global Reporting Initiative* zu erfüllen hat, kann sich Gschwind hier keine Blöße geben.

Kaum löst er sich kurz von den Inhalten des Berichts, holen ihn seine Gedanken an Rina ein; die Vorstellung, sie sitze jetzt zuhause, allein am Küchentisch, esse eine Kleinigkeit, löffle irgendetwas Fades in sich hinein, lässt ihn melancholisch werden. Er merkt, er würde sich gerne öfters und inniger mit ihr verbunden fühlen.

Dann unterbricht ihn ein Anruf: Der sture Grafiker, mit dem Gschwind in Sachen Nachhaltigkeitsbericht zusammenzuarbeiten gezwungen ist, maßt sich tatsächlich an, einen Abschnitt in Gschwinds Text als unverständlich zu bezeichnen. Gschwind kann es kaum fassen, sein Puls schnellt in die Höhe, er flucht innerlich über diesen Kerl, der sich doch einfach nur darum kümmern soll, Layout und Grafiken in Ordnung zu bringen – bis er bemerkt, dass auf Seite 67 ein von ihm verfasster Abschnitt mehrheitlich aus Notizen besteht.

Gschwind entschuldigt sich, hört sich etwas von einer falschen Datei faseln, hängt dann auf und ärgert sich über seine Nachlässigkeit. Er legt das Gesicht in die Hände und weiß nicht, wo er jetzt noch Energien hernehmen soll.

Gschwind gibt sich einen Ruck und bestellt sich eine Pizza und einen halben Liter Cola. Während er auf das Essen wartet, stolpert er über eine Meldung aus Thun: Unbekannte Täter, so heißt es, seien über Nacht in die Werft der Schifffahrtsgesellschaft eingedrungen und hätten mit braungrauer Farbe die gesamte Schiffsflanke die *Queen* beschrieben: »Der Bundesrat fährt dreckigen Diesel!« Das Schiff müsse komplett neu lackiert werden, die Jungfernfahrt werde womöglich verschoben. Die Polizei suche nach Hinweisen.

Spätestens jetzt ist die *Queen* landesweit berühmt, denkt Gschwind. Er beginnt, seiner Mutter eine Nachricht zu tippen, erinnert sich dann aber, dass Barbaras Antworten auf seine jüngsten Nachrichten immer in der vorwurfsvollen Frage gipfelten, wann er sie endlich wieder einmal besuchen komme. Auf diese Frage hat er jetzt keine Lust.

Er vertilgt die Pizza und trinkt gierig die eiskalte Cola. Mit neuem Elan klemmt er sich sogleich hinter den noch unfertigen Abschnitt. Dass sich dieser ausgerechnet im Kapitel *Strategien zur Bekämpfung des Klimawandels* befindet, ärgert ihn. Am liebsten hätte er das gesamte Kapitel ersatzlos gestrichen, in keinem anderen finden sich derart viele Worthülsen und leere Beteuerungen. Zu deutlich ist eben, findet Gschwind, dass sich ein Rohstoffkonzern nicht auch noch um die Rettung des Klimas kümmern kann. Auch dann nicht, wenn eine größer werdende Minderheit der Gesellschaft das gerne sehen würde. Gschwind wird klar, dass gerade dieses Kapitel besonders gut verfasst sein muss.

Es ist längst nach 22 Uhr, als er mit der Überarbeitung halbwegs einverstanden ist; auch wenn er jetzt schon Feierabend macht, darf er mit sich zufrieden sein.

Als er das Gebäude verlässt, schlägt ihm eine erstaunliche Wärme entgegen; fast will er glauben, in Italien zu sein und flanieren gehen zu können. Gschwind genießt die knapp 50 Meter Fußweg zu seinem Auto. Dass er mit diesem nun nach Oberhofen fahren wird, lenkt seine Gedanken zu Levin und Rina. Er hofft, es werde ihm bald gelingen, mit Rina ruhig über Levin und dessen berufliche Zukunft zu sprechen. Er möchte ihr begreiflich machen, weswegen er Levins vorzeitigen Abgang von der Schule nicht billigen wird und darüber nachdenkt, mit Konsequenzen zu drohen. Zum Beispiel ließe sich, falls Levin uneinsichtig bleibt, das für ihn angelegte Ausbildungskonto auflösen – und mit dem Geld etwa das Bootshaus renovieren.

Im parkenden Tesla sitzend, die gekühlte Innenluft genießend, denkt Gschwind über andere, gravierendere Konsequenzen nach, bis er ganz hartherzig wird und bemerkt, dass er seine Gedanken nun auf andere Themen lenken muss, da die Härte, die er gegen Levin richtet, ihn selber schmerzt.

Mit seinem Tesla vor dem automatisch sich öffnenden, videoüberwachten Schiebetor des Firmengebäudes stehend, fallen Gschwind ein paar Jungs auf, die, keine 20 Meter entfernt, mit hochgezogenen Kapuzen auf der gegenüberliegenden Straßenseite herumlümmeln. Die Lichter seines Wagens leuchten knapp an ihnen vorbei, sie stehen im Dunkeln, drei finstere Gestalten. Ihre Anwesenheit ist auffällig, da es keinen Bürgersteig gibt, eine hüfthohe Steinmauer stützt ein kleines Wäldchen, Fußgänger haben an jener Stelle nichts verloren. Gschwind schämt sich für seine Gefühle, aber ihm ist unbehaglich. Er ist sich sicher, diese Jungs haben keine Steine in der Hand, planen auch nicht, das Firmengelände zu stürmen, und doch fühlt er sich latent bedroht.

Das Gittertor steht inzwischen offen, er könnte losfahren. Aber er wartet und gibt den Jugendlichen Zeit, zu verschwinden.

In dieser Schwebe zwischen Verharren und Loswollen fällt ihm ein, dass er bei Camille, im Sekretariat der Geschäftsleitung, fragen muss, ob für Peru bereits ein Umweltbüro angefragt worden sei. Jemand muss die dort geplanten Luftqualitätsmessungen schließlich durchführen. Er macht sich eine Sprachnotiz, lässt dabei die Jugendlichen nicht aus dem Auge.

Sie gestikulieren untereinander, bewegen sich aber nicht vom Fleck. Würden sie jetzt lossprurten, wären sie auf dem

Firmengelände, noch ehe sich das Gittertor geschlossen hätte. Gschwind mag diese Vorstellung nicht. Allerdings weiß er auch nicht zu sagen, was die drei Jungs dazu bewegen sollte, sich auf dem videoüberwachten Firmengelände herumzutreiben. Das Tor würde sich hinter ihnen schließen wie eine Falle, das Gebäudepersonal wäre rasch bei ihnen, die Polizei könnte sie in aller Ruhe verhaften; Valnoya könnte sie wegen Hausfriedensbruchs anklagen.

Der realitätsfremde Richter am Lausanner Bezirksgericht kommt ihm in den Sinn. Er kann sich nicht mehr an dessen Namen erinnern, aber irgendein Bezirksrichter hatte kürzlich eine paar Jugendliche freigesprochen, die wegen Hausfriedensbruchs bei der Credit Suisse angeklagt worden waren; der Richter hatte sie freigesprochen, weil die Jugendlichen ihr Eindringen in das Firmengelände mit den Klimasünden der Bank begründet hatten.

So könnten auch diese Jungs das Eindringen auf das Valnoya-Gelände mit den Ungerechtigkeiten begründen, die in Cerro de Pasco angeblich vorgefallen waren. Kein beruhigender Gedanke, findet Gschwind.

Um zu verhindern, dass das Tor noch länger offensteht, drückt er nun doch aufs Gaspedal. Kaum hat er das Tor passiert, blitzt, von den Jugendlichen her, ein Licht auf – Geschwind ist überzeugt, sie haben ihn fotografiert. Kurz erwägt er, den Rückwärtsgang einzulegen, die Jugendlichen zur Rede zu stellen. Dann übergibt er sich der starken Beschleunigung seines Wagens.

Während im Rückspiegel bald nichts mehr von den Jungs zu sehen ist, überlegt Gschwind noch lange, was sie mit seiner Autonummer anstellen werden. Überlegt, ob sie herausfinden werden, wie er heißt, wo er wohnt, dass er für Medienkampagnen zuständig ist.

Er ermahnt sich zu einer realistischen Einschätzung. Derartige Informationen sind doch allein der Polizei zugänglich. Und unter

Uniformierten gibt es hoffentlich noch keine, die einer radikal grünen Gehirnwäsche zum Opfer gefallen sind.

Auf der Autobahn hat Gschwind lange einen alten BMW hinter sich; wie ein lästiges Insekt klebt der Wagen im Winkel seines Rückspiegels. Gschwind ist todmüde, aber er merkt, die diffuse Angst vor den Jugendlichen hält ihn wach.

Schließlich legt er den Blinker ein, um auf eine Raststätte abzubiegen. Erleichtert sieht er den BMW vorbeirauschen.

Er steigt aus, atmet tief durch. In seiner Hirschledermappe findet er ein Torino, ein glänzend rot verpacktes Glück. Die Süße der Schokolade hilft ihm, seine Angst abzuschütteln.

Zufrieden bemerkt er, dass die Raststätte sechs von zehn Stromzapfsäulen für Autos mit Rapacitanium-Batterien reserviert hat. Fahrer eines Wagens mit herkömmlicher Batterie müssen hier nicht nur länger warten, bis ihr Wagen wieder fahrbereit ist, sie müssen auch, wenn sie angerollt kommen, damit rechnen, dass keine Ladestation frei ist.

Könnte Gschwind entscheiden, es würde auf jeder Tankstelle so aussehen.

Seinen Tesla muss er nicht laden, er hat noch genügend Reichweite. Er setzt den Blinker und zieht los.

*

KAPITEL 18

Die Scheinwerfer seines Wagens fluten die leicht abfallende Einfahrt mit grellem Licht, als Gschwind ihn in Oberhofen in die Garage lenkt, wobei er wie gewohnt mit einem feinen Knopfdruck das fahrerseitige Fensterglas um ein paar Zentimeter in die Tür sinken lässt, um das leicht schmatzende Geräusch der breiten Reifen auf dem glatten Garagenboden hören zu können. Jetzt, da der Lack staubig ist, verzichtet er allerdings beim Aussteigen auf das Gleitenlassen seiner Handfläche über die glatten Metallformen.

Drei Schritte von der Garage entfernt hält er inne, um dem Einsetzen der Automatik zu lauschen, mit der das Garagentor sich schließt: Vom nahen See das zarte Plätschern, darüber das leise Surren der Garagentorautomatik, so klingt Heimat.

Zwischen Garage und Haustür schreckt ihn ein Rascheln auf; einen heftigen Schlag erwartend zieht Gschwind den Kopf ein und vergräbt ihn zwischen seinen Unterarmen. In seinen Ohren hebt das Rauschen an, sein Herz pocht – direkt vor seinen Schuhen flüchtet ein Igel ins nahe Gebüsch und hinüber zu den Ruthenbecks.

Gschwind atmet tief aus und flucht leise. Er findet es lächerlich, dass sein Unterbewusstsein ihn glauben lässt, die dunklen Kapuzenjungs könnten ihn bis nach Oberhofen verfolgt haben; er sorgt sich um sein Nervenkleid und überlegt, wann er endlich mal wieder sieben Stunden Schlaf finden wird. Gerne möchte er die Dünnhäutigkeit, die er neuerdings an sich beobachtet, seinem Alter anrechnen, aber er weiß nicht, ob seine 39 Jahre dafür bereits hinhalten können.

Vor dem Eingang stehend, bemerkt Gschwind, dass lediglich in der Küche Licht brennt – wie immer, wenn niemand zuhause ist. Dieses Licht erlischt nach 15 Minuten, dann brennt für 15 Minuten ein Licht im Salon. Das soll Einbrecher abschrecken, ihr finsteres Handwerk auszuüben, Gschwind hat sich beraten lassen. Eigentlich gilt es, das Intervall regelmäßig zu verändern und mit einem dritten Raum zu ergänzen, damit potenzielle Einbrecher keine Logik erkennen können. Seit Wochen nimmt sich Gschwind vor, Rina zu bitten, sich darum zu kümmern.

Im Entree stößt Gschwind auf zahlreiche Erdklümpchen, genau dort, wo Levin am Morgen seine Schuhe abgestreift hatte. Auf dem Küchentisch liegen Brosamen und Körner, der Geschirrspüler zeigt mit einem grün blinkenden Lämpchen das Ende des Waschgangs an.

Gschwind legt seine Mappe ab, fühlt sich ausgelaugt. Mit hängenden Schultern steht er in der Küche, blickt hinüber zum Tisch, wo Levin so breit gegrinst hat, dann schreitet er, als müsse etwas kontrolliert werden, durch die leeren Zimmer. Das leichte Knarren des neuen, auf alt getrimmten Fischgrätenparketts wirkt unheimlich. Ihm ist, es liege ein Vorwurf in der Luft. Als wollten ihm die Zimmer zu verstehen geben, dass er sich hier ein bisschen selten blicken lasse. Er weiß nicht, ob ihm diese Villa jemals derart gespenstisch leer, derart unbewohnbar groß erschienen ist.

Er meint, ein ungewöhnliches Summen zu vernehmen. Ehe er sich vorstellt, die Kapuzenjungs könnten sich hier mühelos verstecken, stellt er sich vor, wie lächerlich es wäre, sich vorzustellen, die drei Kapuzenjungs könnten sich hier mühelos verstecken.

Allein, dass er sich diese Angst vorstellt, macht ihm Angst.

Neun Zimmer auf zweieinhalb Etagen; ein eigenes Fitnesscenter im Keller – bisher war er noch nie auf den Gedanken gekommen, das Haus sei für eine dreiköpfige Familie doch ein bisschen groß. Auch überlegt er, seit wann er vergessen hat, dass seine Rina nur 70 Prozent arbeitet. Und weshalb er nicht weiß, was sie die restliche Zeit tut und wo genau sie sich jetzt herumtreibt.

Weil er kaum die Zeit findet, private Nachrichten zu beantworten, hat Rina längst aufgehört, ihm zu schreiben. Nur wenn etwas Außergewöhnliches passiert, lässt sie von sich hören. Wie jüngst mit der Nachricht, Levin gehe nicht mehr aufs Gymnasium.

Nach einer Weile erinnert sich Gschwind: Rina besucht heute Abend ihren Ausbildungsgang zur ayurvedischen Yoga-Lehrerin. Sie hat gewiss einmal erwähnt, wo dieser Kurs stattfindet, aber wenn Rina über Yoga spricht, verliert Pascal nach drei Worten den Anschluss. Sobald sie das Wort *Achtsamkeit* auch nur streift, regt sich bei ihm ein Widerstand; wer auch immer diesen Begriff erfunden haben mag, wer auch immer auf die Idee gekommen sein mag, das stinkgewöhnliche *Aufmerksamkeit* durch das nach viel mehr Innigkeit klingende *Achtsamkeit* zu ersetzen – man müsste diese Person wegen vorsätzlicher kollektiver Irreführung verurteilen.

Auf seinem Schreibtisch findet Gschwind ein *Greenpeace*-Magazin, dessen Cover mit einem Zettel versehen ist; er weist Levins Handschrift auf. Er habe hier etwas über Rapacitanium gelesen; es sei doch jetzt in der Schweiz ein riesiges Thema. In diesem Heft werde die Situation in China beschrieben – vielleicht ein wichtiger Text für ihn?

Greenpeace ist für Gschwind ein noch viel stärkeres Reizwort als *Achtsamkeit*. Greenpeace widert ihn regelrecht an. Er versteht nicht, weshalb gewisse Menschen bereit sind, sich ihr Weltwissen von einer radikalgrünen, alles andere als einer ausgewogenen Meinungsbildung verpflichteten Gruppierung beeinflussen zu lassen. Dennoch ist er gerührt. Immerhin ist es Levin noch nicht vollkommen egal, was sein Vater denkt.

Mit dem Heft in der Hand geht Gschwind zurück ins Parterre. Weil er keine Lust hat, den Rest des Abends mit ökofundamentalistischen Texten zu verbringen – allein das Cover mit dem Titel *Vor uns die Sintflut*, eine Geschichte offenbar zum fortschreitenden Klimawandel, ist ihm zuwider – ihm aber zugleich klar ist, dass er den Artikel lesen muss, um beim nächsten Gespräch mit seinem Sohn dessen argumentative Schwächen aufzudecken, weiß er gerade nicht, wo er das Heft hinlegen soll. Schließlich schiebt er es in seine Ledermappe.

Normalerweise würde er jetzt Rohstoffnachrichten überfliegen, sich darüber informieren, wo wer gegen wen Krieg führt, was gewisse Politiker verkünden und welche Sportler mit welchen Leistungen Schlagzeile machen. Heute jedoch holt sich Gschwind, nach einem Blick in den bestens mit Biogemüse gefüllten Kühlschrank, aus dem Keller ein Bier und steht kurze Zeit später an seiner Flasche nippend unter der Dusche – ein kleiner Luxus am Ende eines langen Tages, ein heimliches Ritual, das er zelebriert, wenn seine Rina nicht zuhause ist.

Biertrinken unter der Dusche: das beste Yoga für Männer.

Auch lenkt ihn dieses Ritual zuverlässig davon ab, traurig darüber zu sinnieren, dass der Abend ohne eheliche Zärtlichkeiten auskommen muss.

In einer kleinen Kammer, die als Garderobe und Verbindungsraum zwischen Schlaf- und Badezimmer dient, findet Gschwind eine Zeitschrift mit dem Titel *Buddhismus aktuell*. Verwundert schlägt er eine Seite auf, blättert weiter, bleibt an folgenden Zeilen hängen: *Nur ein genauer Beobachter kann sehen, dass wir uns mit wachem Hintern und tastenden Beinen so auf den Boden einlassen, dass ein Sitzen möglich wird, das aus einer erlebten Begegnung mit der Schwerkraft und dem Boden unter uns entsteht.*

Gschwind verschlägt es den Atem. Intellektuell angewidert blättert er weiter, blättert und liest: *Ich bewegte mich nicht zwischen zwei mentalen Punkten, sondern in einem sinnlichen Mich-Öffnen vom Boden her zur Entdeckung dessen, was wir Stehen nennen.*

Ein gewisser Stefan Laeng hatte das geschrieben, der wohl ein Star der Yoga-Szene sein muss. Kopfschüttelnd legt Gschwind die Zeitschrift weg. Es streift ihn kurz die Vorstellung, wie Rina gerade innig berührt einem durch den Raum schwebenden Kursleiter lauscht, der genau diese Art von Schwachsinn von sich gibt: Yoga oder die Kunst, Deutsch für Deutschsprechende in eine Fremdsprache zu verwandeln.

Die Sehnsucht nach körperlicher Nähe zu seiner Rina, wie sie Gschwind eben noch gefühlt hat, ist verflogen.

Als er eine elektrische, ihm nie zuvor aufgefallene Zahnbürste entdeckt, fragt er sich, ob sie einen neuen Mitbewohner haben – obwohl er nur zu gut weiß, wie absurd die Frage ist. Immerhin ist sie weniger unbequem als diejenige, die von ihm Gewissheit darüber verlangt, ob er seine Frau überhaupt noch kennt.

Er drückt Zahnpasta auf seine Bürste, setzt den Timer auf 90 Sekunden und stellt sich im Bademantel auf den großen Balkon. Noch immer ist es warm. Zähne putzend blickt er hinaus auf den See, dessen Wasserspiegel sich, will Gschwind den Medien Glauben schenken, auf einem besorgniserregend tiefen Pegel befindet. Er blickt hinüber zu dem imposanten, von ihm schon lange nicht mehr wahrgenommenen Niesen und findet es schade, dass er den Beatenberg nicht sehen kann, diesen unscheinbaren Berg, der nun über Nacht derart wertvoll geworden ist. Derart wertvoll, dass er ihn für Valnoya kaufen wird. Kurz denkt er an den geknickten Landwirt, sieht, wie dessen Hand wieder und wieder über den Kopf seines Hundes streicht. Dann summt der Timer, Gschwind geht zurück ins Bad, spuckt den Schaum aus, blickt kurz prüfend in den Spiegel. Er verbietet sich, nochmals Nachrichten zu lesen, zieht die Vorhänge zu und legt sich schlafen.

*

KAPITEL 19

Zwar hat Pascal Gschwind am nächsten Morgen Mühe, richtig wach zu werden. Auf dem Weg ins Büro aber, den er heute per Zug zurücklegt, erfordert der politische Diskurs um das Schweizer Rapacitanium seine Aufmerksamkeit: Die Grünen, diverse Umweltverbände und die für Umweltbelange zuständigen Ämter wollen den Beatenberg unter Naturschutz stellen und dafür sorgen, dass des Rohstoffs wegen keinem Gräslein etwas zuleide getan wird. Seit es in der Schweiz nicht mehr regnet und das Wasser knapp wird, zeigen sie sich alarmiert und erinnern mit erhobenem Zeigfinger, was für enorm große Landschaftsflächen wegen der Rapacitanium-Minen in China und Kanada bereits zerstört worden sind, sie verbreiten apokalyptisch anmutende Bilder aus diesen Regionen und betonen, eine intakte Landschaft sei sowohl für das Berner Oberland wie auch für die gesamte Schweiz wirtschaftlich von unschätzbarem Wert. Insbesondere die Wasserläufe müssten geschützt werden. Baue man aber am Beatenberg eine Mine, reise bald kein Tourist mehr an den Thunersee oder überhaupt ins Berner Oberland. Zudem lasse sich Rapacitanium nur auf chemischem Weg aus dem Muttergestein lösen: Während die Chinesen mit den bei diesem Prozess anfallenden Giften riesige, stinkende und für alles Leben tödliche Seen füllen, müsste dieses toxische Abwasser in der umweltgesetzlich stark regulierten Schweiz höchst aufwendig aufbereitet und entsorgt werden, was die Gewinnung von Rapacitanium in der Schweiz von vornherein zu einem unrentablen und wasserverschwendenden Projekt werden lasse, mit dem man besser gar nicht erst anfange.

Als Speerspitze des ökologisch motivierten Widerstands gegen eine Rapacitanium-Mine zeigt sich ein neu gegründeter Verein namens *Pro Beatus*. Sein prominentestes Vorstandmitglied, ETH-Geologin Gabriela Hollenstein, vertritt die Meinung, die geplanten Sondierungsbohrungen seien unbedingt demokratisch zu legitimieren, dürften ohne Bewilligungsverfahren nicht durchgeführt werden, verursachten ein nicht abschätzbares Erdbebenrisiko für das gesamte Berner Oberland und zerstörten womöglich ein einzigartiges Grundwassersystem. Im Namen des neu gegründeten Vereins verlangt sie, der Kanton müsse auf die Bohrungen verzichten und die bereitgestellten Gelder anders einsetzen: Für ein besseres Grundwassermanagement. Gabriela Hollenstein verweist auf die für Mensch und Umwelt gefährlichen Folgen der anhaltenden Trockenheit. Wasser sei generell ein knapper werdendes Gut; das Bundesamt für Umwelt habe bereits vor 15 Jahren in seinem Klimabericht erwähnt, die Schweiz werde künftig sowohl mit Perioden der Dürre als auch mit Starkregen und großen Überschwemmungen rechnen müssen – entsprechende Maßnahmen habe die Schweiz aber bislang keine getroffen. Und jetzt, da die Schweiz tatsächlich eine Dürre erlebe, käme den Behörden nichts Besseres in den Sinn, als den Menschen das Waschen ihrer Autos zu verbieten. Der Grundwasserspiegel sei so tief gesunken wie nie, die Landwirtschaft unterversorgt, die milliardenschwere Produktion von Wasserstrom befinde sich in einer Krise – es herrsche Handlungsbedarf.

Heinz Glomme vom Dachverband der Schweizer Wirtschaft erklärt derartige Szenarien für lächerlich und stellt klar, dass sich heutzutage eine Mine im Untertagebau so betreiben lasse, dass weder die Landschaft beeinträchtigt noch das Erdbebenrisiko erhöht werde. Darüber hinaus seien jüngste Versuche, das chemisch belastete Restwasser von Bakterien aufarbeiten zu lassen, ziemlich erfolgsversprechend. Glomme drängt darauf, unverzüglich mit dem Abbau des Rohstoffs zu beginnen, denn eine zu Recht um ihre Altersvorsorge und ihren wirtschaftlichen Wohlstand besorgte Schweiz könne es sich nicht leisten, noch länger auf den Abbau eines international begehrten Metalls zu verzichten. Glomme verlangt von der Politik ein rasches und unbürokratisches Handeln;

das Bohren könne man getrost denen überlassen, die etwas davon verstünden: Der Kanton müsse der meistbietenden Rohstofffirma die Lizenz verkaufen.

Diese Haltung bereitet Gschwind gute Laune.

Nach einiger Korrespondenz, einer Recherche und Rückfragen zum *Sustainability Report* erinnert das summende Telefon Gschwind an den anstehenden Termin mit Hillers.

Gschwind streicht seinen Anzug glatt, schiebt sich die Brille hoch, räuspert sich. Seit seinem Einstellungsgespräch war er nicht mehr zu Hillers ins Büro bestellt worden. Er versucht, seine Nervosität abzustreifen, lässt sich vom Aufzug in die fünfte Etage heben und fühlt, er kann seinen Schlafmangel in diesem Moment erstaunlich gut ertragen.

Die schöne Camille de la Rochefoucauld begrüßt ihn ausnehmend freundlich und winkt ihn ins Chefzimmer.

Hillers sitzt in seinem Ledersessel, als sei er darin geboren, als werde er darin sterben. In seiner Rechten hält er eine Mont-Blanc-Füllfeder, deren Verschlusshülle er im Abstand von mehreren Sekunden auf- und zudrückt, in der Manier einer langsamen Pendeluhr. Gschwind setzt sich ihm gegenüber, klappt seinen Laptop auf. Seinen ersten Satz fühlt Gschwind bereits auf der Zunge, Hillers' Aufmerksamkeit ist ihm gewiss – es fühlt sich gut an, Hillers gleich erzählen zu können, dass er auf dem Beatenberg eine interessante, mit Schweizer Luft handelnde Firma kennengelernt habe, die Valnoya doch gelegentlich mithilfe einer chinesischen Tochtergesellschaft kaufen könnte. In diesem Moment, Gschwind hat noch keine Silbe gesagt, kommt ihm eine Idee, die sich noch besser anfühlt: Er stellt sich vor, wie er selber, als privater Geschäftsmann, das Vertrauen eines chinesischen Valnoya-Mitarbeiters gewinnt und, nach einer gemeinsamen Firmengründung, zusammen mit diesem Chinesen diese Schweizer Alpenluft vermarktende Firma aufkauft.

Diese Vorstellung durchströmt warm seinen Körper. Er fühlt sich gestärkt durch die Einsicht, sich Hillers gegenüber problemlos etwas herausnehmen zu können. Nun, da Hillers offenkundig entschieden hat, ihn mit dem Beatenberg einem Fähigkeitstest zu unterziehen, sieht Gschwind keinen Grund mehr, vor Hillers zu kuschen. Im Gegenteil, Gschwind ist überzeugt: Bei Hillers kann punkten, wer den Riecher fürs Geschäft hat.

Vielleicht hat Gschwind also doch nicht so schlecht geschlafen. Um zwei Uhr nachts hat ihn eine Idee für eine kluge Formulierung im *Sustainability Report* geweckt, die er sogleich in den Laptop getippt hat: *Valnoya werde den strategischen Pfeiler seiner Kohlenstoffpolitik aufgrund von Energiemarktprognosen ständig aktualisieren.* Das klingt, wie Gschwind findet, nach einer den Klimawandel höchst aufmerksam verfolgenden Firma, die auch dann flexibel reagieren kann, wenn sich dieser Wandel als nicht so gravierend herausstellen sollte. Die in einem ganz anderen Kapitel erwähnten *risikoreichen Fahrzeuge* hat er auch noch gleich verwandelt in *potenziell gewisse Risiken mit sich bringende Fahrzeuge* – diese mitten in der Nacht verrichtete Arbeit hat ihm vielleicht doch nicht so viel Energie geraubt, wie er beim Aufstehen, kurz nach fünf Uhr, geglaubt hat.

Jetzt schiebt Gschwind nochmals seine Brille ans Nasenbein, nimmt Hillers in den Blick und schildert in aller Ruhe und Präzision die Besitzverhältnisse auf dem Beatenberg. Er zeigt Hillers auf dem Laptop die Parzelle, das große, von Felsbändern abgeschlossene Land, das genau über den Beatus-Höhlen liegt und von Gesetzes wegen allein von einem Landwirt gekauft werden könne.

Hillers zieht besorgt seine buschigen Brauen hoch. Ruhig hält er seinen Mont-Blanc und blickt fragend auf; Gschwind fühlt sich in seiner Annahme bestätigt, dass Hillers tatsächlich keine Ahnung von helvetischen Gesetzen hat. Wahrscheinlich kümmern sie ihn überhaupt nicht.

Gschwind lässt Hillers ein bisschen zappeln, ehe er kommentarlos das gefälschte Diplom aus der Hirschledermappe zieht. Er hat gestern derart lange und liebevoll daran gearbeitet, er lebt schon fast mit der Illusion, es sei echt.

Hillers schaut sich das von einer Klarsichtfolie geschützte Dokument an; stumm bewegen sich seine Lippen zu den von Gschwind sorgsam gefälschten Zeilen. Den Mont-Blanc hält er dabei wie eine Zigarre.

Gschwind fühlt, wie sein Puls ansteigt, wie seine Ohren sich mit einem zarten Rauschen füllen. Weil Hillers zögert, befürchtet Gschwind, seine Arbeit sei doch als Fälschung zu erkennen.

Dann lässt Hillers seine schwere Hand auf die Tischplatte fallen. Er müsse zugeben, sagt er, schwer beeindruckt zu sein.

Durchflutet von Erleichterung, wäre Gschwind ihm am liebsten um den Hals gefallen und hätte Champagner bestellt. Er sagt, noch ahne der Besitzer nichts davon, dass er seinen Hof bald verkaufen werde. Aber der Verkauf sei psychologisch vorbereitet.

Auf Hillers leicht erboste Frage, wieso er nie erwähnt habe, auch Landwirt zu sein, reagiert Gschwind mit Beschwichtigungen; er behauptet, es sei im Grunde für jeden Schweizer normal, zu wissen, wo vorne und hinten sei bei einer Kuh.

Hillers lacht laut, klatscht begeistert in die Hände und behauptet, er lerne fast jeden Tag etwas Neues und Zauberhaftes über diese Schweiz, über dieses doch sehr sonderbare Land.

Dann kommt Hillers auf das Geld zu sprechen. Es sei ja abgemacht, dass er, Gschwind, kaufe, Valnoya aber bezahle – und besitze.

Gschwind fühlt, wie sehr sich Hillers wünscht, dieses *besitze* würde deutlich mehr Silben aufweisen, um es noch deutlicher und noch vernehmlicher und noch bedeutungsschwangerer im Raum stehen zu haben.

Gschwind sammelt sich, schiebt seine euphorische Stimmung zur Seite und erklärt Hillers, der Preis des Hofs sei amtlich festgelegt, er belaufe sich auf 1,2 Millionen Franken.

Hillers schaut ihn betroffen an und schweigt.

Wieder empfindet Gschwind Mühe, Hillers' Mimik zu lesen.

Unsicher, ob er nun befürchten muss, der Deal werde platzen, zugleich beseelt von dem Wunsch, etwas zu tun, das ihn stärker mit Hillers verbindet, erzählt Gschwind von den Chinesen, die auf Sommers Hof Schweizer Alpenluft in Flaschen abfüllen.

Hillers hört sich alles aufmerksam an. Seine Gesichtszüge hellen auf.

Mit entsprechenden Mittelsmännern in China, sagt Gschwind schließlich so begeistert, dass es ihn selbst verblüfft, müsste es doch für sie beide ein Leichtes sein, diese Firma aufzukaufen und damit einen Grundstein zu legen für eine ganz andere wirtschaftliche Basis, unabhängig von Valnoya.

Gschwind erschrickt. Ein bisschen fühlt es sich an, als habe er eben einen Heiratsantrag ausgesprochen.

Hillers lehnt zufrieden in seinem dicken Sessel und strahlt wie ein kleiner Junge, dem die Mutter eine Süßigkeit versprochen hat.

»Pascal«, sagt Hillers dann und wartet, bis auch der letzte Winkel seines Büros von Spannung erfüllt ist, »du gefällst mir immer besser!«

Ein Glücksstrom durchfließt Pascal Gschwind; wenn er sich nicht täuscht, ist damit seine Probezeit bei Valnoya beendet.

Hillers wählt schließlich wieder einen sachlichen Ton, schlägt vor, sich bald einmal bei einem Glas Whisky über Schweizer Bergluft und China zu unterhalten, und kommt dann wieder auf den eigentlichen Grund ihrer Zusammenkunft mit der Frage zu sprechen, ob er, Pascal, einverstanden sei, wenn Camille die 1,2 Millionen für den Hof der schwarzen Kasse entnehme.

Gschwind versteht nicht.

»Ich gebe dir das Geld, ohne Banküberweisung, ohne Quittung, aber mit Handschlag«, erklärt Hillers. »So, wie es unter Ehrenmännern seit dem Tod des Bankgeheimnisses üblich ist.«

Mit einem derartigen Handel hat Gschwind nicht gerechnet. Das Vertrauen, das Hillers in ihn zu setzen bereit ist, lässt ihn aufstrahlen.

»Und sollten wir die Mine nicht bauen können«, fährt Hillers fort, und setzt auch diesmal eine gewichtige Pause, »wenn zum Beispiel die Schweizer Stimmbürger derart dumm wären, sich politisch gegen den Abbau auszusprechen, werde ich persönlich entscheiden, was mit dem Land passiert.«

Gschwind nickt, leicht eingeschüchtert. Eine dunkle Ahnung beschattet seine Gedanken; er fühlt sich, als werde es ihm trotz allem verwehrt bleiben, beruflich jene Liga zu erreichen, in der Hillers mühelos spielt, mit einer Villa in Gstaad und einem schicken, steuerbefreiten Privatflugzeug.

Hillers' kräftiger Händedruck bringt Gschwind zurück auf dessen Augenhöhe. Und dass Hillers bereit ist, ihm heute Nachmittag einfach so, ohne jede Garantie, 1,2 Millionen Franken auszuhändigen, das wird, davon ist Gschwind trotz allem überzeugt, die Basis einer langen und wertvollen Freundschaft bilden.

Gschwind hat Hillers' Bürotür schon fast hinter sich geschlossen, als der ihm nachruft: »Und treib mir bitte nicht zu viel Sport!«

Gschwind antwortet mit einem fragenden Blick.

»Du verbrauchst sonst zu viel gute Bergluft, und die brauchen wir noch, um sie den Chinesen zu verkaufen.«

*

KAPITEL 20

Hoch angespannt, ja förmlich elektrisiert, und seine Sinne ganz in der linken Hand gebündelt, die den Griff der schweren Ledermappe umfasst, tritt Pascal Gschwind aus dem Büro in die Hitze des späten Nachmittags. Gschwind spürt, keine Armee der Welt könnte ihm die Mappe entreißen, schon gar keine Kapuzenjungs. Eher würde er sich lynchen lassen, als die Mappe aus der Hand zu geben.

Glühend steht die Sonne über der Aarauer Innenstadt; Pascal Gschwind geht sportlichen Schrittes seines Wegs, auch wenn er minimal hinkt.

Natürlich sollte Pascal Gschwind noch drei, vier Stunden im Büro sitzen. Zwei neue Aufträge hat er von Hillers erhalten: Er soll, wenn er nächste Woche in der peruanischen Minenstadt Cerro de Pasco eintrifft, so rasch wie möglich herausfinden, mit welchen Methoden das Schweizer Fernsehen die Luftqualität misst, er soll die Schwächen jener Methoden aufdecken und mit eigenen Messungen beweisen, dass die in Cerro de Pasco zirkulierende Luft völlig in Ordnung sei, sich unterhalb der von der Weltgesundheitsorganisation als problematisch eingestuften Grenzwerte bewege. Und für den Fall, dass die eigenen Messungen problematisch ausfallen, soll er einfach die Methode ändern oder den Standort wechseln lassen.

»Um wirtschaftlich bleiben zu können«, hat Hillers gesagt, »sind wir bei Valnoya darauf angewiesen, ein paar Schadstoffwerte sowohl selber zu messen als auch selber zu interpretieren.«

Gschwind findet Hillers Strategie dreist, aber effizient.

Der zweite Auftrag, den Hillers ihm gab, dreht sich um den Umweltverträglichkeitsbericht, den er, zurück aus Peru, zusammen mit Ingenieuren von Bund und Kanton erarbeiten soll. Der Bericht soll aufzeigen, unter welchen Bedingungen sich in der Region zwischen Thun und Interlaken eine Rapacitanium-Mine ökologisch vertretbar betreiben ließe. Hillers Einschätzung nach haben weder die Ingenieure des Bundes noch die des Kantons eine fundierte Ahnung vom Bergbau, und diese Ahnungslosigkeit gelte es auszunützen. Der Bericht müsse deutlich machen, dass aus Gründen des Naturschutzes nichts gegen eine verantwortlich betriebene Mine spreche, dass die nötigen Eingriffe wie auch die zu erwartenden Folgen gering seien. Zudem müsse der Bericht unbedingt den ökologischen Gewinn hervorheben, der sich mit einer Mine realisieren ließe. Zum Beispiel könnten Autos mit einer regional produzierten Batterie ausgerüstet werden, was einen verschwindend kleinen Fußabdruck ermögliche. Der Bericht solle also dem grün verseuchten Teil der Bevölkerung die Argumente aus dem Segel nehmen und unterstreichen, dass eine Mine über dem Thunersee nicht ein grober Eingriff in die Landschaft, sondern auf wirtschaftlicher wie ökologischer Ebene ein Gewinn sei.

Um die Vorbereitung dieser beiden Aufträge sollte er sich nun kümmern, aber die zahlreichen Tausendernoten in der Ledermappe ruinieren seine Konzentration. 50 Bündel sind es, 50 Bündel zu je 25.000 Franken. 1,25 Millionen. Als Gschwind Camille darauf hingewiesen hat, dass es Fr. 50.000mehr sind, als mit Hillers vereinbart, hatte Camille bloß lächelnd erwähnt, Hillers habe gesagt, ein wenig Trinkgeld sei auch dabei. Daran denkt Gschwind jetzt und muss ein idiotisch glückliches Grinsen abwehren, das sich auf seinem ganzen Gesicht ausdehnen will; 50.000 Franken, ein Trinkgeld von seinem kleinen Verbrecherfreund, dem großartigen Hillers. »Pascal, du gefällst mir immer besser!« So schnell wird er das nicht vergessen.

Jetzt ärgert sich Gschwind, dass er nicht mit seinem Tesla ins Büro gefahren ist. Er hätte sich mit so viel Geld sicherer gefühlt. Nun muss er es mehr oder weniger ungeschützt in der Mappe tragen, in der auch das Greenpeace-Magazin steckt. *Nach uns die Sintflut.* Und vor uns eine aufgrund der abgebrochenen Mittelschule mutwillig zerstörte Laufbahn.

Gschwind will das Geld rasch nach Oberhofen bringen und dort im Safe einlagern. Der Safe ist im Weinkeller versteckt; Gschwind hat ihn vor Jahren von einer auf diese Arbeiten spezialisierten Firma einbetonieren lassen, da immer wieder einmal bares Geld neben den offiziellen Lohnzahlungen vorbei in seine Tasche floss.

Der Weg zum Bahnhof dauert kaum fünf Minuten; noch nie hat sich Gschwind derart beobachtet gefühlt. Alle paar Meter dreht er sich um, weil er sichergehen will, nicht verfolgt zu werden. Das ist nur seine innere Unruhe, sagt er sich und fühlt deutlich, welche Macht ihm das Geld verleiht. Und sexuelle Lust: Er sehnt sich nach Rina.

Außerdem kann er nicht aufhören zu kalkulieren: Er denkt, dass es ihm gelingen sollte, den lebensmüden Sommer dazu zu bewegen, den unrentablen Hof für 200.000 Franken zu verkaufen. Sommer wäre auch unaufmerksam genug, unbemerkt noch einen zweiten Kaufvertrag zu unterzeichnen, einen, auf dem die Kaufsumme von 1,2 Millionen notiert ist. Damit hätte er, Gschwind, sein Taschengeld auf 1,05 Millionen gesteigert. Gschwind wagt kaum daran zu denken. Wenn es ihm zudem zusammen mit Hillers gelänge, über einen chinesischen Mittelsmann die Firma aufzukaufen, die in China Beatenberger Bergluft verkauft, würde sich ihm womöglich ein vollkommen neuer Lebensstil eröffnen. Eine in einer malerischen Küstenlandschaft gelegene Villa, in Ligurien vielleicht oder in der Nähe von Marseille, könnte so zu einem erfüllbaren Traum werden, und im Herbst würde er sich zusammen mit seiner Rina für ein oder zwei Wochen aus allem ausklinken, sich total entspannen und seinen *Rum Runner* nochmals ganz anders in Szene setzen.

Noch 300 Meter bis zum Bahnhof, noch zehn Minuten bis zur Abfahrt des Zuges; Gschwind ermahnt sich, jetzt nicht verrückt zu werden.

An die charmante Camille de la Rochefoucauld, Hillers *personal assistant*, muss er jetzt wieder und wieder denken. Sie hatte nichts von einer Unterschrift wissen wollen, hatte ihm die Noten sachlich vor seinen Augen ausgezählt. Und Gschwind hatte zu ihren eleganten Fingern, in ihr schönes Gesicht und wieder zu ihren eleganten Fingern geschaut. Dass er mit dieser reizenden, wirtschaftlich gebildeten Frau nach Peru reisen soll, wie er heute erfahren hat, macht ihn ein wenig nervös.

Endlich am Bahnhof angekommen, hätte er gerne aus dem kleinen, am Bahnsteig stehenden Brunnen getrunken. Der Brunnen aber ist trocken.

Die Mappe fest im Griff, beobachtet Gschwind einen Gitarre spielenden Straßenmusiker. Für Gschwind ist klar, der Mann verschwendet sein Talent – er befürchtet, Levin tue dasselbe.

Er fragt sich, ob er mit dem vielen Geld nicht doch etwas bewirken könnte, um seinen Sohn zurück auf den richtigen Weg zu bringen. Der Gedanke, jemanden dazu zu bewegen, die Waldhütte zu kaufen und die pubertierenden Gymnasiasten zu verjagen, gefällt ihm noch immer. Er nimmt sich vor, andere Eltern zu kontaktieren. Es sind mit *Back to the Fruits* gewiss nicht alle derart glücklich wie der dumme Bernhard und seine chirurgisch glatte Franziska.

Gschwind bezweifelt, über diese Angelegenheit noch ruhig mit Rina sprechen zu können. Er bedauert das. Er hofft, es werde sich bald eine Gelegenheit bieten, intensiv und wild mit ihr zu schlafen, um mit der so gewonnenen Nähe die Grundlage für ein anschließendes, ehrliches Gespräch zu finden.

Leider kann er sich nicht erinnern, wann sie es das letzte Mal zusammen gemacht haben. Hingegen kann er sich an ihren vor Wochen geäußerten Wunsch erinnern, öfters und sinnlicher von ihm verführt zu werden. Sie hat gefragt, ob er schon etwas über *mindful sex* gehört habe, ob er bereit wäre, dem Vorspiel eine neue Bedeutung zu verleihen. Vielleicht im Rahmen eines improvisierten Theaters, mit unklarem Handlungsverlauf, aber klarem Ziel.

Pascal kann sich noch genau an das Gespräch erinnern, vor allem an das Gefühl, Rinas Wünsche nicht ganz zu verstehen. Als er sie fragte, ob sie neue Stellungen ausprobieren möchte, hat sie lächelnd den Kopf geschüttelt, und so richtig irritiert war Gschwind, als sich zeigte, dass Rina trotz des Gesprächs keine Lust auf ihn hatte.

Er verscheucht diese Erinnerung; die Gegenwart zählt, und im Grund hat er sich schon lange von dem Versuch verabschiedet, seine Rina in ihren Wünschen und Interessen zu verstehen.

*

KAPITEL 21

Im Wintergarten sitzt sie, spricht angeregt in ihr Telefon und begrüßt ihren Ehemann lediglich damit, dass sie kurz aufblickt und ihre Hand hebt, emotionsfrei, wie Gschwind denkt, und gleich darauf wieder ihre gesamte Aufmerksamkeit dem Telefonat widmet.

Das Haar trägt sie offen, zeigt ihr offenes Rinalockenhaar und hält, wie sie eine Wohnzimmerdiagonale entfernt im Korbsessel sitzt, das Gesicht von ihm abgewandt, das Sprechen von ihm abgewandt; trennend stehen die sauberen, die weißumfassten, die das herbstliche Abendlicht spiegelnden Wintergartenglasscheiben zwischen Pascal und Rina. Er fühlt sich unerwünscht, glaubt, es mache für Rina keinen Unterschied, ob er zuhause ist oder nicht; sie führt hier ihre Wintergartengespräche, ihre Korbsesselei hat sie hier, sie braucht ihn nicht.

Gschwind blickt zu ihr hin, er hofft, sie werde ihr Telefonat beenden, um ihn herzlich zu begrüßen, ihm einen Kuss auf den Mund zu drücken.

Das passiert nicht.

Nichts passiert.

Sie telefoniert.

Er steht da, in Anzug und eleganten Schuhen, fühlt sich schwer, klobig, verschwitzt. Er weiß nicht wohin mit sich. Nicht wohin mit 50 Bündeln à 25.000 Franken, die in seiner Mappe darauf warten, auch von ihr bejubelt und nachgezählt zu werden.

Riesig ist das Haus und doch viel zu eng.

Gut möglich, dass er eben noch an ein Kompliment gedacht hat, weil er sich selbst nach Komplimenten sehnt. 50 Bündel, im riesigen engen Haus, und nie waren seine Schuhe, nie war sein Anzug derart schwer.

Er hört Rinas Stimme kaum, erstaunlich leise telefoniert sie, als wäre ihre Stimme aus Porzellan, als würde sie ihn nicht stören wollen, als müsse sie ihn schonen. Dabei sehnt er sich so sehr nach einer guten Portion Rinalismus.

Er hört sie nicht lachen, hört sie nicht denken, wie sonst, wenn sie spricht, und er weiß nicht, seit wann sie ohne zu lachen mit dieser Porzellanstimme telefoniert, er weiß nicht, wann sie sich zum letzten Mal innig geküsst haben, und er merkt, dass er ihr das Geld nicht zeigen wird, da sie ihn für einen Gauner halten könnte, da er gar nicht wüsste, wie er ihr diese Summe erklären sollte, ohne sich oder Hillers als Verbrecher zu denunzieren, und es wäre wohl schwierig, Rina davon zu überzeugen, wie viel Gutes dieses Schwarzgeld bewirken wird.

Er wendet sich ab vom Anblick seiner Frau und überfliegt ein paar Nachrichten, liest, dass der Verkauf von E-Bikes mit Rapacitanium-Batterien in der Schweiz im vergangenen Monat nochmals stark zugelegt hat, liest etwas vom Wasser, das den Seen und Flüssen fehlt, er liest, dass sich die Grünen empören, weil sie offenbar erst jetzt begriffen haben, dass der Kanton Bern auf dem Beatenberg Sondierungsbohrungen vorbereitet, die in eine Tiefe gehen werden, die deutlich unterhalb des Wasserspiegels des Thunersees liegt, er liest und scrollt und liest und hat ein störendes Summen im Ohr, ein Summen, das von der Stille herrührt, die so merkwürdig aufgeladen ist von etwas Unausgesprochenem, oder aber doch von seinen Ohren, und er kann die Nachrichten nicht konzentriert lesen, weil er immerzu an das viele Geld denken muss und daran, dass seine Rina ihn nicht herzlicher begrüßt.

Als Rina endlich vom Wintergarten entlang der weit sich hinziehenden Wohnzimmerdiagonale in die Küche kommt, steht Gschwind noch immer in Anzug und Schuhen da und fühlt einen Satz auf seinen Lippen, will ihr einen Hinweis geben auf sein neues Geld. Aber er sieht es schon an ihrem Gang, sieht es in ihrem Blick, an ihren schmalen Schultern: es ist sie, die sprechen muss – etwas ist nicht in Ordnung, sie hat geweint.

Als er sie fragt, holt Rina innerlich Anlauf, streckt ihre Wirbelsäule durch und hebt das Kinn, bringt aber nichts über ihre Lippen.

Seinem Angebot, in die Arme genommen zu werden, entzieht sie sich. Steht schulterschmal vor ihm, eine feine Linie nur, nah, und doch nicht zu erreichen.

Sie müsse mit ihm reden, kommt es schließlich aus ihr heraus, wobei ihre Stimme beinahe bricht. Ihre Augen werden wässrig. Sie gibt sich einen Ruck, ballt ihre feinen Hände zu kleinkantigen Fäusten und erklärt, sie habe sich verliebt in einen anderen.

Es folgt eine kurze, ohrenbetäubende Stille, dann reißt etwas im Innern von Pascal Gschwind. Seine Ohren füllen sich mit einem Alarmton, ein Gewicht fährt ihm in den Magen. Er schluckt leer, schaut zu Boden, er schaut durch den Boden hindurch zu Rina.

Als wolle sie sich vergewissern, das Unsägliche tatsächlich gesagt zu haben, artikuliert Rina ein weiteres Mal, was ihr zu sagen eben erst gelungen war, sie unterstützt ihre schwachklingenden Worte, indem sie sich breiter und sicherer vor ihm aufbaut: »Ja, ich habe mich verliebt. In einen anderen.«

Die Luft in der Küche gefriert, der Atem in Pascals Lunge gefriert. In ihm zersplittert etwas vollkommen lautlos, zerschellt an den Wänden seines Magens. 21 Jahre Beziehung, 18 Jahre Ehe: In rascher Wiederholung jagen Bilder durch seinen Kopf und zersplittern, zerschellen an den eben vernommen Worten, die Splitter schießen durch die sich jagenden Bilder, sie reißen alles ein, was er glaubt, mit ihr zusammen aufgebaut zu haben, alles in ihm stürzt nieder, fällt, stürzt endlos und reißt den Boden mit sich, auf dem Pascal Gschwind so lange so sicher zu stehen glaubte. In seinen Ohren ein Dröhnen. In seinem Hals ein Würgen. Er wagt nicht, zu Rina aufzublicken und kann doch nichts anderes sehen.

Ihre Unterlippe bebt. Ihr Blick flattert.

Pascal fürchtet, sie könnte kippen.

Er könnte kippen.

Seine Welt wankt.

Einen Schritt nur steht Rina von ihm entfernt, *einen* Schritt. Zwischen ihnen der Raum, den ihre Worte gesetzt haben, unwiderruflich und undurchdringlich.

Sie könne verstehen, dass er viel arbeiten müsse, sagt sie, und klingt gefasster.

Das Porzellan ihrer Stimme hat feine, schmerzzerfurchte Risse, aber es hält.

Sie könne verstehen, dass ihn das Berufsleben herausfordere. Aber ihr sei klar geworden, dass sie allein, dass sie mit dem Phantom eines Ehemannes lebe.

Er reise für seinen Job um die halbe Welt, nein, um die ganze, er hocke endlos im Büro, komme erst nach 22 Uhr nach Hause, sei anderntags um sechs Uhr wieder weg, habe den Kopf vollgestopft mit Terminen und Verpflichtungen, ihre Bedürfnisse aber, ihr gemeinsames Beziehungs- und Liebesleben habe er überhaupt nicht im Kopf, weder im Kopf noch in der Hüfte. Im Grunde habe er sich aus dem Eheleben doch längst verabschiedet, habe sich mit einer erstaunlichen Geduld aus der Gemeinsamkeit ihrer Ehe hinausgearbeitet. Sie aber sehne sich nach einem Leben in Verbundenheit, nach gemeinsamen Erlebnissen, sie habe lange gehungert, gehungert und gedurstet, und jetzt habe sie einen neuen Mann kennengelernt, und das tue ihr sehr gut.

Hier sticht Rina ihren Pascal mit einem Blick in die Augen, als wolle sie von ihm hören, dass stimmt, was sie sagt.

Pascal sagt nichts.

Kann nichts sagen.

Er war achtzehn, als er Rina kennenlernte, sie ist, auch wenn er den Begriff immer schon kitschig fand, die Frau seines Lebens, und was sie ihm hier erzählt, ergibt überhaupt keinen Sinn. Er möchte sie fragen, was das zu bedeuten habe. Für ihre Ehe. Was sie genau verstehe unter *einen neuen Mann kennengelernt*. Aber er kann nicht sprechen, kann kaum atmen, seine Beine werden schwach, er muss sich stützen.

Seit zwei Monaten, flüstert Rina nun beinahe, seit zwei Monaten gehe sie morgens früh zur Bushaltestelle. Der Mann komme zur selben Zeit, und gemeinsam würden sie sofort ein intensives Gespräch führen, ein Gespräch, über das sie oft den ganzen restlichen Tag nachdenke, das sie begleite und seelisch berühre. Am liebsten würde sie diesen Mann einfach küssen, sobald sie ihn morgens an der Bushaltestelle sehe, sie halte ihn für zartsinnig und intelligent, er verstehe es, sich genau auszudrücken, gut zuzuhören, sie sehne sich danach, an seiner Seite zu leben. Das sei ein starkes Gefühl, natürlich nur ein Gefühl, kein realistischer Plan, das sei ihr klar. Aber als Gefühl sei es enorm kraftvoll, und Gefühle dieser Art habe sie für ihn, für Pascal, nicht mehr, und es sei ihr nicht mehr möglich, länger darüber zu schweigen, auch wenn es ihr das Herz aus der Brust reiße.

Nach einer Weile schafft es Pascal, Rina zu fragen, ob er den Mann kenne.

Da blickt ihn Rina an, wischt sich Tränen aus den Augen, sagt mir fester Stimme, dass es der Nachbar sei, der Bernhard. Und beeilt sich klarzustellen, dass der nichts dafür könne, dass es einfach passiert sei, dass sie sich verliebt habe, und was Rina dann noch von sich gibt, kann Pascal nicht mehr verstehen, will Pascal nicht mehr hören, er verlässt die Küche, er verlässt das Haus, energischen Schrittes, er verlässt das Grundstück, er geht den See entlang, ohne den See, das niedrige Wasser, ohne überhaupt etwas zu sehen.

*

KAPITEL 22

Schwer ist sie und schwierig zu packen, die dicke Matratze. Auf halbem Weg, mitten auf der hinab ins Wohnzimmer führenden Treppe, gibt Gschwind auf und flucht und empfindet Erleichterung, sich fluchen zu hören. Er lockert seine Schultern und weiß, er wird nicht aufgeben, er wird es durchziehen und flucht ein weiteres Mal laut und deutlich, sieht seine Hände zittern, fühlt seinen Bauch schmerzen und schleift die Matratze runter, auch die zweite Treppe, hinab in den Keller, hinein zum Wein, in die Ecke mit dem Safe, wo das Geld jetzt hockt, das viele Geld für seine chinesische Geschäftszukunft mit Hillers.

Wieder oben angekommen, betritt er voller Widerwillen das kontaminierte Schlafzimmer, das bis eben noch ihr gemeinsames, eheliches Nacht- und Intimzimmer war und das nun kontaminiert ist, das er im Grunde überhaupt nicht mehr betreten möchte, weil Rina diesen elenden Ruthenbeck, der also nicht nur ein stinkfauler Notar, sondern auch noch ein Bushaltestellenplauderschönling ist, gewiss schon zu sich ins Bett geholt hat, aber ihm, Gschwind, diese tödlich toxische Wahrheit nicht zuzumuten wagt; er betritt also dieses aus allen Fugen geratene Zimmer und fühlt sich elend, fühlt sich leerer als leer und löst den Lattenrost, das Lattenrostskelett, das eine Ehe lang an diesem Platz ruhende und jetzt aufgerüttelte Lattenrostgerüst aus dem Bettgestell.

Kaum hat Gschwind diesen in einer intakten Ehe nie zu lösenden Lattenrost gehoben, diesen massiven, von einem das Schweizer Holz und den Schweizer Wald liebenden und die Schweiz aufgrund des Schweizer Holzes nie verlassenden, viel Sägemehl im schweizerischen Schnauzbart tragenden Schreinermeister in einer zwei Wochen verschlingenden Arbeit hergestellten Lattenrost, kaum hat er diesen Baumstamm von einem Lattenrost aus dessen Bettgestellheimat gehoben, wirbelt dieser derart viel Staub auf, dass Gschwind heftig niesen muss und sich wütend fragt, woher all dieser miefige Staub kommt, ob die vor Jahren gemeinsam ausgewählte und gemeinsam angestellte Zimmerreinhaltefrau überhaupt noch putzen kommt, eine vor Schüchternheit fast nicht sprechfähige, eine in ihrer Servilität beinahe unsichtbare Sans-Papier, die auch zu einem lächerlich kleinen Stundenlohn hier zu arbeiten sich bereit erklärt hat, und der sie wahrscheinlich dennoch viel zu viel Lohn angeboten haben, viel mehr, als sie selber vorgeschlagen hatte, wohl weil man dort, wo ihre Kinder leben, in einem notorisch unterentwickelten Land, an das sich Gschwind nicht mehr erinnern kann, so gut wie gar kein Geld zum Leben braucht. Und dass er nun nicht einmal weiß, ob diese pathologisch schüchterne Sans-Papier, diese von Scham erfüllte Papierlose hier noch putzen kommt oder nicht, ärgert ihn maßlos, da diese seine Unkenntnis über das Erscheinen oder Ausbleiben der Putzfrau zusammen mit seiner Unkenntnis über das Erscheinen oder Ausbleiben des Gärtners als deutlicher Beweis dafür in seinem Hirn aufleuchtet, wie selten er sich in diesem Haus, auf diesem Grundstück und in dieser Ehe blicken lässt.

Gschwinds Nase läuft, aber er hat kein Papiertaschentuch, also lässt er die nasse Nase über seinen Unterarm fahren, über seine feine Unterarmbehaarung zieht er eine silbern glänzende Spur, es herrscht der Ausnahmezustand, eheumfassend herrscht Ausnahmezustand, seine Ausnahmeehe ist ihm genommen worden, ist verwandelt worden in den Eheausstand, und schließlich, das weiß sogar der schnelle Bahnsen, dem er fristlos kündigen wird, hat er keine Aktien mehr im Glücksgefühl seiner einstigen Rina.

Das Gewicht des Lattenrostes geht ihm schwer in den Rücken, die zerlegte Ehe geht ihm schwer in die Knochen, immer hat er gedacht, normale Ehen werden geschieden, er und Rina aber, sie hätten eine außernormale Ehe, hätten die von Liebe erfüllte Ehe, ihre Ehe würde nie geschieden, auch weil es diese Liebe schon seit ihrer Jugend gibt.

Nun, da es Gschwind gelingt, das massive Konstrukt unter seinen Arm zu bringen, fällt ihm die Lücke auf, die im Bettgestell zurückbleibt. Ein klaffender Abgrund neben der jetzt sehr hoch wirkenden Matratze, auf der seine einstige Rina schlafen wird. Soll sie doch in diesen Abgrund blicken jeden Abend und jeden Morgen!

Unvermittelt rutscht ihm der Lattenrost noch vor der Treppe aus der Hand, fällt ihm auf die Zehen. Ein wohltuender Schmerz durchströmt seinen Körper, eine frühlingswaldhelle Glücksflut durchzieht sein Hirn, und er kann es nicht fassen.

Es ist ja im Grunde nicht möglich, dass ihn jetzt ein Glück streift.

Und doch scheint für den Bruchteil einer Sekunde genau das zu geschehen; Gschwind hebt den Lattenrost an und lässt ihn gleich wieder niederkrachen auf die schmalen Zehen seines linken Fußes. Er spürt, wie maßlos und wohltuend dieser Schmerz ist, wie dieser Zehenschmerz den Ehezersplitterungsschmerz für einen winzigen Augenblick immerhin vollkommen betäubt, wie die beiden Schmerzen anschließend Schulter an Schulter nebeneinander herlaufen, bis der Zehenschmerz zurückfällt, erst einige Meter nur, dann massiv, bis er zurückbleibt in einer anderen Galaxie.

*

KAPITEL 23

Im Grunde ist ihm klar, dass er sich gar nicht erst hinlegen, die Augen schließen oder das Kissen zurechtrücken muss, weil es bei dieser Herzfrequenz, bei dieser Anspannung ohnehin vollkommen aussichtslos ist, in den Schlaf zu finden. Und so liegt Pascal Gschwind kaum anders als ein angefahrenes Reh in seinem improvisierten Weinkellerbett und atmet unruhig in der Dunkelheit.

Als er schließlich tief in der Nacht doch endlich eindämmert, dauert es nicht lange, und er sieht Nachbar Ruthenbeck riesengroß und verrenkt auf seinem Küchentisch, wie er einen absonderlichen Tanz aufführt und unbedingt will, dass er, Gschwind, ihm dabei zuschaut. Ruthenbeck zeigt eine immer länger werdende Zunge, mit der er schlangengleich den schlanken Körper der an der Bushaltestelle stehenden Rina umfasst. Gschwind bohrt mit einem schweren Akkubohrer Löcher in die teuren englischen Lederschuhe seines Nachbarn, der Rina nun in den Armen hält, während seine Zunge sich um ihre Hüfte geschlungen hat. Gleich mehrere Löcher bohrt Gschwind in Ruthenbecks Schuhe, von der Seite, von unten, und aus diesen Löchern quillt, sobald er den Bohrer absetzt, dunkel schäumendes Seewasser. Mit jedem weiteren Loch, das Gschwind lustvoll bohrt, verliert der Notar an Volumen, fällt in sich zusammen, bis alles aus ihm ausgelaufen ist, bis er nur noch aus zwei Schuhen besteht, schluchzend beweint von Rina.

Mit pochendem Herzen erwacht Gschwind. Übel ist ihm, er schwitzt und atmet schwer. Deutlich fühlt er seine Hände, seine Unterarme, fühlt das Echo der vibrierenden Bohrmaschine. Er muss raus, raus aus diesem engen, luftlosen Weinkeller.

In der erstaunlich warmen Nachtluft zwischen Haselhecke und Garage, die nackten Füße auf dem alten Kopfsteinpflaster, auf das der Gärtner, der vielleicht noch immer hier wirkende Gartenpflegemann, wieder einmal Herbizide sprühen müsste, erkennt Gschwind schwach silbern glänzend den See, die für sein

Motorboot schön flach gehaltene Wasserebene, über der sich ein zartgrauer Nachthimmel wölbt.

Mild ist die Nacht, die Ruhe besänftigend. Gschwind genießt den erdigen Geruch der Luft. Er möchte wissen, ob es so riecht, wenn man begraben liegt. Ob man solche Dinge träumt, bevor man verrückt wird.

Er streicht sich den Schweiß aus der Stirn und weiß nicht, an wen er sich wenden soll, aber er bittet darum, nicht den Verstand zu verlieren. Bittet inständig darum. Er möchte ein erfolgreicher Mitarbeiter sein, möchte zusammen mit dem großartigen Hillers noch ein bisschen dazuverdienen, möchte mit seiner Rina in glücklicher Ehe leben, einen glücklichen Sohn großziehen, für seine Eltern möchte er selber ein beglückender Sohn sein, und seinem Levin möchte er alles mitgeben, was dieser auf seinem Lebensweg benötigen wird.

Erschrocken bemerkt er, dass er vollkommen nackt ist.

Er ist es gewohnt, nackt zu schlafen, und nackt hat er den Keller verlassen. Ein nackter Mann draußen vor dem Haus ist er nun; von außen gesehen wirkt er tatsächlich verrückt. Ein Opfer seiner Träume ist er, ein Opfer nächtlicher Fantasien, und in dieser Hinsicht ist es ihm egal, nackt zu sein. Allerdings steht noch immer der Traum vor ihm, als hätte das alles wirklich stattgefunden; in den Weinkeller zurück kann er so nicht.

Der milden Luft zum Trotz wird ihm kühl; er schüttelt die Hände, er schwingt die Arme, er hüpft.

Ein Mann ist er jetzt, der morgens um drei Uhr nackt vor seinem Haus herumhüpft. Und er glaubt tatsächlich, sich beim Verrücktwerden zuschauen zu können.

Er muss diesen Traum abschütteln, der morgige Tag beginnt in ein paar Stunden, er hat noch kaum geschlafen, und statt zu schlafen sinkt er hinab in einen Kontrollverlust. Er muss seine Eifersucht bannen. Klug und besonnen möchte er mit der Situation umgehen. 21 Jahre Beziehung können doch nicht umsonst gewesen sein, bloß weil sich seine Frau jetzt an einer Bushaltestelle von einem Notar anlächeln lässt.

Gschwind geht zurück in den Keller.

Sein Blick streift die Wand mit den Werkzeugen, ein Akkubohrer fällt ihm auf. Ein alter, lange nicht benutzter, tadelloser Akkubohrer.

Er fühlt, es geschieht etwas mit ihm. Von einer fremden Kraft wird er gepackt. Und bevor er zu einem Gedanken kommt, greift er die Bohrmaschine, prüft, ob ein anständiger Bohrer montiert ist, geht die Treppe hoch und wieder in seinen Garten, drückt sich durch die dürre Haselhecke und steht nackt, den Akkubohrer in der Rechten, auf dem Nachbargrundstück, auf dem für teures Geld notariell beglaubigten Nachbargrund mit dem trockenen, von keinem Regen und keiner künstlichen Bewässerung frisch gehalten Rasen. Stumm liegt das Haus der Ruthenbecks vor ihm, ein guter Wind raschelt in den Bäumen, ein guter warmer Bohrwind, wie er denkt, es wird ihn niemand hören.

Gschwind geht an einer kleinen Birke vorbei zum Bootshaus, zu diesem großen, beheizbaren Bootshaus. Er wundert sich, dass die Tür nicht verriegelt ist. Er steigt bis zu den Knien ins Wasser und setzt, knapp über der Wasserlinie, den Akkubohrer an. Er hält den Bohrer oder der Bohrer hält ihn, was macht das für einen Unterschied? Er fühlt jetzt wieder diese starke Kraft, die diktiert, was zu tun ist, und es ist ein wunderbares Gefühl, diese Spannung in den Unterarmen, diese unendliche lustvolle Spannung in den Händen hineingeben zu können in diese Tätigkeit, sie ins Werk und in die Bootswand zu setzen. Die vermaledeite Bootswand erweist sich als erstaunlich zäh, der Bohrer kämpft und giert. Gschwind ist es gerade recht: Soll sie sich nur wehren, soll sie doch nur ihren harthölzernen Widerstand leisten, er wird sie doch durchbrechen. Es ist ihm nur recht, die ganze Kraft eines nackten Mannes in dunkler

Nacht auf eines anderen Mannes Boden aufbieten zu dürfen, ja, geradezu erlösend fühlt es sich an, diese wundersame Energie über den gierenden, rüttelnden, jetzt hart aufschreienden Bohrer in die vergeblich aufjaulende Bootswand hineinleiten zu können.

Endlich dringt der Bohrer durch. Ein zweites Mal setzt der stark schwitzende Gschwind an, seine Kräfte sind noch längst nicht aufgebraucht, ein drittes, ein viertes Mal. Loch um Loch, klein und sauber, bohrt er ein gutes Dutzend Mal und fühlt sich mit jedem Loch ein bisschen erhabener, ein bisschen näher bei sich. Es wird nicht absaufen, das Boot, nein, die Löcher liegen vier, fünf Zentimeter über der Wasserlinie, es wird bleiben, wo es ist, das hübsche Bötchen, dem Ruthenbeck wird nichts auffallen. Aber das Gewicht einer Person wird vielleicht, das Gewicht zweier Personen wird sicherlich reichen, das Boot unter die Linie der sauber gebohrten Löcher zu drücken.

*

KAPITEL 24

Als der Tacho 160 anzeigt, fühlt sich Pascal Gschwind allmählich besser. Einen Schritt weiter entfernt vom Wahnsinn. Bei 160 löst sich vielleicht auch der Staub endlich vom schönen Lack, und der Tesla darf wieder glänzen. Gschwind kann sogar runtergehen auf 130, kann sich sogar konzentrieren, sieht, wo welche Autobahnverzweigungen hinführen. Auf dieser normalen Autobahn kann er normal schnell fahren und normale Entscheidungen treffen, es handelt sich bei ihm um einen normalen Mann, 39-jährig, der zu einer normalen Arbeit fährt, er legt sogar, ehe er die Spur wechselt, ganz normal den Blinker ein.

Gschwind nimmt seine Hand vom Steuer und wischt sich eine Träne von der Wange. Leckt sich die Tränen vom Handrücken, wie ein Kind. Und fühlt sich wie ein Kind und muss weinen, weil er sich wie ein Kind fühlt. Weil er in seinen Gedanken den blasierten Ruthenbeck ertragen muss, der viel verdient, aber derart wenig arbeitet, dass er morgens ausschlafen und irgendwann zwischen acht und neun Uhr munter an der Bushaltestelle stehen kann, um Rina zu umgarnen.

Wahrscheinlich hat Gschwind zwei, höchstens drei Stunden, nein, nicht geschlafen, sondern sich ausgestreckt. Die Wirbelsäule in die Horizontale gelegt. Sich trotz seelischer Maximalschmerzen am Leben gehalten.

Gschwind bemüht sich, Ruhe zu finden. Einzusehen, dass die Dinge nun mal so sind, wie sie gerade sind. Er und Rina haben sich geeinigt, für drei Monate die Monogamie aufzuheben. Für drei Monate so zu leben, als hätte es keine Hochzeit und kein Versprechen gegeben. Innerhalb dieser drei Monate will Rina prüfen, was ihre Gefühle bedeuten.

Die Autobahnausfahrt Aarau-West zieht rechts an Gschwind vorbei. Seine Linke hält er fest am Steuer, während er mit Zungenspitze und Zähnen das weiche Hautkissen zwischen Daumen und

Zeigefinger der Rechten berührt, dieses kleine Polster, das sich so weich anfühlt wie Rinas Hüfte. Eine Hüfte, nach der er vielleicht noch nie so viel Sehnsucht empfunden hat wie gerade jetzt. Mit 140 Stundenkilometern fährt er weiter, hinein in die Ostschweiz, hinein in seinen Schmerz.

*

KAPITEL 25

Die folgenden Tage verbringt Gschwind vollumfänglich in seinem Büro. Die Aussicht, eine weitere schlaflose Nacht in Oberhofen zu verbringen, lockt ihn nicht. Worte für den Zustand zu finden, in dem er sich befindet und dessen Mauern ihn gefangen halten, fällt ihm schwer; vielleicht, so denkt er, bin ich seelisch erfroren.

Wenn er am Bildschirm beinahe einschläft oder während eines Telefonats feststellt, wie seine Konzentration wegkippt, wie alles in ihm geflutet wird von den marternden Gedanken an seine kaputte Ehe, stößt er ein Schienbein gegen die Tischbeinkante und lässt sich von überwältigenden Schmerzen zurücktreiben in eine sachdienliche Aufmerksamkeit.

Was ihn schließlich schlagartig aufweckt, was ihn beruflich motiviert, ist die Nachricht, dass der Kanton Bern grünes Licht für die Sondierungsbohrungen auf dem Beatenberg gegeben hat. Der Kanton tat dies in einem sogenannt abgekürzten, alle Einsprachen ausschließenden Verfahren. Die Verantwortlichen begründen ihr rasches und undemokratisch anmutendes Vorgehen mit dem übergeordneten, nationalen Interesse am Verkauf des neu entdeckten Rohstoffs. In Zusammenarbeit mit dem kantonalen Institut für Geologie wurden rings um die Beatushöhlen 17 Standorte festgelegt, an denen in den kommenden Tagen die Bohrungen beginnen sollen. Diese werden bis in 1700 Meter Tiefe hinabreichen, je nach Gesteinshärte in acht bis zwölf Wochen abgeschlossen sein und eine solide Basis bilden für die anschließende Planung einer landschaftsverträglichen Mine.

Dass sich die Zuständigen des Kantons Bern an ihre wirtschaftliche Verantwortung erinnert und diesen in der so schrecklich konsensorientierten Schweiz vielleicht etwas ungewöhnlichen Entscheid gefällt haben, nimmt Gschwind erleichtert zur Kenntnis. Kaum hat er die Nachricht gelesen, leitet er sie weiter an Hillers.

Das Lesen der Nachrichten aus der globalen Rohstoffszene bereitet Pascal Gschwind auch in diesen Tagen wenig Mühe. Aber all die Arbeit, die er im Büro vor sich hat, er packt sie nicht an. Apathisch versinkt er in seinem Sessel, starrt ins Leere, holt sich den nicht vorhandenen Dreck unter den Fingernägeln hervor und lässt Kaffee in Tassen rinnen, die noch voll sind.

Einige Male steht Hillers Assistentin, die schöne Camille, vor seiner Tür, wedelt mit einem Dokument, als wolle sie ihm frische Luft zukommen lassen und sagt etwas dazu, das aufmunternd klingt. In diesen Situationen legt Gschwind aus dem Stand heraus ein paar schauspielerische Minuten hin, presst ein Lächeln aus dem letzten verfügbaren Seelenfruchtfleisch, bindet schließlich mit einem kleinen Scherzchen eine bunte Schleife um das Gesagte und ist erleichtert, dass ihm dies so gut gelingt.

Gschwind weiß durchaus, er sollte sich auf seinen Einsatz in Peru vorbereiten. Sollte sich mit Techniken der Luftqualitätsmessungen vertraut machen, sich darüber informieren, auf welcher Basis die WHO ihre Grenzwerte festlegt. Er sollte die letzten Kapitel des *Sustainability Reports* angehen. Sollte einen *Draft* erstellen für den Umweltverträglichkeitsbericht zuhanden der Kantonsvertreter und diesen schrecklich komplizierten Leuten das eine oder andere Zeitfenster für eine mögliche Sitzung kommunizieren. Und er sollte auf den Beatenberg gehen, zu Samuel Sommer, um ihm bei einem doppelten oder dreifachen Schnapskaffee ein Kaufangebot zu unterbreiten. Aber der Weg dorthin führt durch Oberhofen, führt an Ruthenbecks Villa vorbei, und allein der Gedanke daran lässt Gschwind innerlich kochen. Also bleibt auch dieses Vorhaben liegen. Immerhin schickt er einen anonymen Brief an Samuel Sommer, um psychologisch alles für die Verkaufsverhandlungen zu ebnen.

Wenn der Abend kommt, die Nacht, die sich für Gschwind nur noch durch die Dunkelheit vom Tag unterscheidet, löscht

Gschwind in seinem Büro die Lichter, putzt sich auf der Mitarbeitertoilette die Zähne, rollt die Yoga-Matte aus, die ihm Rina vor Jahren geschenkt hat, und legt sich hin. Die Beine unter den Schreibtisch, den Kopf auf einem Schal.

Schlafen kann er so nicht. Aber liegen.

Fällt ihm etwas ein, steht er auf und schreibt eine Mail oder verändert die Legende zu einer Tabelle im *Sustainability Report*, glücklich darüber, doch noch zu etwas fähig zu sein, was den Begriff der Arbeitsleistung an seinem geistigen Horizont vage aufleuchten lässt.

Dass Daniel Hillers nicht bemerkt, wie wenig sein *Senior Chief Business Network Communications* gerade vollbringt, erklärt sich damit, dass er in Asien unterwegs ist. Und dass er sowohl von den Qualitäten als auch vom Engagement seines Mitarbeiters überzeugt ist.

Nach einer unter dem Schreibtisch verbrachten Nacht rafft sich Gschwind meist um fünf Uhr wieder auf. Einmal peinigen ihn beim Versuch, ein bisschen zu schlafen, erotische Gedanken an Rina, und egal, wie deutlich er sich erst gegen diese schmerzhaften Fantasien wehrt, egal wie wenig er überhaupt auch nur ein bisschen an Rina und ihre Verführungen denken will, es endet doch damit, dass er sich, alte, vor Jahren mit Rina ausgetauschte Kurznachrichten lesend zu einem Höhepunkt reibt.

In einer anderen Nacht, auf dem Weg zur Toilette, schwächelt Gschwinds Gleichgewichtssinn; tastend hält er sich an den Wänden. Auf der Toilette dann verschlechtert sich sein Zustand; er wird von einer heftigen Kontraktion in Armen und Beinen erfasst. Er muss sich hinlegen. Seine Hände greifen nach der Abflussleitung unter dem Spülbecken, umklammern diese mit unbändiger Kraft, die Beine sind gestreckt wie zwei Metallprofile, bis in die Zehenspitzen hinaus ist Gschwind jetzt Opfer einer muskulären Verspannung.

Eine lange, schmerzhaft lange Weile liegt er so da, der dröhnende Lärm, der den kleinen Raum erfüllt, entstammt seinen Ohren.

Van Goghs Idee, sich ein Ohr abzuschneiden, um dieser Marter zu entkommen, gewinnt für Gschwind deutlich an Klarheit. Wenn er zurück sein wird aus Peru, in Gedanken verspricht er dies seiner Frau Doktor Lepple, wird er einen Termin vereinbaren für ein MRI.

Dass sein Schienbein manchmal blutet, weil ihn die Methode mit der Tischbeinkante deutlich besser wach hält als jeder Espresso, und dass er bald regelmäßig und wechselnd zwischen schizophrener Liebesrührung und voller Liebeschmerz jene Nachrichten liest, die er mit Rina vor zehn Jahren ausgetauscht hat, zu einer Zeit, als Levin ein süßer achtjähriger Knabe war – das nimmt er hin, das ist der Preis, den zu zahlen er bereit ist, um nicht wahnsinnig zu werden.

Seinem Zustand ebenfalls wenig zuträglich ist das ihn anwidernde, in seiner handgefertigten englischen Hirschledermappe schlummernde *Greenpeace*-Magazin, das er in einer der schlaflosen Nächte dann doch hervorholt. Wie angekündigt findet sich im Heft eine Reportage über eine chinesische Rapacitanium-Mine. Ebenfalls abgedruckt ist ein zwei Seiten füllendes Porträt über seinen Sohn:

»Alles beginnt damit, dass 32 Strohballen vom Hof eines Landwirts in die Waldhütte transportiert werden sollen. Nah heißt: Knapp vier Kilometer und 270 Höhenmeter. Ein Traktor schafft das in zwei Fahrten bei einem Aufwand von vielleicht 45 Minuten. Für Levin aber, der die Ballen in der Waldhütte haben will, kommt ein Traktor nicht infrage. Denn die Waldhütte ist die Heimat seiner eigens gegründeten radikal-ökologischen Schule. Das Gymnasium hat er mit der Begründung geschmissen, es bereite ihn ohnehin nur auf eine Laufbahn vor, die darauf baue, mit dem ganzen Irrsinn des sogenannten Fortschritts weiterzumachen.

Um die Strohballen zu transportieren, mit denen er die Waldhütte isolieren will, organisiert sich Levin ein Cargo-Bike. Weil das Bike mit einer einzigen Strohballe bereits voll beladen ist, fährt er 32 Mal den Berg hoch – in drei Tagen. ›Ging halt nicht anders‹, lacht Levin, ›war gerade kein Esel verfügbar.‹

Jetzt kann er seine Waldhütte für den Winter rüsten, aber die vielen Fahrten mit dem Rad haben ihn nachdenken lassen. ›Viele Leute – auch Leute, die eigentlich ökologisch denken – haben mir für meinen Strohtransport ein Cargo-Bike mit Batterie empfohlen. Dass Akkus meist in China mit unerfreulichen Folgen für Mensch und Natur produziert werden, war kaum Thema. Das fand ich schockierend.‹

Man könnte annehmen, das habe Levin zu einer Onlinekampagne gegen E-Bikes geführt. Aber Levin geht einen Schritt weiter: ›Ich träume von einem lokal produzierten Fahrrad.‹

Lokal heißt: Hergestellt in Europa, erklärt Levin. Teile, die in Europa partout niemand herstellen wolle, soll ein pensionierter Werkzeugmacher aus Zweisimmen anfertigen.

Wie das Fahrrad ausschaut? Das ist noch geheim. Es soll enthüllt werden an der internationalen Fahrradmesse in Hannover, später im Herbst.

Vorbestellen kann man das Bike auf der Website von *Back to the Fruits*. Wie viel es kostet? Levin lacht. ›Das muss jeder selber entscheiden. Wir werden unsere Buchhaltung online stellen, dann können die Leute sehen, ob wir Geld nötig haben oder nicht.‹

Und was ist jetzt mit Batterien? Wäre mit dem neuen Rapacitanium aus der Schweiz nicht auch ein E-Bike *made in Europe* möglich?

Levin legt seine junge Stirn in Falten: ›Wie Benzin und Diesel basieren auch Batterien auf einer zerstörerischen Idee: Statt selber zu strampeln, buddeln wir nicht nachwachsende Rohstoffe aus dem Boden, verbauen sie mit riesigen Energieverlusten zu einem

Motor, der dafür sorgt, dass wir das Schwitzen verlernen. Ich sage: Heben Sie ihr Shirt, greifen Sie sich in die Rippen – fühlen Sie da nicht einen großartigen Akku in sich? Vollgeladen, immer dabei? Legen Sie los!‹«

Desillusioniert klappt Gschwind die Zeitschrift zu. Er ist froh, bald nach Peru fliegen zu müssen.

*

KAPITEL 26

An den drei Begrüßungsküssen, die Camille de la Rochefoucauld langsam und nah an seinen Wangen in die warme abendliche Zürcher Hauptbahnhofsluft haucht, glaubt Gschwind abzulesen, dass dieser Trip nach Peru keine rein geschäftliche Angelegenheit darstellen dürfte. Camille wirkt reisefiebrig und leicht überdreht; Gschwind ärgert sich, dass ihm gerade keine charmanten Worte auf der Zunge liegen.

Der Zug rollt heran, zur ersten Klasse müssen sie ganz nach vorne.

Gschwind fällt auf, wie elegant sich Camille bewegt, wie schön sie ihre Arme schwingen lässt, jetzt, da es schnell gehen muss. Er nimmt sich vor, sich ihr gegenüber eloquenter zu zeigen. Es soll ihr keine Strafe sein, mit ihm zu verreisen.

Gschwind wird durchaus Zeit haben, sich kommunikativ zu zeigen: Ihr Flug in Zürich geht um 22:40 Uhr. Zwölf Stunden später werden sie umsteigen in São Paulo, Brasilien, und wenn alles klappt, werden sie nach weiteren fünfeinhalb Flugstunden bei Morgengrauen in Lima ankommen.

Sie steigen ein, verstauen ihre Koffer. Der Intercity windet sich aus dem Untergrund, schwingt sich auf einen Viadukt und gleitet scheinbar schwerelos über ein von unzähligen in der Dämmerung zart aufleuchtenden Lichtern verziertes Gleisfeld. Auch wenn es nur die Bewegung des Zuges ist; Gschwind fühlt sich emporgehoben. Ihm fällt auf, dass sich der in den letzten Tagen so gut wie chronisch gewordene Druck in seinen Ohren jetzt nicht zeigt. Dass er vollkommen weg ist. Tatsächlich also sitzt er vis-à-vis der frühlingshaften Camille de la Rochefoucauld in einem Abteil eines sich über die Niederungen Zürichs emporschwingenden Intercitys, während ausnahmsweise in seinem Kopf nichts drückt, lärmt oder Schwindel erregt. Frau Doktor Lepple würde sich freuen, fast möchte er sie anrufen. Er atmet erleichtert auf. Eine sonderbare

Zufriedenheit scheint plötzlich in Griffnähe. Er weiß nicht, was er davon halten soll, dass er hin und wieder angenehm nervös auf Camilles Wangen blickt, auf denen sich winzige Grübchen zeigen, wenn sie lachen muss.

Um seinen Blick von ihr zu lösen, um sich daran zu erinnern, dass diese Reise geschäftlicher Natur ist, scrollt Gschwind durch die Nachrichten. Mit großer Zufriedenheit liest er, dass der Kanton Bern mit den ersten zehn Sondierungsbohrungen begonnen hat. Innerhalb der kommenden zwei Wochen sollen alle 17 Standorte ihren Betrieb aufgenommen haben. Zur wissenschaftlichen Begleitung habe der Kanton nun doch ein Nationalfondsprojekt mit an Bord geholt.

Die Leitung des Schweizerischen Erdbebendienstes äußert sich kritisch. Sie moniert, bei der vom Kanton angeregten wissenschaftlichen Begleitung handele es sich um Augenwischerei. Den Forschenden des Nationalfonds fehle in diesem Projekt jedes Mitbestimmungsrecht, die Arbeiten seien klar nach wirtschaftlichen Anforderungen konzipiert, und die Bohrfirma, die international tätige Kalbacher AG, bekannt unter dem Namen KALBAG, sei weder technisch noch personell eingerichtet für wissenschaftliche Kooperationen. Bekannt sei die Firma KALBAG eigentlich nur für ein Wirtschaftsdelikt, dessen der Firmenleiter vor fünf Jahren überführt worden sei. Aus geologischer Sicht, so ein Sprecher des Erdbebendienstes, werde zu schnell, zu tief und zu dicht beieinander gebohrt. Der Kanton Bern beuge sich offenkundig einem wirtschaftlichen Druck und riskiere sowohl lokale Erderschütterungen als auch einen möglicherweise folgenschweren Eingriff in die Grundwasserströme.

Gschwind rätselt, warum dem Erdbebendienst in den Medien so viel Platz eingeräumt wird. Allein die Frage, ob der Erdbebendienst überhaupt etwas zu melden hat, wenn es darum geht, den Wohlstand der Schweiz zu sichern, müsste doch erst mal geklärt – und verneint werden, denkt Gschwind und lacht heimlich über seine Boshaftigkeit. Aber er findet es tatsächlich lachhaft, wenn sich alte, staubgraue Experten anmaßen, der Öffentlichkeit zu erzählen, man könne mit ein paar Löchern im Umfang eines Oberarms ein Erdbeben auslösen. Würde diese Argumentation zutreffen, läge die Schweiz angesichts ihrer zahllosen kilometerlangen Straßen- und Eisenbahntunnels längst komplett begraben unter dem Gestein ihrer Berge. Auch findet Gschwind es ärgerlich, dass jetzt, weil es ein paar Wochen nicht geregnet hat, irgendwelchen dubiosen Grundwasserströmen hinterhergeweint wird, obwohl man von den unterirdischen Gewässern in diesem Land noch immer so gut wie gar nichts weiß.

Gschwind erinnert sich, was er einmal am Rand einer Konferenz hat sagen hören: Wissenschaftler, das sind Leute, die schon während des Boxkampfs alles in Zeitlupe sehen wollen. Und so gingen sie schon in der ersten Runde k.o.

Zufrieden, die Nachricht argumentativ zerlegt zu haben, tippt sich Gschwind weiter. Jetzt liest er von einer polizeilichen Untersuchung im Zusammenhang mit dem Vandalismus am großen Linienschiff *Queen of the Alps*. In einer Waldhütte bei Sigrisiwil, dem *Schulgebäude* von *Back to the fruits*, habe eine Hausdurchsuchung stattgefunden. Farbtöpfe und Pinsel seien beschlagnahmt worden; Mitglieder von *Back to the Fruits* stünden im Verdacht, die *Queen* beschmiert zu haben.

Levin Gschwind wird zitiert mit den Worten, *Back to the fruits* sei zwar zurecht dafür bekannt, Dinge nicht nur zu kritisieren, sondern tatkräftig Alternativen aufzuzeigen. Vandalismus jedoch sei unökologisch und werde von der Bewegung nicht gutgeheißen. Erwähnt wird auch, dass diesem Levin Gschwind, dem *Gründer der radikal-ökologischen Jugendbewegung Back to the Fruits*, auf den sozialen Medien mehr als 10.000 Menschen folgten. Die *Queen*, so schließt der Artikel, werde am kommenden Sonntag neu lackiert auf ihre Jungfernfahrt aufbrechen.

Zwar empfindet es Gschwind als wohltuend, den Begriff *Schulgebäude* in diesem Artikel in Anführungszeichen lesen zu können. Allerdings irritiert es ihn zutiefst, dass Levins pubertäre Ideen als eine *Bewegung* gelten, die von Medien ernst genommen wird, und offenbar mehr als 10.000 Nasen nichts Besseres zu tun haben, als hin und wieder online zu verfolgen, was sein Levin in seiner unterprivilegierten Forsthütte so treibt.

Wahrscheinlich wirft Gschwind einen besorgniserregend melancholischen Blick aus dem Zugfenster, jedenfalls erkundigt sich Camille, ob er etwas Belastendes erfahren habe.

Zwar ist es ihm im ersten Moment peinlich, Camille private Probleme anzuvertrauen, ihre ungeteilte Aufmerksamkeit und ihr Verständnis fühlen sich aber gut an. Es hilft ihm, seinen Kummer über Levin ein wenig zu verdrängen. Hätte er mit Rina über Levin und diesen jüngsten Bericht gesprochen, davon ist Gschwind überzeugt, würde er sich nun alles andere als gut fühlen.

Es dauert eine Weile, bis er es sich eingesteht, aber am liebsten hätte er Camille, als sie ihm eben so innig zugehört hat, auf den Mund geküsst. Ganz schnell, einfach als Dank fürs Zuhören.

Er fragt sich, welche Schlüsse daraus zu ziehen sind und ist erleichtert, sich zu keiner Antwort gezwungen zu sehen. Der Abschlussabend eines Managerseminars kommt ihm in den Sinn: Als der prominente *Key Speaker* nach dem zweiten Glas Wein im kleineren Kreis über Affären sprach, fühlte sich Gschwind endlich nicht mehr allein mit seiner Haltung: Der zeitliche, kommunikative und emotionale Aufwand für verheiratete Männer, eine Affäre souverän abzuwickeln, sei insbesondere bei berufsgebundenen Affären deutlich zu hoch im Vergleich mit dem erotischen Gewinn.

Camille sucht seinen Blick, zögert einen Moment und bittet ihn, ihre allfällige Unruhe zu verzeihen; sie habe sich in den letzten

Tagen von der Aufregung anstecken lassen, die Daniel Hillers verströmt. Daniel habe sie pausenlos angerufen, er leide an Lampenfieber; sein Auftritt in der Diskussionssendung im Schweizer Fernsehen kommender Woche sei eine Premiere. Bislang habe es für Valnoya-Geschäftsleiter als ungeschriebenes Gesetz gegolten, Medienanfragen schlicht zu ignorieren. Das Schweizer Rapacitanium erfordere nun, so habe die Geschäftsleitung entschieden, einen pfleglichen Umgang mit der Öffentlichkeit.

»Hillers wird das doch souverän hinbekommen«, wirft Gschwind ein, und fragt sich, ob er auf dieser Reise dank Camille diesen von ihm hochgeschätzten Rinderzüchter noch besser kennenlernen wird.

»Dass das Fernsehen neben einem Kamerateam auch einen Naturwissenschaftler nach Cerro de Pasco schickt, macht aber klar, dass die Sendung nicht als Sonntagsspaziergang konzipiert ist«, insistiert Camille.

Gschwind nickt verständnisvoll. Und es stört ihn, verdrängt zu haben, wie deutlich seine Reise nach Peru mit Hillers' Fernsehauftritt verknüpft ist.

»Seit durchgesickert ist, dass auch Gabriela Hollenstein im Studio sitzen wird, geht Hillers davon aus, dass es nicht ganz einfach werden wird, über Schwermetalle in der Luft, erhöhte Krebsraten, erhöhte Atemwegserkrankungen und andere gesundheitliche Probleme im Zusammenhang mit dem Rapacitanium-Abbau zu sprechen, ohne ... naja, ohne unsympathisch zu wirken.«

Gschwind nickt, hört zu und nickt. Er merkt, wie die privaten Anteile dieser Reise gerade in einer einzigen großen Bewegung aus der emotionalen Agenda gestrichen werden.

Camille schaut ihn an, als wäre sie unsicher, ob er die Dringlichkeit der Sache erkennt. Dann fährt sie fort: »Nachdem ich gestern eine Krise geschoben habe, versuche ich nun, die Sache positiv zu sehen: Ein klares Ziel vor Augen zu haben, wird uns helfen. Unser

Ziel muss es sein, in Peru Daten zur Luftqualität zu erheben, die einerseits wissenschaftlich wasserdicht sind, andererseits aber auch einer tendenziös argumentierenden Hollenstein Wind aus den Segeln nehmen.«

Für Gschwind klingt das sportlich. Oder unrealistisch. Aber ihm gefällt, wie Camille ihn jetzt anschaut, ihm gefällt dieser Blick, in dem er eine lustvolle Bereitschaft für die nötigen Anstrengungen des gemeinsam zu erreichenden Ziels erkennt.

Camille lehnt sich zurück. Pascal Gschwind tut es ihr gleich.

»Jetzt frage ich mich bloß noch, weswegen mir Hillers das nicht selber erklärt hat«, sagt er so leise, als spreche er zu sich selbst.

»Keine Angst«, sagt Camille sogleich, und lächelt herzlich. »Das ist abgesprochen. Daniel hat dich immer wieder vergeblich zu erreichen versucht, hatte keine Lust, dir alles per Mail zu erklären. Und als klar wurde, dass ich mir tatsächlich die Zeit nehmen kann, dich zu begleiten, war logisch, dass ich es dir sagen werde. Was hiermit erledigt ist.«

»Das klingt ein bisschen nach einem ersten Erfolg«, sagt Gschwind.

»Ist es ja auch«, sagt Camille.

Und hinter oder über oder neben ihrem gemeinsamen Lächeln gibt es jetzt kaum Platz für die knisternde Durchsage, mit der die baldige Ankunft des Zuges am Flughafen gemeldet wird.

*

KAPITEL 27

In der Flughafenhalle schreiten Pascal Gschwind und Camille de la Rochefoucauld beinahe im Gleichtakt, als wäre alles choreografiert, von den Rolltreppen in einer eleganten Diagonale, die ersten Check-In-Schalter streifend, zu einem Großbildschirm, wo sie sich über ihr Gate informieren. Kaum haben sie die Maschine nach São Paulo auf der Liste ausfindig gemacht, kommt ein junger, braungebrannter Mann in einem seine Muskeln betonenden Shirt auf sie zu, fragt angestrengt freundlich nach ihren Namen und streckt ihnen strahlend die Hand entgegen: »Sebastian Grummelsbacher, Geoped Data. Nennen Sie mich einfach Seb.«

Gschwind, völlig verdutzt, muss mit ansehen, wie Camille de la Rochefoucauld ihre feingliedrige Hand ausstreckt, um sie sich von diesem fremden jungen Mann drücken zu lassen.

»Oh, entschuldige!«, sagt sie flink, ganz betroffen, Gschwind so perplex zu sehen. Wie um ihre Entschuldigung zu verstärken, berührt Camille Gschwind am Oberarm und erklärt: »Ich hab's vergessen; Daniel hat dir das auch mitteilen wollen: Um die Messungen kümmert sich die Firma Geoped.«

»Ist alles ganz *short notice* entschieden worden«, sekundiert der junge Mann. Er ist sichtlich erleichtert, als ihm der überrumpelte Gschwind dann doch noch seine Hand zum Gruß hinstreckt.

Als sie eine gute Stunde später die Maschine besteigen und klar wird, dass Seb zehn Reihen weiter hinten seinen tollen Körper ausruhen darf, fühlt Gschwind eine winzige Genugtuung. Und doch erfüllt ihn eine Trauer, die er sich selber nicht zugestehen mag. Die Trauer, dass die Reise zu zweit bereits zu Ende ist.

Als Camille während des Flugs einmal bemerkt, es sei toll, unterstützt zu werden von diesem motivierten Seb, unterstreicht Gschwind nur seine Hoffnung, zu brauchbaren Resultaten zu gelangen.

Später will sie von ihm wissen, was sein Job war, ehe er zu Valnoya gewechselt habe. Das schmeichelt ihm, und während er anekdotenreich von seiner Zeit bei der Suissecom erzählt, scheint sie sich erneut in eine Zuhörerin zu verwandeln, die begierig die kleinsten Details aufnimmt, die er ihr serviert.

Aber der Flug ist lang. Während Camille irgendwann neben ihm die Augen schließt, lenkt sich Gschwind den Strahl seiner Frischluftdüse direkt ins Gesicht, schiebt seine Brille hoch und taucht ab in seine Nachrichten. Er liest, ETH-Geologin Gabriela Hollenstein sammle Unterschriften für eine Volksinitiative. Deren Ziel: Ein sofortiger Stopp der Sondierungsbohrungen und ein Moratorium auf den Abbau von Rapacitanium in der ganzen Schweiz. Der unter anderem von Hollenstein initiierte Verein *Pro Beatus* bündle als Träger der Initiative das Engagement von mehr als 800 Mitgliedern.

Gschwind schüttelt verärgert den Kopf.

In einem Interview erklärt Gabriela Hollenstein, sie zähle auf die Empörung der Bevölkerung. Nicht nur, weil diese sich vom abgekürzten Bewilligungsverfahren vor den Kopf gestoßen fühle. Nein, die Bevölkerung habe auch erkannt, dass eine intakte Landschaft wertvoller sei als wirtschaftlicher Profit. Mit einer intakten Natur meine sie nicht eine Schweiz als Tourismusdestination; im Gegenteil, sie rede von einer Schweiz, deren Biodiversität, Naherholungsgebiete und natürliche Ressourcen ein friedliches Zusammenleben von zehn Millionen Menschen ermögliche. Es sei haarsträubend, dass ein einzelner Kanton ein derart großes Projekt an sämtlichen Landschaftsschutzbedenken, an sämtlichen Erdbeben- und Grundwasserrisiken vorbei durchführen dürfe. Die Tatsache, dass mehrere Vorstandsmitglieder des Schweizerischen Erdbebendienstes noch am ersten Tag der Gründung ihrem Verein beigetreten seien, spreche für sich. Und es bleibe zu hoffen, dass der Fels des Beatenbergs den Bohrungen in voller Härte Widerstand leistet, um eine Initiative einreichen zu können, noch bevor der

Kanton mit seinen Bohrungen irreparable Schäden an der Natur und damit auch an der Bevölkerung verursacht haben wird.

Diese Aussage beruhigt Gschwind; nicht, dass er von Bohrarbeiten besonders viel verstünde, ihm scheint aber logisch, dass die Bohrköpfe längst ihre 1700 Metern Tiefe erreicht haben werden, bevor Hollenstein und ihre Mitstreiter die nötigen Unterschriften zusammen haben.

In nicht wenigen anderen Nachrichten ist dann abermals von der anhaltenden Dürre zu lesen. Für Gschwind riecht die Berichterstattung immer deutlicher nach grüner Panikmache, auch wenn es ungewöhnlich sein mag, dass Städte wie Basel und Zürich ihre öffentlichen Brunnen stilllegen, wenn Elektrizitätswerke aufgrund leerer Stauseen Kurzarbeit einführen und wenn die Schifffahrt auf dem Bielersee wegen Niedrigwasser gewisse Anlaufstellen nicht mehr bedienen kann.

Verglichen mit der Aufgabe, dem sicherlich grundsolide arbeitenden Schweizer Fernsehen nachzuweisen, dass dessen Luftqualitätsmessungen keinen Aussagewert besitzen, scheinen ihm das aber dennoch kleine Probleme zu sein.

Zärtlich legt Camille ihre Hand auf Gschwinds Oberschenkel; ein feiner Stromschlag jagt durch seinen Körper. Camille schläft nicht, sie berührt ihn nicht als Schlafwandlerin, wie Gschwind einen winzigen Augenblick lang gerne glaubt, nein, sie ist wach und müde und trägt diesen großartigen Schlafzimmerblick und fragt, ob es ihm etwas ausmachen würde, kurz aufzustehen, damit sie auf die Toilette gehen könne.

*

KAPITEL 28

Am Aeroporto International Jorge Chávez von Lima werden Pascal Gschwind, Camille de la Rochefoucauld und Sebastian Grummelsbacher von einem Fahrer abgeholt, den Jon Sandqvist für sie organisiert hat. Gerädert von der langen Reise sehnt sich Gschwind nach einer Dusche, einem starken Kaffee und einem Bett. Vor ihm aber wirbelt ein anstrengend gut gelaunter Peruaner herum, der nicht damit gerechnet hat, dass drei Personen imstande sind, derart viel Gepäck mit sich zu schleppen. Unaufhörlich vergleicht er den jetzt noch leeren Kofferraum seines Wagens mit dem Gepäckberg der Reisenden.

Gschwind bietet dem Fahrer an, sein eigenes Gepäck auf den Schoss zu nehmen. Sebastian wehrt sich, behauptet, das komme doch nicht infrage, versteht aber auch, dass es noch viel weniger infrage kommt, sein absurd schweres, diverse Messinstrumente bergendes Gepäck *nicht* in den Kofferraum zu legen.

Nach einer längeren Diskussion findet sich Gschwind auf dem Beifahrersitz wieder, seine Mappe zwischen den Waden und den Koffer auf dem Schoss, während Seb, den Koffer von Camille auf seinen Schenkeln, neben ihr auf der Rückbank sitzt. Gschwind ist froh, als sich der Fahrer endlich hinter seine verspiegelte Pilotenbrille setzt und losfährt.

Auf dieser von der lärmenden Hauptstadt hinaus in die ersten Anhöhen und höher und immer noch höher hinauf in die dünn besiedelten Anden führenden Fahrt durchqueren sie scheinbar grenzenlos weite und oft beinahe vegetationslose, von einer brutal starken Sonne und lange währender Kälte ausgemergelte Landschaften, bis sie, knapp 300 Kilometer später, nach Cerro de Pasco gelangen, gelegen auf 4300 Metern Höhe, bewohnt von 60.000 Menschen.

Die meist unverputzten felsgrauen Zementsteinwände der niedrigen Häuser, die winzigen, trüben Fenster, die asphaltierte, aber längst von einem Teppich aus Sand und Kies überdeckte Straße und die schwarzen, an allen Masten und Hausecken herabhängenden Kabel deprimieren Gschwind. Seine Schläfen pochen schmerzhaft, er führt es auf die ungewohnte Höhe über dem Meeresspiegel zurück. Er denkt, wie freundlicher diese Stadt doch anzuschauen wäre, stünde hin und wieder ein Baum vor einem Haus.

Der Fahrer biegt von der Hauptstraße in ein Quartier ab, umschifft gekonnt einige Schlaglöcher, nimmt andere ungerührt hin und parkt schließlich vor einem Hotel, dessen Glasfassade Gschwind als ungewöhnlich hässlich empfindet, dann schiebt er sich filmreif die Sonnenbrille auf die Stirn, nimmt den Dank seiner Gäste entgegen und wuchtet Sebastians Gepäck aus dem Kofferraum.

Gschwind hat Mühe, sich überhaupt aus dem Auto zu winden; seine beiden Oberschenkel sind vom Gepäck wie eingeschlafen. Ihm ist kalt, er befürchtet, nicht ausreichend warme Kleider eingepackt zu haben.

Schwierig zu sagen, ob das Hotel schon bessere Tage gesehen hat oder noch auf bessere hofft; es ist bis in die hinterste Ritze durchdrungen von dem durch die ganze Stadt ziehenden Sand und scheitert kläglich bei dem Versuch, die *European Quality* einzulösen, mit der es am Eingang wirbt.

Gschwind ist das egal, er ist einiges gewohnt. Als er bemerkt, dass Seb und Camille doch ein bisschen mehr Komfort und mehr Sauberkeit erwartet haben, findet Gschwind das Hotel sogar richtig gut. Fast schon so gut wie der euphorisch auf sie einredende Rezeptionist, der mit vergilbten Prospekten und Faltblättern touristische Ausflüge bewirbt und von einem für seine abenteuerlichen Treckings berühmten Nationalpark schwärmt, bis er die Reservation kontrollierend bemerkt, dass seine Gäste für Valnoya arbeiten; sein Gesicht verliert an Farbe, seine Silben sterben ab. Mit einem Nicken händigt er ihnen die Schlüssel aus, deutet mit einer Hand auf den Frühstücksraum, wünscht flüchtig einen angenehmen Aufenthalt und löst sich alsbald in Luft auf.

Gschwind hat das Zimmer gleich neben Camille, im ersten Stock, ein Zimmer von stattlicher Größe, das sich vor allem durch einen Balkon auszeichnet, der nicht zu erreichen ist; dort, wo einst die Balkontür gewesen sein musste, ist ein Fenster eingebaut. Der braungebrannte Geoped-Mitarbeiter mit seinem Rollsack voller Messinstrumente – Gschwind nennt ihn heimlich *Geopeter* – hat sein Zimmer im Parterre.

Nach der ewig langen, von einigen halb dösend verbrachten Stunden gefühlsmäßig umso mehr in die Länge gezogenen Reise ist Gschwind derart erschöpft, dass nichts logischer, nichts dringlicher wäre, als gleich ins Bett zu fallen. Auch weil er davon ausgehen kann, dass Camille ihrem Hillers genau erzählen wird, wie die Reise war, möchte Gschwind nicht den Eindruck vermitteln, er glaube, sie seien womöglich auch zu ihrem Vergnügen hier. So schlägt er vor, sich in einer Stunde in der Lobby zu treffen. Sandqvist hat angeboten, mit ihnen zu Abend zu essen.

Ehe er sich aufs staubige Bett legt, schluckt Gschwind zwei Aspirin. Der Wasserhahn bleibt trocken, Gschwind nimmt es hin, er schluckt die Pillen einfach so runter.

Als brauche er das, um einschlafen zu können, stöbert Gschwind noch in den Nachrichten. Er liest, dass drei auf dem Gemeindegebiet von Sigriswil geplante Sondierungsbohrungen erst heute, mit zwei Tagen Verspätung, begonnen hätten. Mitarbeiter der Gemeinde hätten die anrückenden Arbeiter der Bohrfirma vorgestern mit dem Hinweis auf ein amtliches Schreiben abgewiesen; eine Sondierungsbohrung an jenem Standort sei illegal, habe das Amt entschieden.

Später habe sich herausgestellt, dass der amtliche, an die Gemeinde gerichtete Brief eine Fälschung darstellte. Absender sei das sogenannte *Amt für gesellschaftlichen Wandel*, kurz *AfügWa*. Urheber des Briefes sei der 18-jährige ehemalige Gymnasiast Levin Gschwind aus Oberhofen am Thunersee, bekannt als Gründer der radikal-ökologischen Bewegung *Back to the Fruits*.

Gegenüber den Medien verwehrt sich der junge Gschwind gegen die Darstellung, er hätte ein amtliches Dokument gefälscht. Ganz im Gegenteil, so argumentiert er, habe er ein Amt gegründet und als Amtsinhaber einen ökologisch notwendigen Brief verschickt; von einer Fälschung könne keine Rede sein. Dass es ein Amt für gesellschaftlichen Wandel brauche, zeigten die 15.000 Follower, die seine Ideen online unterstützten.

Dem Achtzehnjährigen, heißt es weiter, drohe eine Anzeige wegen Urkundenfälschung, Geschäftsbehinderung und Irreführung. Die übrigen Sondierungsbohrungen, so schließt der Artikel, seien schon in Tiefen von bis zu 400 Metern vorgedrungen.

Gschwind versucht, sich zu beruhigen. Sich zu sagen, dass er nicht verantwortlich sein kann für das pubertäre und jetzt sogar kriminelle Gebaren seines Sohnes.

Dann stellt er den Timer, zieht die Vorhänge zu – kaum liegt er, schläft er auch schon.

Gerädert von einem jäh beendeten Tiefschlaf, stemmt sich Gschwind aus dem Bett. Er muss an Lepple denken, an die irgendwie doch auch humorvolle, kaum richtig zu durchschauende *Spezialistin für Spezielles, Abteilung Unheilbares*, die ihn einst gefragt hatte: *Und was hat der böse Gott Ihnen für ein Leiden mit auf den Weg gegeben?* – Ja, seine Frau Doktor Lepple hätte ihn, dessen ist er sich gewiss, jetzt gerne noch etwas länger schlafen gesehen.

»Dieser Job ist stressbasiert«, erklärt Gschwind vor dem Badezimmerspiegel sich selbst wie auch einer unzufriedenen Frau Lepple, die er dicht neben sich stehen fühlt, »stressbasiert wie Morbus Menière.«

Weil noch immer kein Wasser läuft und er sich also nichts Kaltes ins Gesicht werfen kann, klatscht er sich ein paar halbsanfte Ohrfeigen auf die Wangen und klopft sich den Staub vom Jackett.

Unten in der Lobby findet Gschwind den sportlichen Seb bereits in ein Gespräch verwickelt: Es zeigt sich, dass jener Naturwissenschaftler, der im Auftrag des Schweizer Fernsehens die Luftqualität messen soll, nicht nur im gleichen Hotel übernachtet, sondern auch an der gleichen Universität studiert hat wie Sebastian; er arbeitet für eine Firma namens *Strellson Data Development*, wie Gschwind von dessen Windjacke abliest. Ein dünner junger Mann ist das, der seine Hände tief in den Hosentaschen vergräbt und dem man ansieht, dass er nicht weiß, wo er hinschauen soll, wenn es auf keinem Bildschirm etwas zu sehen gibt.

Es stellt sich heraus, dass Sebastian nichts von einem Fernsehteam weiß. Peinlich berührt findet sich Gschwind vor dessen Frage gestellt, was es für ihn denn überhaupt zu tun gebe, wenn sein Kollege von *Strellson* hier schon Messungen durchführe? Schwefeldioxid sei doch der Problemschadstoff, um den es gehe?

Der Typ in der *Strellson*-Windjacke spitzt die Ohren.

»Es ist ein bisschen komplizierter«, rettet sich Gschwind vorerst in eine Floskel, und ist erleichtert, dass in diesem Augenblick Camille auftaucht, der es mühelos gelingt, auch das *Strellsöhnchen* herzlich zu begrüßen, um ihm sogleich zu erklären, man sei hier verabredet auf eine interne Besprechung.

Während Camille Sebastian erklärt, wie die Lage aussieht, in der sich Valnoya und in gewisser Weise auch Hillers als Person befinden, erfährt Gschwind an der Rezeption, dass meist nach 18 Uhr fließendes Wasser vorhanden sei.

»Auf den Zimmern?«, fragt Gschwind, irritiert von dieser Angabe.

»Im ganzen Viertel«, antwortet der Rezeptionist mit einer Selbstverständlichkeit, die Gschwind jede Nachfrage verbietet.

Als er etwas später mit Camille das Hotel verlässt und über den dahingewürfelten Häusern die im letzten Licht des Tages aufglänzenden Berge sieht, regt sich in Gschwind ein Fernweh, wie er es lange nicht empfunden hat. Da Sebastian von eingehenden Nachrichten abgelenkt ist, da Gschwind sich mit Camille kurz allein wähnt, gerät er in das Fahrwasser einer Stimmung, in der er hofft, Camille werde ihn etwas Privates fragen und jene Atmosphäre der Vertraulichkeit zurückkehren lassen, die im Flugzeug zwischen ihnen entstanden war.

Camille jedoch dreht sich zu Sebastian um, sagt kurz »Hey, wir gehen los!«, gibt ihm sogar, als er nicht gleich reagiert, einen winzigen Klaps auf den Oberarm, und erntet dafür ein Lächeln.

Gschwind schämt sich für seinen Wunsch, Camilles Aufmerksamkeit zu erhalten, er sammelt sich. Der Begriff *Amt für verwirrte Gefühle* kommt ihn in den Sinn. Sein Levin würde gewiss eine passende Abkürzung dafür finden. Zum ersten Mal überhaupt denkt er, dass Rina vielleicht doch nicht so falsch liegen mag mit ihrer Einschätzung, aus Levin könnte etwas Großes werden. Mangelnde Initiative ist ihm tatsächlich nicht vorzuwerfen. Und Gschwinds Liebe für diesen Sohn ist ungebrochen.

Dann spürt er wieder deutlich, wie kalt es hier ist. Er hatte mit dünner Luft gerechnet, die Sache mit der Kälte aber völlig vergessen.

Sebastian hat eine Fleece-Jacke unter dem Arm klemmen, die er der fröstelnden Camille anbietet; dankend nimmt sie an und schlüpft gleich hinein. Sie sieht sogar in diesem peinlichen, mit dem Logo der Firma Geoped Data GmbH geschmückten Fleece umwerfend aus.

Sich selber zieht Sebastian eine Geoped-Wollmütze über die Ohren und blickt dann fürsorglich zu Gschwind.

»Ich habe noch eine zusätzliche Jacke dabei«, sagt er, »die ist zwar dünn, hält aber wirksam den Wind ab.«

Weil Gschwind nicht in Laune ist, sich von diesem Seb helfen zu lassen, schickt er sich an, dankend abzulehnen. Da streckt ihm Sebastian die Jacke bereits hin. Widerwillig zieht Gschwind sie an.

Kurz darauf winkt er ein Taxi herbei, das sie, einer Absperrung aus Wellblech folgend, in jenes Viertel bringt, in dem Sandqvist sich zu treffen vorgeschlagen hat. Hier, inmitten dieser Stadt, hinter der mit bunten Schriftzügen bemalten Wellblechmauer, liegt die offene Mine: ein schwarzgraues, 1600 Meter langes, 600 Meter breites und 400 Meter tiefes Loch. Gschwind kann nicht hinabspähen, kaum eine Spalte zeigt sich in der Mauer, und dennoch muss er unwillkürlich an die 21 Männer denken, die, weit weg von hier und doch auch ganz nah, in einer chilenischen Mine ihr Leben gelassen haben.

*

KAPITEL 29

Der Thunersee, dies darf bei dieser Gelegenheit gesagt werden, ist eine bewundernswerte Einrichtung: Groß ist er, wasserfest, steinalt und doch jeden Tag wie neu. Seit Jahren glänzt er genauso königsblau, wie man es von ihm erwartet. Er nimmt das Wasser und den mikroskopisch feinen Sand seiner Zuflüsse auf, gibt zuverlässig Wasser an die Aare ab, bietet unzähligen Fischen ein Zuhause, hält der Schönheit der umliegenden Berge den Spiegel hin und muckt nicht auf, wenn man ihm Dünger, Abfall und Diesel zumutet. Außerdem fahren zahlreiche stolze Schiffe auf ihm herum, nicht weil Menschen irgendwo hinkommen, sondern weil sie sich vergnügen wollen. Eine Unzahl von Touristen aus aller Welt sitzt und steht jede Woche auf diesen Kähnen, lässt sich das Haar von einem frischen Wind zerzausen und füllt die Speicherkarten ihrer Geräte mit blendenden Alpenpanoramen und dem tausendfach gebrochenen Widerschein silbern glänzender Wellenkämme. Hin und wieder fällt eine Kamera oder ein Telefon über Bord, das gehört dazu, das ist Teil eines subtilen Recyclings knapper Rohstoffe.

Nach mehrmaliger Terminverschiebung verlässt die *Queen* heute, begleitet von allerlei Festivitäten, getauft von einer sichtlich bewegten Regierungsrätin und gesteuert von Barbara Gschwind, der dienstältesten Kapitänin der Schweizer Binnenschifffahrt, endlich den Thuner Hafen, um ihre Jungfernfahrt zu feiern.

In der ersten Klasse werden Lachs und Kaviar serviert, am Flügel im großen Speisesaal sitzt eine renommierte Jazzpianistin, auf dem riesigen Heck spielt eine Brassband auf, ein bildhübsches Hochzeitspaar gibt sich mitten auf dem See das Jawort, das Alpenpanorama zeigt sich in der allerschönsten Herbstsonne – bald laden die ersten Onlinemedien ihre Berichte hoch, mit denen sie die stimmungsreiche Einweihung dieses Prachtschiffes preisen.

Die *Queen* ist gerade dabei, sich der Anlegestation in der Beatenbucht zu nähern, sie drosselt ihr Tempo, ihr mächtiger Rumpf setzt zu einer ebenso gemächlichen wie graziösen Drehung an, als ein dunkelschwarzer, rumpelnder Ton vom Seegrund her an die Oberfläche steigt.

Ein mächtiger Ton.

Eine Sekunde später verwandelt er sich in ein schmerzhaft metallisches Reiben. Das sich abrupt zu einem Donner verdichtet. Ein heftiger, von der Mitte des Schiffes ausgehender Stoß erschüttert die Passagiere: Flaschen kippen, Münder öffnen sich, Gläser fliegen, Teller und Besteck stürzen, gefolgt von Lachs, Kaviar und bunten Pfefferkörnern. Zwei ältere Damen stürzen, noch im Fall sucht eine jede Halt an der anderen. Die Band verstummt, die Pianistin lässt eine letzte Taste erklingen.

Vollkommen still steht die eben noch gemächlich fahrende *Queen*. Erstarrt wie ein aufgespießtes Insekt verharrt sie in zarter Schieflage auf einem Felsen. Sogar der Wind hält jetzt inne.

Gebannt sitzen, stehen und liegen die Menschen an ihren Plätzen, ihre Augen voller Unglauben; leise verteilt sich hellperlender Champagner auf den unterschiedlichsten Textilien, die letzten Pfefferkörner suchen sich einen neuen Platz und mit leisem Flügelschlag landet eine Möwe auf der Abdeckung eines Rettungsboots.

Barbara Gschwind hat die beiden Motoren des Schiffes bereits beim ersten mächtigen Geräusch komplett gestoppt. Jetzt tauscht sie einen langen Blick mit ihrem Cokapitän. Dieser blickt in das zu Stein erstarrte Gesicht seiner Chefin; er weiß, was die Kapitänin denkt, obwohl das, was sie denkt, jenseits allen Denkbaren liegt: die *Queen* ist aufgelaufen.

Beiden ist klar: Sie steuern die *Queen*, die, verglichen mit der restlichen Thunerseeflotte, den größten Tiefgang aufweist. Sie steuern die *Queen*, die im Thuner Hafen allein im westlichen Teilbecken anlegen darf, weil das andere zu seicht ist. Und bis eben jetzt waren sie noch im Begriff, die *Queen* auf die Lände der Beatenbucht zuzusteuern, die für ihre vorgelagerten Felsen berüchtigt ist. Vor wenigen Wochen erst hatten sie diese Felsen – aus exakt diesem Grund! – nochmals vermessen lassen. Weil sie sichergehen wollten, dass die *Queen* beim Anlegen in dieser Bucht keine Probleme haben wird.

Barbara Gschwind überwindet ihre Lähmung, schaltet das Mikrofon ein, mit dem sie auf dem gesamten Schiff hörbar ist. Einen verlorenen Blick schickt sie zur Anlegestelle, wo eine Traube von Menschen wartet, dann fühlt sie ihr Herz heftig schlagen, fühlt einen Aussetzer, wieder einen Schlag, ihr ist bewusst, dass ein riesiges Auditorium, dass die ganze Welt hört, was sie jetzt gleich sagen wird, sagen muss.

Ihr Mund fühlt sich unsäglich trocken an, sie kann ihre Zunge nicht bewegen, unter größter Anstrengung hebt Barbara Gschwind stattdessen ihre Hand und schaltet das Mikrofon wieder aus.

Ihr Cokapitän legt ihr eine Hand auf die Schulter, schaltet das Mikrofon ein, räuspert sich und erklärt, dass sich die Weiterfahrt aufgrund technischer Probleme verzögern werde. Es bestehe kein Grund zur Sorge.

Die Jazzpianistin legt ihre Finger zurück auf die Tasten, aber eher aus Gewohnheit; zu unheimlich ist ihr die Stimmung auf der *Queen*. Im Grunde weist nichts darauf hin, und doch – oder gerade deshalb – spüren nicht wenige Passagiere die Angst im Nacken, die *Queen* könnte vielleicht doch sinken.

Es dauert nicht lange, bis andere Schiffe in der Bucht eintreffen, bis zwei Taucher von einem Motorboot aus ins Wasser steigen und bestätigen, was alle schon wissen.

Drei Passagierschiffe der Thunerseeflotte eilen in die Bucht; in einer nervenaufreibenden Aktion wird die *Queen* evakuiert; die beiden gestürzten älteren Damen haben, die eine rechts, die andere links, einen Oberschenkelhalsbruch erlitten und trösten sich mit der Aussicht, im Krankenhaus in benachbarten Betten liegen zu können.

Die um fast 1400 Passagiere erleichterte *Queen* liegt mit deutlich weniger Gewicht auf dem Felsen auf; um sie freizubekommen, ist es nötig, sie mit riesigen, an Netzen befestigten Ballonen zu umgeben. So kann sie schließlich, ohne Leck geschlagen zu haben, in den Thuner Hafen geschleppt werden.

*

KAPITEL 30

Das Restaurant unterscheidet sich allein durch einen bunten, direkt auf die Zementbausteine gemalten Schriftzug von den übrigen Häusern; an seinem Eingang werden Pascal, Camille und Sebastian von einem unablässig seinen blonden Bart kraulenden und von einer ansteckend guten Laune getragenen Jon Sandqvist empfangen.

Drinnen ist die Decke niedrig, die Atmosphäre eng und stickig. Ein paar Tische sind frei, die meisten von europäischen Rucksacktouristen belegt. Sandqvist, offenbar Stammgast, wird wohlwollend begrüßt und zum besten Tisch geführt. Gschwind ist glücklich, endlich die Windjacke ausziehen zu können, in der er sich vor Sandqvist ein wenig schämt.

Sogleich wird Inca Kola serviert, ein übersüßes Getränk, und nachdem sich Sandqvist kurz erkundigt hat, ob alle Fleisch essen, bestellt er vier Mal das angeblich beste Menu, das hier zu haben ist. Als Camille wissen möchte, um was es sich dabei handelt, lächelt Sandqvist verschmitzt und beruhigt sie: »Keine Sorge, es ist wirklich köstlich!«

In der Ecke gleich hinter ihrem Tisch brummelt ein bulliger Gasofen; offenbar ein weiterer Grund für Sandqvist, in dieses Restaurant zu kommen. Andere Lokale seien unbeheizt, man sitze in die Jacke gehüllt am Tisch und speise mit klammen Fingern.

Dann erzählt der seit acht Jahren schon für Valnoya arbeitende Sandqvist vom Interview mit dem Schweizer Fernsehen, das er heute Vormittag erst hat geben müssen; ins Bockshorn jagen lassen habe er sich nicht von denen. Es handle sich um ein junges, unerfahrenes Team, das wahrscheinlich sonst romantische Tierfilme drehe, morgen schon wieder abreise und nicht die geringste Ahnung vom peruanischen Alltag habe. Auch nicht vom Rohstoffbusiness: Die hätten mehr oder weniger geglaubt, er werde unter Tränen zugeben, dass die Valnoya-Mine hier haarsträubend schlechte Luft verursache und direkt für das viele Blei im Blut der Kinder verantwortlich sei. Die hätten nicht einmal gewusst, dass hier schon seit dem 17. Jahrhundert Bergbau betrieben werde, dass die schlechte Luft also keine Erfindung einer Firma sei, die erst seit wenigen Jahren vor Ort tätig ist. Mit einer langen Liste an sozialen Errungenschaften, die hier ohne Valnoya noch nicht einmal in Erwägung gezogen worden wären, jetzt aber aus dem Städtchen nicht mehr wegzudenken seien, habe er den Fernsehreportern ein nachdenkliches Nicken abgerungen. Dass Valnoya sogar mit einer lokalen NGO zusammenarbeite, um das Problem mit den erhöhten Bleiwerten in den Griff zu bekommen, habe das Team maßlos erstaunt.

»Aber ich kenne die Medien«, sagt Sandqvist, »90 Prozent von dem, was ich erzählt habe, werden die wegschneiden und die anderen zehn Prozent so in ihren Beitrag einbauen, dass es klingt, als hätte ich einen Dachschaden und als wäre es mir vollkommen egal, wenn hier hin und wieder, je nach Wetterlage, sämtliche Verschmutzungen über ihre Grenzwerte klettern.«

Zwar findet Gschwind den eloquenten Sandqvist jetzt sympathisch, aber anders als bei den mit ihm geführten Telefonaten hat Gschwind doch den Eindruck, dieser Sandqvist sei vielleicht ein bisschen zu sehr auf die unterhaltende Wirkung seiner Worte bedacht. Möglich, dass diese Art bloß zeigt, wie einsam Sandqvist ist: Nur nebenbei erwähnt er, seine Frau seit Monaten nicht gesehen zu haben.

Dann wird serviert: Vier große Teller mit zu Bergen gehäuften Bratkartoffeln und Reis, auf einem Bett aus grünem Salat und Tomaten, gekrönt von einem unförmigen, faustgroßen Brocken Fleisch.

Camille versucht es nochmals bei Sandqvist; dieser aber antwortet bloß, sie müsse kosten. Die Tomaten übrigens schmeckten nach nichts und seien reine Dekoration.

Camille lächelt, kann ihre Irritation aber nicht ganz verbergen.

Nach einem Rinderherz sehe es nicht aus, sagt Sebastian, das habe er auf einem Trip durch Bolivien mal gegessen.

Nein, Rinderherz sei es nicht, lächelt Sandqvist, aber Herz sei hier auch sehr beliebt. »Das nehmen wir dann nächste Woche, wenn ihr euch akklimatisiert habt!«

Als er sieht, wie beherzt *Geopeter* den grillierten Brocken anschneidet, gibt sich Gschwind einen Ruck.

Es schmeckt ihm gar nicht so schlecht, im Grunde aber ist er viel zu erschöpft, um überhaupt essen zu können.

Hier oben wachse nicht besonders viel, erklärt Sandqvist dann, und die Qualität des Fischs, der in der Hauptstadt enorm beliebt sei, leide aufgrund des weiten Transportweges. So esse er hier lieber nichts, was nicht aus der Gegend stamme. So ein Cuy aber sei schwer in Ordnung, und dieses Restaurant beziehe seine Ware ganz aus der Nähe.

Als Sandqvist endlich zu sagen bereit ist, was sie gerade essen, hält Camille kurz inne, als müsse sie gegen einen Brechreiz ankämpfen. Auch Gschwind fühlt sich unbehaglich, ein Meerschweinchen zu verspeisen. Bloß Sebastian scheint es mit vollem Appetit zu genießen.

Dass sich Sandqvist wenig später auf ein fachliches Gespräch einlässt, nimmt Gschwind erleichtert zur Kenntnis. Mit der Luftverschmutzung, die Cerro de Pasco international in die Schlagzeilen brachte, hat sich Sandqvist eingehend beschäftigt. Er weiß viel über die historische Entwicklung des Ortes und kann die Geschichte des peruanischen Bergbaus und die klimatischen Eigenheiten dieser Anden-Region mit leichter Hand umreißen.

Da Sandqvist nicht entgeht, wie dringend die drei Angereisten Schlaf benötigen, organisiert er wenig später einen Chauffeur, und deutlich frischer, aufgemuntert von einem starken Kaffee, den Sandqvist ihnen aus einer mit beachtlichem Aufwand von seiner schwedischen Heimat nach Cerro verfrachteten Maschine rinnen lässt, sitzen die vier am nächsten Morgen um einen mit Dokumenten, Karten und Zeitschriften übersäten Tisch in Sandqvists Büro. Dort versteht Gschwind endlich, weswegen die Luftqualität in Cerro derart schlecht ist, obwohl hier nirgends ein größerer Kamin, nirgends ein Rauch ausstoßender Schlot steht: Die Verschmutzungen stammen zum Großteil von den riesigen Abraumhalden und den offenen Minen, also von mehreren Quadratkilometern durch keinerlei Vegetation vor den Erosionskräften der Winde geschützter Gesteinsoberfläche. Ein nicht geringer Anteil des aufgeschütteten Gesteins lasse sich weiterverarbeiten, erläutert Sandqvist, gehöre jedoch noch der kanadischen Firma, die hier das Sagen hatte, ehe Valnoya auf den Plan trat. Die Berge an losem Gestein hätten sich aufgetürmt, weil die kanadische Firma, ganz branchenüblich, nur das reichhaltigste Gestein zur Verarbeitung genutzt, das Gestein aus weniger wertvollen Erdschichten hingegen für schlechtere Zeiten gelagert habe. Für Zeiten also, da eine erhöhte Nachfrage den schlechteren Ertrag aufwiegen würde. Wie die gesamte Oberfläche der offenen Minen sei dieses aufgebrochene Material hier Sonne, Kälte und starken Winden ausgesetzt.

Weil die Kinder in Cerro im Blut zu viel Blei aufwiesen und bei ihnen dauerhaftes Nasenbluten, Lernschwäche oder körperliche Entwicklungsverzögerungen auffällig wurden, sei die kanadische Firma von der Regierung in Lima dazu verpflichtet worden, die größten Abraumberge mit Netzen abzudecken. Die Kanadier hätten das sogar gemacht. Diese Netze seien aber nicht feinmaschig genug, schon einige Jahre alt und löchrig. Außerdem wehe hier der Wind manchmal derart stark, dass auch mit dem besten Netz nichts auszurichten sei, und häufig auftretender Starkregen wasche die feinen Partikel aus, trage sie dorthin, wo der Wind sie später packen werde; insgesamt schreibe er den Netzen eher eine dekorative Funktion zu.

Sandqvist legt eine Pause ein, als wollte er sicherstellen, dass alle drei genau vor Augen haben, was er ihnen schildert. »Gleichzeitig«, so fährt er fort, »sitzen in New York in ihrem klimatisierten Büro ein paar Wissenschaftler und legen im Namen der Weltgesundheitsorganisation Grenzwerte für Feinstaubbelastungen fest. Ich will nicht sagen, dass diese Leute keine gute Arbeit leisten, aber ich bezweifle, dass sie wissen, wie diese Probleme hier in Cerro gelöst werden könnten.«

Woher denn das Schwefeldioxid stamme?, will Sebastian wissen.

»Aus der Nachbarstadt«, erklärt Sandqvist, »aus dem 130 Kilometer entfernten La Oroya.« Das hier in Cerro aus dem Boden geholte Gestein werde per Eisenbahn nach La Oroya transportiert; dort werde es verhüttet, erst dort würden in einem aufwendigen Prozess Zink und Kupfer und Blei und auch ein bisschen Silber ausgeschieden und für den Export aufbereitet. Der große Kamin, der dort stehe, berühmt für seine schlechten, nur bei bestimmten Temperaturen gut funktionierenden Filter, führe Schwefeldioxid je nach Windstärke bis nach Cerro.

»Und was ist mit den in den Medien vieldiskutierten Umsiedlungen?«, fragt Camille.

Dies wiederum sei ein Kapitel für sich und habe im Grunde damit zu tun, dass die ganze Stadt auf einem historischen Fehler basiere: Man habe hier ziemlich rasch eine Stadt errichtet oder viel eher planlos ein stadtähnliches Gebilde entstehen lassen, ohne vorher abzuklären, wo es am meisten Blei, Zink und Kupfer zu holen gebe. Erst nach und nach sei klar geworden, dass gerade dort, wo die Häuser gebaut worden waren, der Boden besonders reichhaltig ist.

Genau dies also nötige den, der hier eine Mine wirtschaftlich betreiben wolle, dazu, immer wieder Menschen umzusiedeln, was unangenehm, zeitaufwendig und teuer sei. Und für die skandalverliebte Presse ein gefundenes Fressen. »Dabei ist es an sich banal«, sagt Sandqvist. »Wer während des Picknicks im Wald feststellt, dass er auf dem schönsten Stück Käse hockt, steht auch kurz auf und holt sich die Delikatesse unter dem Hintern hervor.«

Allmählich begreift Gschwind, wie schwierig es für Hillers wird, im Fernsehstudio anschaulich werden zu lassen, für welche Probleme in Cerro Valnoya verantwortlich zeichnen kann und für welche nicht. In so einer Sendung wird doch, wer über Abraumhalden einer kanadischen Firma spricht, die nicht fähig war, anständige Netze aufzutreiben, rasch verdächtigt, er rede sich aus der Verantwortung.

Umso wichtiger wird es sein, dass Hillers in dieser Sendung kristallklare und hoffentlich beruhigende Daten zur Luftqualität kommunizieren kann.

Während Gschwind mit Sandqvist und Sebastian darüber redet, wie sie in den kommenden Tagen am besten vorgehen könnten, um die lokalen Schwermetallbelastungen so zu messen, dass die alte, »kanadische Verschmutzung«, wie sie sagen, die doch »ziemlich reine Valnoya-Luft nicht in den Dreck zieht«, wird Camille von einem Anruf unterbrochen. Sie zieht sich in den Flur zurück, und als sie wieder im Raum steht, das Telefon an der Hüfte, versteht Gschwind an ihrem Blick, dass etwas Bedeutsames geschehen ist.

Tatsächlich entschuldigt sich Camille für die Unterbrechung, bittet Gschwind zu sich, wartet kurz, bis Sebastian und Sandqvist in ein naturwissenschaftliches Gespräch zurückfinden, dann hält sie Gschwind ihr Telefon hin.

Gschwind liest, die Gewerbepolizei habe festgestellt, dass die vom Kanton Bern mit den Bohrarbeiten am Beatenberg beauftragte Firma Kalbacher AG, kurz KALBAG, ihre Arbeit nicht wie vertraglich vereinbart mit den für Sondierungsbohrungen allgemein üblichen Bohrern im Durchmesser von 75, sondern von 250 Millimeter Stärke ausführt.

Wie zahlreiche Mails dokumentieren, die ein Whistleblower den Medien zugespielt hat, habe die Firmenleitung der KALBAG wenige Tage vor Bohrbeginn von der Firma Valnoya das Angebot erhalten, einen wesentlichen Teil des Bohrprobenmaterials zuhanden von Valnoya abzuzweigen. Die Summe, die Valnoya für das Material angeboten hat, werde noch ermittelt.

Derzeit seien weder die Leitung der KALBAG noch Valnoya für Stellungnahmen verfügbar. Der Kanton Bern habe vorerst sämtliche Bohrungen gestoppt; man prüfe, ob es technisch möglich ist, die Sondierungsbohrungen in einem verminderten Durchmesser fortzuführen, um Kosten und Risiken zu senken.

Die Staatsanwaltschaft habe Ermittlungen aufgenommen; in deren Zentrum stehe Valnoya-CEO Daniel Hillers, der umgehend von der Geschäftsleitung freigestellt worden sei.

*

KAPITEL 31

Die nächsten anderthalb Stunden verbringen Camille de la Rochefoucauld und Pascal Gschwind auf dem staubigen Flur vor Sandqvists Büro, bewegen sich zu einem zwei Meter hohen Kunststoffkaktus, der vor einem kleinen Fenster steht, und wieder zurück, diskutieren, schütteln den Kopf, führen Telefonate, blicken ratlos durch schmutzige Scheiben hinaus zu den zementgrauen Häusern, zu einer Dachlandschaft aus windschiefem Blech, die in ihrer Trostlosigkeit gut zu den niederschmetternden Neuigkeiten passt. Obwohl sie Hillers selbst nicht erreichen können, obwohl Valnoya-intern nur bruchstückhaft in Erfahrung zu bringen ist, wie alles genau ablief, und obwohl die Medien ohne zu zögern behaupten, die Reputation Valnoyas sei mit diesem Skandal auf Jahre hinaus zerstört, finden Camille und Pascal relativ rasch zu der Einsicht, dass Daniel Hillers klug und in vielerlei Hinsicht verantwortungsbewusst gehandelt habe. Es wird ihnen klar, was auch Hillers irgendwann begriffen haben musste: dass Sondierungsbohrungen, die lediglich wissenschaftlichen und planerischen Nutzen vorweisen, gesellschaftlich nicht zu verantworten sind. Wird eine Sondierungsbohrung in einem etwas größeren Durchmesser ausgeführt, wirft sie – bei nur unwesentlich höheren Kosten – zusätzlich zum wissenschaftlich verwertbaren Gestein auch Material ab, das sich der Wirtschaft zuführen lässt; die potenziellen Abnehmer eines schweizerischen Rapacitaniums stehen ja längst Schlange.

Daniel Hillers war offenbar bestrebt, mit Valnoya diese Nachfrage so rasch wie möglich zu befriedigen; aufgrund des limitierten Angebots sicherlich zu einem guten Preis. Ob Hillers beabsichtigt hatte, die daraus resultierenden Gewinne ganz gewöhnlich in die Buchhaltung einfließen und also auch den Fiskus an ihnen teilhaben zu lassen, können die beiden nicht einschätzen.

Während die meisten Medien Daniel Hillers ungesäumt an den Pranger stellen, zerbrechen sich Camille und Gschwind in Cerro de

Pasco den Kopf darüber, wie sie einer interessierten Öffentlichkeit beibringen könnten, dass die Methoden, die Hillers angewandt hat, zwar nicht ganz lupenrein anmuten, die dahinterstehenden Überlegungen jedoch ökonomisch wie ökologisch vernünftig sind.

Camille schlägt Gschwind vor, allenfalls doch die Möglichkeit einer Pressemitteilung zu diskutieren, als sie erneut von einem Anruf unterbrochen wird.

Gschwind sitzt unterdessen neben dem künstlichen Kaktus. Er ist ein wenig enttäuscht, weil Hillers ihn nicht in seinen Plan eingeweiht hat, woraus er schließt, dass er nicht wirklich zur obersten Etage von Valnoya gehört.

Kaum hat Camille ihren Anruf beendet, stellt sie sich vor Gschwind hin und erklärt, sie habe sich soeben mit dem Verwaltungsratspräsidenten unterhalten. In einer ad hoc einberufenen Sitzung habe man sich entschieden, den Medien gegenüber möglichst offen zu begegnen. Die schweizerische Öffentlichkeit sei ein zartfühlendes Kind, und Reputation auch immer eine Frage der Kommunikation. Deswegen wolle man dem Schweizer Fernsehen umgehend eine Alternative zu dem staatsanwaltschaftlich belasteten Hillers anbieten.

Hier legt Camille eine Pause ein, zieht ihre schönen Brauen in die Stirn und gibt Pascal das Gefühl, er müsse etwas sagen.

»Riechst du es nicht?«, fragt Camille und strahlt.

Und weil Gschwind sie tatsächlich nur offenen Mundes anstarrt, weil er auf die Frage, ob er nicht etwas rieche, nur an den betörenden Duft denken kann, der von Camille ausgeht, sagt sie schließlich: »Nächste Woche sitzt Pascal Gschwind, *Senior Chief Business Network Communications*, im Schweizer Fernsehen, stellt die kleinkarierte Gabriela Hollenstein argumentativ in den Schatten und prügelt die angeschlagene Reputation von Valnoya auf Vordermann!«

Zwar schluckt der sprachlos auf das sprechende Lächeln von Camille starrende Gschwind jetzt leer, aber das leicht kränkende Gefühl der Minderwertigkeit, das soeben noch an ihm genagt hat, verfliegt.

*

KAPITEL 32

An der Wand hinter Pascal Gschwind hängt ein grob gerahmtes Bild von Jesus am Kreuz, die blutenden, nageldurchstoßenen Füße befinden sich dicht neben seinem Gesicht. Gschwind hält sich in einer Wohnstube auf, die ähnlich groß ist wie sein begehbarer Kleiderschrank und deren Decke so niedrig ist, dass er das Gefühl hat, sie drücke auf sein Gemüt. Die Tür zur Küche ist nichts als ein Vorhang, an einem altersschwachen Draht hängt eine Glühbirne, das Sofa, auf dem Gschwind Platz genommen hat, ist mit einer Plastikfolie abgedeckt. Ihm gegenüber, auf einem ebenso abgedeckten Sofa, sitzen Sebastian und Camille. Auf der Folie liegt ein Film aus Sand; Gschwind spürt ihn am Stoff seiner Hose, in den Zwischenräumen seiner Finger, er spürt ihn sogar in seinem Mund.

Gschwinds Laune sinkt stetig. Dabei fand er noch vor einer Stunde diese Idee wirklich großartig. Er saß mit Camille und Sebastian bei Sandqvist im Büro, gemeinsam sondierten sie die Lage. Vom *Strellsöhnchen* hatte Sebastian in Erfahrung bringen können, dass das Schweizer Fernsehen überall dort Messstationen aufgebaut hatte, wo mit hohen Belastungen zu rechnen ist: Direkt bei den kanadischen Abraumhalden, am Güterbahnhof, wo das Gestein von den Lastwagen auf die Waggons gekippt wird, was zu Staublawinen führt, die sich mit den Abgasen der Lastwagen und Lokomotiven vermischen; schließlich vorne an der großen Kreuzung, die einem Nadelöhr gleicht. Die *Fernsehfritzen* haben also nichts unterlassen, um die allerhöchsten Schadstoffwerte zu erhalten.

Das findet Gschwind perfekt. Denn egal, wie hoch die Werte auch sein mögen, die sie damit ins Fernsehstudio bringen, sie setzen sich mit ihnen unweigerlich dem Vorwurf aus, Werte von Orten zu verwenden, an denen sich normalerweise kein Mensch aufhält.

In der Diskussion, wie man zu deutlich besseren und dennoch vertretbaren Messwerten kommen kann, setzte Sebastian zu einem eindrücklichen Referat an. Gschwind sah sich gezwungen, seine Meinung über diesen Jüngling radikal zu revidieren. Nicht nur, dass ihm schien, sein Seb sei fachlich brillant, nein, Gschwind war regelrecht überrascht, wie offen Sebastian sich dafür zeigte, die geplanten Messungen dem notwendigen Vorteil Valnoyas taktisch anzupassen. Gschwind nahm sich vor, bei Gelegenheit herauszufinden, welche Kontakte Hillers zur Firma Geoped unterhält. Oder einmal unterhalten hat. Hillers ist ja, wie Gschwind besorgt bedachte, erst einmal weg vom beruflichen Fenster.

Es war dann auch Sebastian, der die Idee angestoßen hatte: Wie das die Schwefeldioxidwerte beeinflussen werde, sei schwer zu prognostizieren, klar aber sei: Je weniger Wind, desto eher sinken schwere Partikel zu Boden. Das gelte auch für Arsen, Blei und Feinstaub anderer Metalle. Wäre es also möglich, die Messungen in windstillen Innenräumen, in Wohnungen, und idealerweise zwei Meter über dem Boden durchzuführen, sei davon auszugehen, einigermaßen tiefe Schwermetallbelastungen belegen zu können.

Dazu bräuchten sie jedoch Zugang zu privaten Räumen.

Kaum hatten Gschwind und Camille diesem Vorschlag begeistert zugestimmt, griff Sandqvist zum Telefon und kontaktierte Laudalino, einen hervorragenden Übersetzer, wie Sandqvist behauptet.

Die Schuhe dieses Übersetzers kann Gschwind nun hinter dem Vorhang zur Küche sehen. Und der in diesen Schuhen stehende Übersetzer übersetzt nicht, sondern führt eine sich hinziehende, von diesem Vorhang nur unzureichend gefilterte Diskussion mit jemandem namens Domenico, der sich, direkt nach der Begrüßung, in seine Küche zurückgezogen hat. Laudalino ist offenbar mit Domenico befreundet, und Domenico sah nicht nur glücklich aus, als ihm Laudalino unvermittelt drei Gäste ins Haus brachte.

Als würde demnächst etwas Sensationelles mit Laudalinos Schuhen geschehen, starrt Gschwind diese an, aber sie bewegen sich nicht, nichts passiert, Gschwind kann nur erkennen, dass sich in diesen Schuhen minimale Gewichtsverlagerungen abzeichnen, Laudalino sich also so gut wie nicht bewegt.

Gschwind seufzt.

»Wenn die Zubereitung von Tee derart viel Zeit beansprucht, können wir uns glücklich schätzen, nicht zum Abendessen eingeladen zu sein«, kommentiert Camille das offensichtliche Unbehagen, das sie alle miteinander teilen, und schenkt Gschwind ein Lächeln.

Der bedankt sich, indem er kurz die Lider niederschlägt.

»Vielleicht sollten wir so höflich sein, und den Vorschlag machen, doch zusammen die notwendigen Teekräuter sammeln zu gehen?«, witzelt Sebastian.

Zu sehen, wie er Camille damit zum Lachen bringt, strapaziert Gschwinds Geduld. War es vielleicht doch keine so gute Idee, in privaten Räumen Messungen vorzunehmen?

Was Gschwind an der Idee aber noch immer gefällt, ist die Aussicht, die gewiss streng wissenschaftlich argumentierende Hollenstein als farblos dastehen zu lassen; er wird nicht nur von Messwerten, sondern auch vom Alltag der Peruaner erzählen können, er wird den Schweizer Bürgern aus eigener Anschauung berichten, wie die Menschen hier leben und was ihnen wichtig ist.

Unvermittelt öffnet sich der Vorhang. Laudalino erscheint, selbstsicher wie ein Schauspieler, und sagt:

»Mein lieber Freund Domenico ist ein wenig nervös, weil ich ihm Besuch ins Haus gebracht habe. Er befürchtet, sie könnten wichtige Leute von Valnoya sein. Ich habe ihn beruhigt und gesagt, er könne unbesorgt sein, Sie seien Wissenschaftler, die messen, wie schlecht die Luft bei uns ist, und wahrscheinlich wird Valnoya in große Probleme geraten, wenn klar ist, wie viel Dreck wir hier einatmen müssen. Habe ich es ungefähr richtig geschildert?«

Gschwind, Sebastian und Camille tauschen Blicke, niemand spricht. Dann sprechen alle drei gleichzeitig los und brechen wieder ab. Sebastian macht Gschwind ein einladendes Handzeichen, dieser blickt rasch in Camilles bekräftigend glänzende Augen, dann zeigt Gschwind mit dem Zeigefinger auf den auf seiner Windjacke aufgedruckten Schriftzug und sagt: »Ja, du sagst es richtig: Wir messen hier die Luftverschmutzung im Auftrag der Firma Geoped Data. Wie viel Ärger Valnoya wegen uns kriegt, wird sich zeigen.«

Auf Laudalinos Gesicht macht sich Erleichterung breit; er bedankt sich und verschwindet wieder hinter dem Vorhang.

»Ihr verzeiht mir hoffentlich«, sagt Gschwind.

»Geht in Ordnung«, sagt Sebastian. »So kannst du sehen, was sie wirklich über Valnoya denken.«

Gschwind winkt ab. »Ehrlich gesagt fände ich es spannender, sie würden Tee servieren und wir könnten mit der Messung anfangen.«

Von einem pfeifenden Teekocher ist aber weiterhin nichts zu hören.

Als Gschwind das Nichtstun nicht länger aushält, entscheidet er sich, auf die Toilette gehen zu müssen. Er schwingt sich aus dem Sofa, schiebt den Küchenvorhang zur Seite und fragt nach der Toilette.

Als Laudalino dem mit Werkzeug hantierenden, unter seinem Spülbecken knienden Domenico erklärt, was sein Gast will, und Gschwind dessen Reaktion erkennt, dämmert ihm, dass er gerade einen Fehler begangen hat.

»Falls es wirklich dringend ist, Mister«, sagt Laudalino schließlich, und lässt etwas Zeit verstreichen, als wolle er Gschwind so die Gelegenheit bieten, die Dringlichkeit noch einmal zu überdenken, »falls es wirklich dringend ist, zeige ich Ihnen den Weg.«

Gerne hätte Gschwind jetzt abgelehnt, aber sein Verdauungssystem ist inzwischen psychisch stimuliert.

Der Weg führt hinters Haus, vorbei an einer Wäscheleine, einer rostzerfressenen Autokarosserie und einem etwas weniger rostzerfressenen Container. Gschwind fühlt sich, als könnte ihn jederzeit ein wildes Tier anfallen. Entlang eines windschiefen Metallzauns queren die beiden mehrere Grundstücke, gelangen an einen steilen Abhang, passieren schulterhohe Büsche, eine eklige Mülldeponie und erreichen schließlich am Fuß des Hangs einen Verschlag aus Wellblech. Domenico weist auf den Verschlag und macht kehrt. Als Gschwind dessen klapprige Tür öffnet, findet er sich in einer schwarzen Wolke aus Fliegen wieder, ein maßloser Gestank schlägt ihm entgegen.

Unwillkürlich wendet er sich in einer abrupten Bewegung ab und blickt einem Lama in die Augen.

Im Schrecken stolpert Gschwind über einen Stein und fällt. Drei Lamas suchen das Weite.

Wieder zurück, findet er zu seiner Überraschung auch Domenico im Wohnzimmer vor, der Laudalino gerade übersetzen lässt, dass seine Frau Larissa mit einer Tochter und deren beiden Kindern in Lima beim Kinderarzt sei, weswegen er, Domenico, nicht wisse, was er tun soll. Seinen Gästen keinen Tee zu servieren, gehe nicht. Seine Gäste allein im Haus warten zu lassen, bis er endlich Wasser geholt hat, gehe auch nicht. Und seine Gäste zu bitten, ihn beim Wasserholen zu begleiten, gehe erst recht nicht.

Während Camille und Sebastian offenbar Gefallen finden an der Art und Weise, wie Domenico sein Dilemma darstellt, und ihr Mitempfinden signalisieren, will Gschwind lieber in den Raum werfen, dass es doch auch gut möglich sein müsste, die Messgeräte endlich aufzubauen und sich in einer halben Stunde zu verabschieden.

Laudalino kommt ihm zuvor und verkündet, dass er Domenico davon überzeugen konnte, wie schön es für seine Frau wäre, wenn heute Abend, bei ihrer Rückkehr aus Lima, die Wasservorräte gut gefüllt sind.

Wenig später schlendern sie zu fünft und mit je zwei alten Kanistern in ihren Händen über eine staubige Straße durchs Quartier, biegen irgendwann ab auf einen Pfad, der sich um einen kargen Hügel windet, und werden dabei von struppigen Schafen beobachtet. Gschwind schwant, dass auch die kommenden Tage, was das Zeitmanagement betrifft, seiner Kontrolle entzogen sein werden. Verärgert blickt er zu seinen Kanistern, als Domenico aus einer fröhlichen Laune heraus wissen will, ob es seinen Gästen nicht möglich sei, bis abends zu bleiben, da es ihn wirklich glücklich machen würde, so hohe Gäste von den Kochkünsten seiner Frau verwöhnt zu sehen.

*

KAPITEL 33

Pascal Gschwind gibt sich einen Ruck und versucht, das Unabänderliche zu akzeptieren, die schmerzhafte Langsamkeit hinzunehmen. Domenico, nun weitaus gesprächiger, hält die Unterhaltung in Gang, indem er gut gelaunt und wortreich aus seinem Leben erzählt. 47 Jahre sei er in zwischen alt und arbeite seit seiner Jugend in der Mine, habe aber gerade vier Tage frei, ehe er wieder für 17 Tage am Stück schuften werde. Meist sei er in einer Mine 40 Kilometer außerhalb der Stadt beschäftigt, wo er, wie er es nennt, in einem Container übernachte. Gerade aber sei er in Cerro eingeteilt und müsse bei den nach La Oroya abgehenden Zügen die Bremsen an den Waggons kontrollieren, während seine Frau fünf Tage die Woche arbeite; sie verantworte Unterhalt und Reparaturen einer größeren Fahrzeugflotte.

Seine Frau sei berechtigterweise stolz darauf, mehr zu verdienen als er. Zwar mache er sich damit im Städtchen zum Gespött, aber er genieße es, eine kluge und tüchtige Frau an seiner Seite zu haben.

Dann erzählt er, dass er in seiner Jugend noch fließend Wasser gekannt habe, sauberes, frisches Wasser, von der Ortsverwaltung direkt an der Quelle gefasst und überall in der Stadt verteilt durch solide Leitungen; Wasser, das mit der Zeit und mit jedem Hügel, jedem Berg, den die Kanadier in ein Loch verwandelten, weniger und weniger geworden und schließlich ganz abhandengekommen sei.

»Heute gehört ein langer Fußmarsch zu den beiden einzigen noch verbleibenden Wasserquellen für viele von uns zum Alltag«, fährt er fort. »Nur wenige können sich das Wasser leisten, das die großen Tanklastwagen von tiefer gelegenen Talschaften hochfahren und hier teuer verkaufen. Das ist etwas für die Internationalen. Für die Arbeiter, die von den großen Personalbüros angeheuert werden: Chinesen, Mexikaner, Puerto-Ricaner, Chilenen,

Indonesier, Brasilianer, Mongolen, Kirgisen, Moldawier, Ukrainer. Von überall her kommen diese Leute, die Lohnversprechen sind hoch, und nach drei, vier Monaten, wenn sie ihr Geld erhalten, gehen sie zurück in ihre Heimat. Uns Ansässigen gelingt es nicht, diese Leute für die Gewerkschaft zu gewinnen, die bleiben unter sich, reden kaum mit uns, die meisten verstehen wir auch gar nicht, und also bleiben wir allein mit unserem Kampf für bessere Arbeitsbedingungen, für bessere medizinische Versorgung.«

Nach einer Weile spricht Gschwind Domenico darauf an, dass ihm an der linken Hand der Daumen fehlt.

»Ein Arbeitsunfall«, antwortet dieser nüchtern. »Kurz vor Abfahrt eines Zuges habe ich an der Bremse eines Waggons etwas reparieren wollen. Keine gute Idee. Der Zug setzte sich in Bewegung – und das Blut ist aus meinem Daumen gespritzt wie aus einer Druckleitung. Mit dem abgetrennten Daumen in der Hosentasche hat mich meine Frau nach Lima gefahren. Die ganze Zeit über streckte ich den Arm aus dem Fenster, streckte ihn zum Himmel, während Larissa fuhr wie in der Formel 1. Dennoch dauerte die Fahrt zu lange. Im Krankenhaus schauten sie sich die Sache an und sagten, es sei nichts mehr zu retten.«

»Und dann?«, will Gschwind wissen.

»Nie werde ich vergessen«, lacht Domenico, »wie gierig sich meine Hühner über meinen leblosen Daumen hergemacht haben. Aber den Hühnern habe ich gesagt: Wartet nur! Jetzt fresst ihr meinen Daumen. Doch den hole ich mir zurück, wenn ich euch verzehre!«

Sie haben die Quelle noch nicht erreicht, als sie auf Vitenko treffen, einen Freund Domenicos, der ebenfalls Kanister schleppt.

Gschwind leidet, als die Männer ihre Kanister zu Boden stellen und ein Gespräch beginnen. Er tauscht sich mit Camille aus, macht seinem Ärger Luft und erklärt, er werde sich ein deutlich effizienteres Rezept für diese Hausbesuche überlegen müssen.

Camille räumt ein, dass sie es gar nicht so schlecht findet: »Ist doch fast so eindrücklich wie das, was du mir im Flugzeug über diese Farm in Australien erzählt hast, oder?«

Dass sich Camille an diese Schilderungen erinnert, besänftigt Gschwind, und artig wie ein Schüler, der seiner Lehrerin gefallen will, geht er zurück zu seinen Kanistern. Dort wartet Vitenko, der ihm die Hand schüttelt und ungefragt zahllose Bilder zeigt, die er auf seinem Telefon gespeichert hat. Bilder von der Arbeit, Bilder von Kindern, Bilder von der Renovierung eines Hauses, Bilder von seinem jüngeren Bruder. Laudalino übersetzt.

»Er hat in derselben Abteilung gearbeitet wie ich, wir haben ewig viele Schichten geteilt. Und es kann hier verdammt trocken sein, wie in dieser Woche, aber es kann hier auch so stark regnen, dass du denkst: Gut, das nächste, was ich sehe, ist, wie eine Arche vor meinem Haus vorbeifährt und mich ein bärtiger alter Kerl fragt, ob ich einsteigen will.«

Hier wartet Vitenko ab, um sicher zu sein, dass Laudalino mit seiner Übersetzung nichts verpasst, dann drückt er seine breite Hand auf Gschwinds Schulter, dass dieser ein wenig in die Knie geht, und sagt: »Aber halt: Zuerst muss deine Frau einsteigen, die ist wichtiger!«

Und dabei lacht Vitenko herzlich, bis er so heftig husten muss, dass er ein paar Schritte zurücktritt. In gekrümmter Haltung überlässt sich Vitenko dem Hustenanfall und spukt am Ende dunklen Schleim aus. Gschwind blickt weg.

Als er wiederhergestellt ist, fährt Vitenko fort: »Damals hat es geregnet, tagelang, und die Seitenwände des Stollens haben sich vollgesogen. Die Verantwortlichen haben auf neue Sprengungen verzichtet. Zu gefährlich. Wir mussten also lediglich das bereits weggesprengte Material für den Abtransport vorbereiten. Aber auch das war zu viel, der Stollen brach ein, auf seiner gesamten Länge, gut 400 Meter sind eingestürzt. Ich war draußen, ein Zufall. Mein Bruder war drinnen, ein Zufall. Und weil auch der benachbarte Stollen seither als gefährlich gilt, ist bis heute keiner der drei Männer geborgen worden, auch mein Bruder nicht.

Vitenko unterbricht seine Erzählung, schaut lange zur Seite, hin zu den struppigen Schafen, als gäbe es dort Trost zu finden.

»Ja, das ist eigentlich das Einzige«, fährt Vitenko nach dieser Pause fort, »das Einzige, das ich den Kanadiern vorwerfe: Dass sie nicht alles darangesetzt haben, die drei verschütteten Männer zu bergen, ihnen eine anständige Beerdigung zu ermöglichen. Mein Bruder hat zwar ein Grab auf dem Friedhof, aber er liegt unter einer anderen Erde.«

*

KAPITEL 34

Sie rufen an mit freundlichen Stimmen, ein bisschen gehetzt vielleicht, weil der Artikel schon geschrieben sein sollte, aber im Grunde doch freundlich, sie stellen Fragen und lassen Barbara erklären, Barbara, die gut zuhört und Tempo rausnimmt und immer und immer wieder alles erklärt, sie spürt das Gewicht der Fragen, dieser sich allmählich blähenden Fragen, sie führt aus und erklärt mit aller ihr gegebener Ruhe, und es rufen die nächsten an mit freundlichen Stimmen, ein bisschen gehetzt vielleicht, für einen Artikel, der morgen erscheinen, der am Abend noch online gehen soll, nein, um etwas gegenzulesen wird leider keine Zeit sein, das ist bei uns nicht üblich, und Barbara erklärt, führt aus, stemmt sich gegen das Gewicht der Fragen, wird ausführlicher, bleibt standhaft, merkt, dass sie wehrhaft sein muss, stemmt sich mit einer anstrengenden Ausführlichkeit gegen das Gewicht der Fragen, legt viel von ihrer Persönlichkeit in ihre Worte, und ihre Persönlichkeit ist glaubwürdig, man schenkt ihr Glauben, man hört ihr zu und sagt, man glaube ihr und sie stellt fest, man glaubt ihr doch nicht, man behauptet, es gäbe Lücken zwischen ihrer Erklärung und dem, was geschehen ist, und Barbara wagt sogar zu sagen, das kantonale Amt für Gewässerregulierung hätte die Thuner Schifffahrtsgesellschaft, und damit auch sie, Barbara, persönlich über den rekordmäßig tiefen Pegelstand des Sees informieren müssen, denn in einem normal gefüllten Thunersee wäre die *Queen* nicht aufgelaufen, die Journalisten aber haben bereits beim Amt angerufen und behaupten, das kantonalbernische Amt für Gewässerregulierung mache deutlich, dass bei ihnen Wissenschaftler und Meteorologen arbeiteten, jedoch keine Schiffsbauer, und es könne, so das Amt, so die Journalisten, nicht Aufgabe eines Amtes sein, sich zu kümmern, wie tief welches Schiff im Wasser liege und welchen Minimalpegel die *Queen* für das Anlegen in der Beatenbucht verlange, und also sei das Amt, so das Amt, so die Journalisten, seiner Informationspflicht lückenlos nachgekommen, seit Jahren würden die von ihnen erarbeiteten Daten lückenlos veröffentlicht; jedermann habe jederzeit Zugriff auf lückenlose Daten, und dass diese Zahlen derzeit sehr tief seien, liege nicht in der Verantwortlichkeit des Amtes, sondern sei schlicht eine Folge des Klimawandels, der sich in der Schweiz vor allem in heißen, trockenen Sommern manifestiere, weshalb sich die Wassermengen ganz allgemein auf einem historischen, für die Wasserlebewesen längst kritischen Minimum befänden, was auch für den Thunersee gelte, auf dessen Oberfläche aufgrund der anhaltenden Hitze mehr Wasser als üblich verdunste, so das Amt, so die Journalisten, und Barbara bejaht und führt aus und wiederholt, sie habe zwei Tage vor der Jungfernfahrt noch den Pegelstand kontrolliert und gesehen, es sei knapp, werde aber für die *Queen* reichen, werde auch in der Beatenbucht mit ihren vorgelagerten Felsen für die *Queen* reichen, und sie erklärt, sie habe sich nicht denken können, dass der Pegel innerhalb von 48 Stunden derart sinken werde, so dramatisch sinken werde, dass auch das Amt überrascht sei und keine stimmige Erklärung zu bieten habe, und ob es nicht sonderbar sei, dass nicht einmal das Amt eine Erklärung für einen so dramatisch gesunkenen Pegel habe, ein Amt, das sich noch viel gründlicher mit diesem See beschäftige als sie das tue, und die Journalisten erklären, das Amt sei das Amt, das müsse nichts erklären, es müsse lückenlose Daten bereitstellen, und die vielleicht ein bisschen gehetzten Journalisten, die wissen wollen, wer die Schuld hat an der schmerzhaft peinlichen Havarie der *Queen*, sie lassen sich gerne von der engagierten, sich ein Leben lang mit ihrem Beruf identifiziert habenden Barbara bestätigen, dass sie als Kapitänin die Verantwortung innehatte, es gefällt ihnen, dass Barbara nicht ausweicht, dass von Barbara kein Aber kommt, wenn es um Verantwortung geht, und so fragen die Journalisten freundlich, weshalb sie denn, wenn sie die Verantwortung innehatte, die Jungfernfahrt nicht aufgrund des tiefen Pegelstandes abgesagt oder wenigstens auf die Einfahrt in die Beatenbucht verzichtet habe.

Und auch wenn irgendwann kein Journalist mehr anruft, erklärt Barbara doch immer noch weiter, erklärt und führt aus, erklärt den längst nicht mehr anrufenden Journalisten, was sie bisher noch nicht hatte erklären können, sie hört nicht auf sich zuzuhören, wie sie erklärt, sie spricht, führt aus und erklärt wieder und wieder, sie hält sich an der Wohnzimmerkommode wie an einer Reling, während sie nicht eintreffende Anrufe entgegennimmt und weiter erklärt, obwohl ihr deutlich wird, dass sie keine andere Realität als die festgeschriebene herbeireden kann, und sie führt dennoch aus und erklärt, bis auch ihr Mann, der sonst immer so ruhige Paul, *mein kleiner Stoiker*, wie sie ihn gerne nennt, nicht mehr weiterweiß und sich Hilfe holt.

*

KAPITEL 35

Angenehm angetrunken steigt Pascal Gschwind spätabends im Hotelzimmer ungeduscht aus der Dusche; seine Haut ist klebrig, riecht nach altem Schweiß. Dass in diesem Viertel ab 18 Uhr das Wasser fließt, heißt offenbar nicht, dass gegen Mitternacht noch welches übrig ist. Gschwind lacht nur, zerknüllt das dünne Frottiertuch und schmeißt es achtlos in die Ecke. Er lacht über seine rapide sinkende Hygiene, über den feinen klebrigen Sand, der seine Haut überzieht, lacht über diese Tage, die immer bunter und unterhaltsamer, immer geselliger werden. Falls er richtig zählt, war das bereits der vierte Tag, an dem er, gelotst vom unermüdlich übersetzenden Laudalino, mit Camille und Seb und dessen Messgeräten von einer Einladung zur nächsten stolperte. Wo auch immer sie hinkommen, finden sich Freunde und Nachbarn und Brüder und Schwestern und Schwäger und Tanten. Und ein jeder will den vorangehenden als Gastgeber in den Schatten stellen und es sich nicht entgehen lassen, einmal drei Europäer im Haus zu haben. Bereits am ersten, bei Domenico verbrachten Abend, der, als Larissa auftauchte, erst richtig Fahrt aufnahm, sind sie von sechs oder sieben Familien zu einem Besuch eingeladen worden. Dass dabei nicht nur gegessen, getrunken, geredet und gelacht, sondern auch etwas gemessen werden sollte, ging manchmal beinahe unter, und erst, als die Tischrunde mit einem Mal feststellte, dass sich mitten im bunten Trubel Sebastian voller Elan daran machte, in einer stillen Ecke des Hauses oder einem windgeschützten Innenhof seine hochpräzisen Messgeräte aufzubauen und an seinen Laptop anzuschließen, fand das allgemeine Gesprächsthema zurück zu den Minen, zu der Luftverschmutzung, zu den hustenden, oftmals unter chronischem Nasenbluten, Kopfschmerzen und Konzentrationsschwierigkeiten leidenden Kindern, zu der niedrigen Lebenserwartung und den Schwierigkeiten, etwas an den misslichen Verhältnissen zu ändern.

Nach allem, was die Ärzte in Lima vermuteten, litt eines der Enkelkinder von Larissa unter einer nur bei Jugendlichen bekannten Form von Arthritis. Auch dafür gab die Familie den Kanadiern die Schuld, und Gschwind stellte mit großer Genugtuung fest, dass Valnoya kein einziges Mal erwähnt wurde; immer waren es die Kanadier, die die Verantwortung für die lokalen Missstände zu tragen hatten.

Am liebsten hätte Gschwind Tonbandaufnahmen erstellt, die ihm im Fernsehstudio hätten behilflich sein können. Dann hätte das Schweizer Publikum sofort begreifen müssen, was der lokalen Bevölkerung sonnenklar war: Die verschmutzte Luft von Cerro de Pasco ist das Resultat von problematischen, über Jahrzehnte hin praktizierten Abbaumethoden, und es ist schlicht nicht gerecht, eine Firma dafür verantwortlich zu machen, die bis vor fünf Jahren noch überhaupt nicht vor Ort war.

Erschöpft und zufrieden, so viele Einsichten ins Alltagsleben der Menschen vor Ort erhalten zu haben, legt sich Gschwind nackt ins Bett. Er genießt es sogar, dass der feine Sand ein wenig auf dem Laken scheuert, genießt es, dass es ihm gelingt, sich selber nicht immer so schrecklich ernst zu nehmen.

Gerade ist er entspannt genug, um einzuschlafen, da vernimmt er durch die dünne Hotelzimmerwand den ersten Seufzer, das erste feine Stöhnen aus Camilles Kehle.

Sein Puls erhöht sich dramatisch, eine kalte Unruhe erfasst ihn.

Im Grunde war ihm klar, dass dies über kurz oder lang geschehen musste, jetzt aber, da es passiert, sticht Gschwind dennoch eine heftige Eifersucht. Es ist nicht so sehr der Wunsch, jetzt anstelle von Sebastian Camilles Sinnlichkeit genießen zu können. Was schmerzt, ist die Erinnerung an das Glück, das er mit Rina gekannt hat, und das wahrscheinlich nie mehr zu ihm zurückkehren wird.

Um nicht mitanhören zu müssen, wie die Geräusche im Nachbarzimmer rhythmischer werden, zieht sich Gschwind eilends an und geht raus. Er flüchtet, als wäre ein Brand ausgebrochen, er hetzt durch den Flur, eilt durch die Lobby, schickt sich hinaus in die staubigen Straßen.

Ihm ist übel, ihm schwindelt, die Kälte packt ihn wie ein Tier.

Er muss laufen, anlaufen gegen die Kälte, gegen die dunklen Gefühle in ihm, gegen seine kaputte Ehe. Er hat keine Ahnung, wohin er soll, aber das ist egal, Hauptsache, er geht schnell, er geht so schnell jetzt, wie ihn die Beine tragen, ohne gleich zu rennen. Rennen will er nicht, rennen kann er nicht, denn das Viertel, in dem er sich befindet, ist voller Leben, zahllose Leute sind noch unterwegs, stehen plaudernd und trinkend in den Gassen.

Eine junge Frau bietet sich ihm an, ein Mädchen noch. Es redet auf ihn ein, begleitet ihn, trippelt charmant neben ihm her. Ein schönes Mädchen ist es, es blickt ihn betörend zutraulich an, Gschwind merkt, wie sehr ihn das verwirrt. Das Mädchen lässt nicht von ihm ab, hakt sich bei ihm unter, sie gehen jetzt im Gleichschritt, Hüfte an Hüfte, wie ein frisch verliebtes Paar.

Sie sucht nach seinem Blick, hat mit der Hand, die er eben noch am Rücken fühlte, schon unter sein Hemd gefunden, und als er den Blick ein wenig zu ihr schwenkt, sieht er, wie sie in einer fließenden, blitzschnellen und doch auch lasziv betonten Bewegung und aller Kälte zum Trotz eine seidenweich glänzende Brust entblößt. Der Anblick zerrt an ihm, er fühlt den Strudel, der zu ihr führt, aber er will nicht, will nicht mit irgendeiner schlafen, er will seine Rina, sonst keine, er hat die schönsten Nachrichten von ihr, griffbereit auf seinem Telefon, zehnjährige Nachrichten voller Liebe, die morgen schon ihre Fortsetzung finden könnten, und als ihn das Mädchen schließlich beleidigt von sich schiebt, fühlt er sich ebenso erlöst wie enttäuscht.

Er geht weiter, raschen Schrittes, und hat irgendwann das Viertel und dessen Lebendigkeit hinter sich.

Gschwind wünscht sich weit weg; er verflucht diesen Job, der, wenn er Rina glauben darf, hauptsächlich schuld daran ist, dass sie ihn nicht mehr liebt. Und doch muss auch Rina verstehen, dass es ohne den Erfolg im Job nicht geht, dass ohne den Erfolg im Job nichts geht, auch wenn Frau Doktor Lepple schon lange darauf drängt, dass er weniger leisten soll.

Situationen wie die gegenwärtige, so redet er sich ein, gehören einfach dazu, gehören zu den Herausforderungen für einen, der bei Valnoya einen fetten Lohn einfahren will. Er sagt es sich, sagt es sich wieder und wieder mit lauter Stimme, und fühlt sich doch von Minute zu Minute deutlicher umzingelt von bodenloser Sinnlosigkeit.

Er holt sein Telefon hervor, schafft es aber nicht, Rina anzurufen. Gerne würde er heulen, aber es geht nicht, Unruhe und Anspannung sind viel zu groß.

Als er den Stadtrand erreicht, wählt Gschwind einen Pfad, der hochzuführen scheint auf einen kargen Hügel. Es tut ihm gut, seinen Atem, die Anstrengung zu spüren. Er fühlt sein Herz klopfen, denkt kurz an das operierte, geschwächte Herz seines Nachbarn, an den er überhaupt nicht denken will.

Seine Gedanken fest an die Zügel nehmend, fasst Gschwind den Vorsatz, im Tempo nicht nachzulassen, auch wenn es steiler wird, auch wenn sein Hirn wieder an Rina denken will. Genau das hätte er lange schon tun sollen: ein bisschen Sport, ein wenig den Kopf durchlüften.

Ein beißender Geruch sticht ihm in die Nase. Gut möglich, dass dies das Schwefeldioxid ist, aber er will ganz nach oben, er will jetzt nicht innehalten, will seinen Pulsschlag genießen, die Anstrengung, in der sich sein Körper gerade zuhause fühlt.

Die Anhöhe erlaubt ihm schließlich einen Rundblick über das nächtliche, von schwachen, gelb leuchtenden Lichtern und einem fahlen Mond erhellte Cerro de Pasco, auf die in eine längliche

Mulde hineingewürfelten Behausungen, auf das absurd große Loch, das sich mitten in der Stadt auftut, eine tiefschwarze Öffnung in den Abgrund einer haltlosen Erde, umgeben von einer endlosen, kahlen und leergebuddelten Landschaft.

Er schaut und schaut und setzt sich schließlich auf einen Stein und weiß nicht mehr weiter. Aus purer Gewohnheit holt er sein Telefon hervor. Noch bevor er überlegen kann, hat sein Daumen die App mit den News geöffnet.

Er liest, dass der Kanton Bern die aufgrund des sogenannten Durchmesser-Skandals angehaltenen Sondierungsbohrungen wieder aufgenommen hat. Zu seinem Erstaunen sogar im bisherigen Durchmesser. Es sei logistisch wie technisch nachteilig, inmitten einer Bohrung den Durchmesser zu verändern, heißt es. Das Material, das zusätzlich zum wissenschaftlich benötigten Bohrkern anfalle, werde der Kanton nach Möglichkeit dem Markt zuführen.

Gschwind klopft sich auf den Oberschenkel und schüttelt den Kopf.

Ihm ist, als habe der Kanton damit den staatsanwaltlich belasteten Hillers im Grunde freigesprochen: Die haben also begriffen, denkt er, dass Hillers ein schlaues Köpfchen ist, dass er verstanden hat, wie sich eine teure Sondierungsbohrung in ein ökonomisch interessantes Projekt verwandeln lässt. Der Artikel schließt mit dem Hinweis, die Staatsanwaltschaft habe am Aarauer Hauptsitz von Valnoya Computer, Festplatten und Akten beschlagnahmt. CEO Daniel Hillers befinde sich in Untersuchungshaft.

Kurz muss Gschwind an die Schwarzgeldkasse denken. Aber selbst, wenn die Polizei die Kasse finden sollte, hält Gschwind es für höchst unwahrscheinlich, dass ihn das in Schwierigkeiten bringen könnte. Es existiert keine Unterschrift, keine Mail, die ihn belasten könnte. Lesen zu müssen, dass Hillers für seine kluge, wenn auch vielleicht nicht sonderlich klug ausgeführte Idee in Haft sitzt, empört Gschwind.

Seine Entrüstung über diese Ungerechtigkeit hält noch an, als sein Finger bereits die nächste Nachricht antippt. Gschwind kann kaum glauben, was über die *Queen* geschrieben steht. Bedeutend schlimmer aber treffen ihn die groben Anschuldigungen, die seiner Mutter gemacht werden. Am Schluss eines ausführlichen Artikels, der den rekordmäßig tiefen Wasserstand des Thunersees zum Thema hat und in einem irritierend alarmierenden Ton verfasst ist, findet er den Hinweis, dass Barbara Gschwind den Medien zurzeit nicht zur Verfügung stehe; sie sei schon am Tag nach der Havarie in eine Burnout-Klinik eingeliefert worden.

Gschwind schluckt. Er weiß nicht, wie spät es jetzt in der Schweiz ist, aber er wählt sofort Barbaras Nummer. Sie geht nicht ran. Eilends liest er einen weiteren Artikel, der ebenfalls scharfe Kritik an der Person seiner Mutter übt. Und ebenfalls eine Klinik im bündnerischen Lavin erwähnt. Wieder wählt er ihre Nummer, wieder hebt niemand ab.

Gschwind versucht, ruhig zu überlegen. Schaut sich an, wo dieses Lavin liegt. Übermorgen wird er hier abreisen, Sebastian wird ihm die aufbereiteten Daten kurz nach seiner Ankunft in der Schweiz übermitteln. Die bisherigen Werte sind nicht gerade schmeichelhaft. Aber es wird ihm gelingen, sie so zu interpretieren, dass sie sich für seine Zwecke eignen. Und falls ihm diese Interpretationsleistung nicht zu viel Zeit raubt, will er unbedingt noch vor seinem Fernsehauftritt seine Mutter in Lavin besuchen. Wenn er sonst nichts für seine Familie tun kann, dann wenigstens das.

*

KAPITEL 36

Als sich Pascal Gschwind am Zürcher Hauptbahnhof mit einer herzlichen Umarmung von Camille de la Rochefoucauld verabschiedet, sich ausführlich bei ihr bedankt, den Rollkoffer ins Parkhaus zieht, zu seinem Tesla geht, das Gepäck auf die Rückbank schmeißt und schließlich einsteigt, fühlt er sich gerädert und übermüdet, vor allem aber melancholisch. Matt sitzt er hinter dem Lenkrad, startet den Motor nicht, fährt nicht los; er denkt an die intensive Zusammenarbeit mit Camille und Sebastian, bemerkt, wie gut ihm das eigentlich gefallen hat, wie sehr ihm die gastfreundlichen und den schwierigen Lebensumständen zum Trotz glücklich wirkenden Peruaner imponiert haben. Er mag sich das nicht eingestehen, und doch vermisst er schon jetzt die Nähe, die er mit diesen Menschen geteilt hat. Er fühlt, er wird hier, in seiner Schweiz, auf eine kaputte Ehe, einen fahnenflüchtigen Sohn und einen ihn maßlos beanspruchenden Job treffen, auf nichts anderes. Er hat keinen Elan, jetzt an den Schutzengelweg zu fahren, um dort einsam hinter dem Bildschirm zu sitzen.

Er hofft, Musik werde ihn aufheitern. Der Sender, den er meist hört, strahlt eine Diskussionssendung aus, der Name *Gabriela Hollenstein* fällt, vom Thunersee ist die Rede, dessen Wasserspiegel sich inzwischen so weit abgesenkt hat, dass keine Linienschiffe mehr kursieren können. Auch auf dem Bieler-, dem Murten- und dem Neuenburgersee zeichnet sich ab, dass die Linienschifffahrt aufgrund zu niedriger Wasserpegel komplett eingestellt werden muss. Offenbar ist Gabriela Hollenstein zu dieser Sendung eingeladen, weil sie die Meinung vertritt, der extrem niedrige und weiterhin rasant sinkende Wasserpegel des Thunersees lasse sich nicht allein mit der Dürre erklären.

Es sei unbestritten, so Hollenstein, dass sowohl die Simme wie auch die Kander derzeit nur wenig Wasser in den See leiten. Wer aber sehe, welch geringe Wassermengen die Aare führt, die inzwischen einem Rinnsal gleiche, müsse irritiert sein. Es lohne sich, die Messdaten genauer anzuschauen.

Innerhalb der letzten zehn Tage, gibt sie in einem alarmiert klingenden Tonfall zu verstehen, sei der Spiegel des Thunersees um 35 Zentimeter gesunken. Ausgehend von diesen 35 Zentimetern, die, multipliziert mit der Seefläche von 48 Quadratkilometern, ein absurd großes Volumen ergeben, verbindet Hollenstein pedantisch die Daten aller Zuflüsse einerseits mit der Abflussmenge der Aare und der natürlichen Verdunstung andererseits zu einer, und sie betont es, sehr vorsichtig geschätzten Gesamtwassermengenberechnung.

Gschwind hört aufmerksam zu. Er hat das Gefühl, der Reigen der Zahlen werde kein Ende nehmen, und sieht sich schon im Fernsehstudio diese derart zahlenfixierte Frau daran erinnern, dass Menschen nicht nur aus Wissenschaft bestehen, dass Lebensfreude nicht von Grenzwerten abhängt.

Mindestens 17 Milliarden Liter Wasser, so Hollensteins Fazit, seien dem Thunersee inzwischen abhandengekommen.

Die Moderatorin gibt zu erkennen, dass sie mit dieser Zahl nicht viel anfangen kann.

Hollenstein reagiert verständnisvoll. Sie sagt, die Zahl selber sei nicht wichtig. Wichtig allein sei deren Größenordnung. Denn diese lasse den tiefen Seespiegel selbst dann rätselhaft erscheinen, hätte der See aufgrund der Dürre seine Verdunstungsverluste verdoppelt oder gar verdreifacht.

Eine Pause entsteht; offenbar ist Gschwind nicht allein mit seiner Meinung, dass sich diese Gabriela Hollenstein nicht besonders gut erklären kann.

»Kommen wir zu Ihrer These, Frau Hollenstein«, sagt die Moderatorin, bemüht, die Zahlen hinter sich zu lassen.

Eine These sei nichts anderes als eine Vermutung, ein Erklärungsversuch, schickt Gabriela Hollenstein voraus, und klingt besorgt, als sie unterstreicht, wie erleichtert sie im Namen der Wissenschaft wäre, würden ihrer Vermutung andere Thesen gegenübergestellt werden. Weil aber bisher niemand, der sich mit der Materie befasst, ihre Berechnungen anzweifle, und weil ungefähr 48 Stunden vor der Havarie der *Queen* mindestens fünf der Sondierungsbohrungen am Beatenberg erstmals Tiefen erreicht hätten, die unter dem Niveau des Seespiegels liegen, sei leider glaubhaft anzunehmen, die Bohrungen hätten eine bestimmte Gesteinsschicht durchbrochen oder regelrecht zerstört, sodass der Thunersee nun unterirdisch Wasser verliere.

Hollenstein legt eine Pause ein. Auch die Moderatorin schweigt, wie um dieser Ungeheuerlichkeit Platz zu verschaffen.

Dann sagt Hollenstein langsam und wieder in einem Tonfall, der ihre eigene Erschütterung nicht verbergen will: »Falls das stimmt – und wie gesagt, für eine Falsifizierung habe ich ein offenes Ohr, Wissenschaft benötigt den Widerstreit – aber falls das stimmt, so ist der Kanton Bern mit seinen demokratisch nicht legitimierten und selbst nach dem haarsträubenden Durchmesserskandal rücksichtslos weitergeführten Bohrungen nicht nur verantwortlich für die kostspielige Havarie des größten Linienschiffs der Schweiz, sondern auch und in allererster Linie für eine Naturkatastrophe, deren potenzielles Ausmaß ich mir lieber nicht vorstelle.«

Die Moderatorin, hörbar verunsichert durch dieses Szenario, fragt nun, ob Hollenstein denn auch erklären könne, was mit dem auslaufenden Wasser geschehe.

Mit etwas Glück, sagt Hollenstein, gingen diese Wassermassen ins Grundwasser über, füllten riesige Reservoirs, würden aufgestaut – und irgendwann könnte sich der Seespiegel wieder seinem ehemaligen Niveau angleichen. Ohne dieses Glück aber, und wieder wird ihre Stimme bedrohlich ernst, werde sich das Wasser nirgends einlagern, sondern werde sich, geleitet von geologischen Verhältnissen, einen Weg bahnen. In diesem Fall wäre – sie unterstreicht kurz, dass das Ganze eine Vermutung ist – mit langanhaltenden Überschwemmungen zu rechnen.

Die Moderatorin fragt, welche Region davon betroffen sein könnte.

Dazu möchte sie, sagt Hollenstein, keine Spekulationen äußern. Aufgrund bisheriger Kenntnisse der Grundwasserströme der Schweiz würde sie an nördlich gelegene Regionen denken.

Gschwind schaltet das Radio aus. Er fragt sich, wie Gabriela Hollenstein, immerhin Professorin an der Technischen Hochschule in Zürich, es wagen kann, sich mit einer derart schwarzen These in der Öffentlichkeit zu exponieren. Gefährdet sie damit nicht ihren Ruf? Sollte sich in einigen Tagen herausstellen, dass sich am Thunersee alles ganz anders verhält – wie wird sie dastehen mit ihrer apokalyptischen Vorstellung, der Thunersee habe ein Loch und laufe unterirdisch aus?

Gschwind startet seinen Tesla und macht sich auf den Weg ins Büro. Auf der Fahrt denkt er über das Gehörte nach, kann sich jedoch nicht entscheiden, was er von Hollensteins These halten soll. Gerne würde er jetzt mit Daniel Hillers über die Sache reden. Aber der sitzt, nach allem, was Camille ihm hat sagen können, wohl noch eine Weile in Untersuchungshaft. Gschwind bedauert ihn. Am liebsten würde er ihn besuchen und noch lieber dort rausholen.

Dass der Thunersee dramatisch viel Wasser verliert – Gschwind will es noch immer nicht glauben. 35 Zentimeter in zehn Tagen. Vielleicht müsste es einfach mal wieder so richtig regnen.

Sollte sich die Hollsteinsche These bewahrheiten, wäre dies für alle weiteren Bohrungen und für den Abbau von Rapacitanium eine Katastrophe, für seine in der Burnout-Klinik sitzende Mutter jedoch ein Geschenk. Der in allen Medien verbreitete Vorwurf, sie habe als Kapitänin versagt, sie hätte dem Wasserpegel des Sees mehr Beachtung schenken sollen, würde sich in Luft auflösen. Besser gesagt: in Wasser.

KAPITEL 37

In seinem Büro hat Pascal Gschwind mehr und mehr Mühe, die nötige Konzentration aufzubringen, um die dringlichste Korrespondenz zu erledigen, die er erledigt haben möchte, bevor er von Sebastian die Daten aus Peru übermittelt bekommt. Er ist entschlossen, die Messwerte unbeschönigt in seinen Bericht einzuarbeiten, der deutlich machen wird, dass Valnoya nicht für die Folgen einer seit über 300 Jahren andauernden Bergbaugeschichte in der Umgebung von Cerro de Pasco zur Verantwortung gezogen werden kann. Im Gegenteil, sein Bericht wird darlegen, dass sich die Verantwortung von Valnoya in einem Bereich von wenigen Prozenten bewegt.

Nach den ersten 20 Mails holt er sich einen Kaffee und begibt sich, was er noch nie gemacht hat, mit der Tasse in der Hand auf die Terrasse. Dort draußen, seinen Blick auf die Wipfel der Nadelbäume gerichtet, gönnt er sich einen großen Schluck und strengt sich an, sich nicht anzustrengen bei dem Versuch, durchzuatmen und zu neuer Energie zu finden – und wie aus dem Nichts trifft ihn der Gedanke, nein, die Gewissheit, dass Bernhard Ruthenbeck, sein herzschwacher, seine Ehe zertrampelnder Nachbar, genau jetzt mit seinem Boot auf dem See ist und absäuft.

In seinem Innern sträubt sich alles gegen diese Gewissheit, gegen diese felsenfeste Ahnung, aber was auch immer Gschwind zu denken versucht, die Gewissheit lässt sich nicht verjagen; ungesäumt steigen erschreckende Schuldgefühle in ihm hoch.

Pascal Gschwind wähnt sich beobachtet, er schaut sich um, aber da ist niemand.

In der Hoffnung, es ließe sich, was er eben gedacht und gefühlt hat, noch loswerden, legt Gschwind ein paar Schritte auf der Terrasse zurück. Er entfernt sich von seinem Standpunkt, als wolle er Abstand finden zu sich selbst, wie er dort in die Wipfel blickend gestanden hat und von dieser absurden Gewissheit angefasst worden ist. Er hatte keinen Gedanken an den See verschwendet, keinen an Rina, und erst recht keinen an Bernhard Ruthenbeck, und doch steht dieser jetzt vor ihm auf dem See in seinem gefluteten Boot und kämpft panisch gegen die Unausweichlichkeit des Schicksals an.

Nach gut zehn Schritten hält Gschwind inne, dreht sich um und schaut zurück. Er hat das Gefühl, auf der Terrasse mit sich zu zweit zu sein. Wenn nicht gar zu dritt: Er, der hier über all dies nachdenkt, dann er, wie er dort hinten steht, angefasst von der aus dem Nichts kommenden Gewissheit, und schließlich er selbst, hier wie dort, von einem bodenlosen Schuldgefühl zerrissen.

Kurz fühlt Gschwind, wie sich in ihm der Wunsch breitmacht, genau jetzt jemanden anzurufen, der ihm erklärt, alles sei normal und gut.

Der Kaffee, an dem Gschwind nippt, ist fast erkaltet. Ein Vogel fliegt von einem Wipfel fort in die freie Luft, und Gschwind versucht ein letztes Mal, diesen Gedanken- und Gefühlsüberfall von sich abzuschütteln. Er hat noch nie an so etwas wie Gedankenübertragung geglaubt; auch ist er nicht bereit, an dieser Haltung etwas zu ändern. Den wie auch immer zu benennenden psychologischen Vorgang, den er soeben durchlebt hat, zu leugnen, erlauben ihm seine strengen Denkgewohnheiten aber auch nicht. Vorerst muss er sich folglich damit abfinden, für den Rest des Tages, bis er das unberührt in seinem Bootshaus liegende Boot seines Nachbarn zu sehen bekommt, mit dem Gefühl einer möglichen Schuld zu leben.

Um Konzentration bemüht, setzt er sich wieder ins Büro, Ruhe findet er keine.

Ihm wird klar, juristisch gesehen einen Hausfriedensbruch und Sachbeschädigung begangen zu haben. Er möchte dieser beschämenden Tat etwas Gutes entgegensetzen.

Da er davon ausgeht, dass seine Ehe nicht mehr zu retten ist, nimmt er seinen Sohn in den Fokus. Und hat eine Idee, die ihm, wie er findet, ohnehin längst hätte zufallen müssen: Er wird so schnell wie möglich den Hof auf dem Beatenberg kaufen – und zwar für Levin. Für Levin und dessen Bewegung *Back to the Fruits*. Die lachhaft kleine Waldhütte taugt doch nicht für eine anständige Schule!

Der Gedanke, seinen Sohn mit dieser nicht gerade kleinherzigen Geste zu überraschen und ihm so sein Wohlwollen, seine Liebe zu zeigen, verleiht Gschwind neue Energie. Zum ersten Mal seit Rinas Offenbarung fühlt Gschwind, es könnte sich trotz allem lohnen, nicht gleich das gesamte Privat- und Familienleben abzuschreiben.

Dass der Bauernhof irgendwann einer Mine wird weichen müssen, hält Gschwind für ein nichtiges Detail. Bis die schrecklich langsame Schweiz für einen Rohstoffabbau inmitten ihrer Bergwelt mental und politisch parat sein wird, werden seiner Überzeugung nach noch mindestens drei Jahre vergehen, drei Jahre, in denen Levin schon ganz woanders stehen wird in seinem Leben.

Das Vorhaben fühlt sich sehr gut an. Das erdrückende Schuldgefühl ist deutlich in den Hintergrund getreten. Es beruhigt Gschwind zu sehen, wie einfach es im Grunde ist, für seine Mutter und seinen Sohn Gutes zu tun. Und wie rasch es damit auch gelingt, schiefe Emotionen abzuwenden.

Als er sein Postfach öffnet, ist die Mail von Sebastian eingetroffen. Die Geoped-Daten sind da. Eine umfangreiche Exel-Tabelle, deren Ziffern und Spalten erst einmal verstanden werden wollen. Es gelingt Gschwind, sich zu konzentrieren.

*

KAPITEL 38

Als er kurz nach fünf Uhr früh unter seinem Bürotisch liegend vom Telefonwecker aus dem Schlaf geholt wird, fühlt sich Pascal Gschwind erstaunlich ausgeruht. Gut möglich, dass seinen Nerven die Reise nach Peru gutgetan hat. Als er die aus Gründen einer besseren Übersicht gestern ausgedruckten Tabellen mit den Messwerten auf seinem Bürotisch liegen sieht, verflüchtigt sich sein frühmorgendlicher Elan. Die Daten bereiten ihm Kummer: An 21 Standorten sind insgesamt 196 einzelne Messwerte entstanden, 131 davon übersteigen die von der Weltgesundheitsorganisation festgelegten Grenzwerte. Zum Teil sogar massiv, allen windgeschützten Innenräumen zum Trotz.

Am liebsten hätte er sich in einem Gespräch mit Hillers eine Taktik überlegt – oder gleich entschieden, mit diesen Daten nicht an die Öffentlichkeit zu treten. Als einzig gangbarer Weg erscheint ihm eine Argumentation, die sich ausschließlich auf den zeitlichen Horizont konzentriert: 300 Jahre staubige Minen in Cerro de Pasco, fünf Jahre lokales Engagement von Valnoya. Dass dies keinen Versuch darstellt, sich aus der Verantwortung zu ziehen, würde er aufzeigen, indem er alle sozialen Engagements seiner Firma detailreich erwähnt. Diese Inhalte will er in den nächsten zwei Tagen aufpolieren.

Nachdem er sich auf der Toilette mit kaltem Wasser das Gesicht gewaschen hat, holt er sich einen doppelten Espresso, setzt sich an seinen Tisch und prüft die wichtigsten Nachrichtenkanäle. Es überrascht ihn wenig, dass Hollensteins These zum unterirdischen Abfluss des Thunersees einen medialen Wirbelsturm ausgelöst hat. Gschwind liest sehr genau, scannt die Artikel auf Ziffern, Nummern und Zahlwörter ab, doch wie es scheint, ist keiner der Diskutanten bereit, auch nur ansatzweise behaupten zu wollen, Hollenstein operiere mit falschen Zahlen oder Grundannahmen. Ihre apokalyptisch anmutende Schlussfolgerung löst zwar einen überwältigenden Spott aus, sie gilt als Hysterikerin, als Kassandra der Ökologie, allerdings stellt niemand eine konkurrierende These auf, selbst das Amt für Gewässerregulierung bleibt stumm. Inzwischen liegt der Seespiegel knapp 40 Zentimeter unter dem Normalniveau. Die Aufgabe, schlüssige Erklärungen zu finden, wird dringlicher.

Gschwind findet das bemerkenswert. Er nimmt sich vor, seiner politischen Feindin vor laufender Kamera ein Kompliment zu machen für ihre gewagte, aber überzeugende Theorie. Das wird sicherlich sympathisch wirken.

Beunruhigt von der Vorstellung, die Sondierungsbohrungen könnten tatsächlich schuld sein am Wasserverlust des Thunersees, beunruhigt auch von der Vorstellung, es werde vielleicht aufgrund geologischer Verhältnisse tatsächlich nicht möglich sein, das Rapacitanium am Beatenberg abzubauen, legt er sein Telefon zurück in die Mappe.

Dann holt ihn die Erinnerung an den vermeintlich abgesoffenen Ruthenbeck ein. Gschwind möchte sich das lieber nicht eingestehen, aber ihn erfasst, kaum denkt er an diesen Mann, ein furchtbar schweres Schuldgefühl. Es wird ein Umweg sein, doch Gschwind ist klar, er muss, um sich beruhigen zu können, auf dem Weg nach Lavin in Oberhofen vorbeifahren.

Er gönnt sich einen weiteren doppelten Espresso, wählt vergeblich die Nummer seiner Mutter, und setzt sich dann in seinen Tesla.

Als er sich nach zügiger Fahrt dem Ufer des Thunersees nähert, wirft er einen prüfenden Blick auf das Wasser. Das Seebecken ist tatsächlich nicht voll, aber alles wirkt friedlich. Silbern glänzt der See im Herbstlicht, nichts Außergewöhnliches lässt sich entdecken. Dass keine Linienschiffe kursieren, macht vielleicht den einzigen Unterschied.

Als Gschwind nach Oberhofen gelangt, sieht er aus einiger Distanz einen Streifenwagen in seiner Garageneinfahrt stehen.

Innerlich zuckt er zusammen. Sein Körper wird in einen alarmierten Zustand versetzt; er denkt an Diebstahl, an das viele Geld im Safe.

In allerletzter Sekunde, er hat den Blinker bereits gesetzt, entscheidet er sich, nicht abzubiegen.

Er bleibt auf der Hauptstraße.

Rollt einfach vorwärts.

Zögerlich und immer wieder einmal zum Streifenwagen blickend, fährt er an seinem Grundstück vorbei. Erst jetzt beginnt er die heftige Anspannung zu spüren, die von ihm Besitz ergriffen hat. Das absaufende Boot seines Nachbarn steht ihm klar vor Augen.

Egal, wie sehr er sich dagegen sträubt, die Gewissheit, die ihn auf der Terrasse ereilt hat, ist nun gegenwärtig. Und also muss wahr sein, was seine Vision ihn hat sehen lassen, muss wahr sein, dass Bernhard Ruthenbeck gestern auf den See hinausgefahren ist. Muss wahr sein, dass sich die Polizei den Schaden anschaut. Dass sie mit Ruthenbeck und Rina spricht. Dass man eine Anzeige bespricht – und über ihn redet. Über ihn, der sowohl ein Motiv als auch eine Tatwaffe hat. Tatsächlich denkt Gschwind das Wort *Tatwaffe*. Auch dieser Gedanke verweigert sich einer Zurücknahme.

Dass der Anblick eines Streifenwagens genügt, um sein Gewissen derart aufzuwühlen, flößt Gschwind Angst ein.

Er gerät ins Fahrwasser einer unheimlichen Stimmung.

Es ärgert ihn, sich eingestehen zu müssen, dass er mit diesen psychologischen Vorgängen nicht souverän umzugehen weiß.

Klar, sagt er sich: Es kann sein, dass bei ihnen eingebrochen worden ist, dass die arme Rina die Polizei gerufen hat. So wenig er sich mit den Folgen eines Einbruchs herumschlagen möchte, so lieb wäre ihm, sein Bauchgefühl würde ihm den Einbruch bestätigen.

Tut es aber nicht.

Es verharrt beim Boot. Bei Ruthenbeck. Bei seiner Schuld.

Kaum hat Gschwind das Dorf hinter sich gelassen, fährt er rechts heran an eine kleine Picknickstelle mit Holzbank und steigt aus. Von einem Panorama zu sprechen wäre übertrieben, und doch liegt dieser Straßenabschnitt ein klein wenig erhöht, bietet einen schönen Blick über den See. Das eigene Haus kann Pascal Gschwind nicht erkennen, er sieht nur den vorderen Teil der Kronen seiner Silberweiden. Aber das Haus der Ruthenbecks ist zu sehen, inklusive Bootshaus – und dieses ist leer. Kurz glaubt Gschwind, er deute etwas falsch, dann aber erkennt er deutlich das ihm wohlbekannte Dach und ist sich sicher: Bernhards Boot ist nicht mehr, wo es sein soll.

Wenn er es richtig interpretiert, stehen zwei Polizisten vor dem Ruthenbeck'schen Bootshaus. Pascal Gschwind fühlt einen stechenden Druck in seiner Brust.

Er stützt sich an der Lehne der Holzbank ab.

Es ist ihm nicht mehr möglich zu zweifeln: Das Boot ist abgesoffen. Und ganz sicher, so denkt er gequält, sagen Bernhard und Rina aus, dass er, Gschwind, unendlich eifersüchtig sei.

Gschwind kann sich nicht erklären, wie es ihm gelungen ist, die Sache derart lange zu verdrängen. Er hätte sich doch von Peru aus bei den Ruthenbecks melden können. Oder, meine Güte: Er hätte sich bei Rina melden und ihr etwas von einer Thuner Jugendbande vorschwindeln können, die angeblich Motorboote aufbohren. Egal was und wie, es hätte Wege gegeben, den Kopf frühzeitig aus der Schlinge zu ziehen.

Aber nein, er hatte sich in Peru um seine Arbeit gekümmert, um diese lachhaft aufwendigen Luftqualitätsmessungen, um die Frage, wie einem Schweizer Fernsehpublikum beizubringen wäre, dass es physikalisch unmöglich ist, die Schwermetallbelastungen in der Luft von Cerro de Pasco von heute auf morgen auf ein gesundes Maß zu reduzieren, und er kann sich bestens erinnern: In dem Moment, da er das letzte Loch in die Bootswand gebohrt hatte, war die Sache für ihn erledigt. Auftrag sauber erfüllt, Rechnung gestellt, fertig. Zurück ins Kellerbett und schlafen – das war tatsächlich, was er damals gefühlt hat.

Die Rechnung aber ist noch offen, und leider ist es an ihm, sie zu begleichen. Gschwind aber hat überhaupt keine Lust, diesem idiotischen und idiotisch wohlhabenden Ehebrecher etwas zu bezahlen.

Er fragt sich, wie er juristisch vorgehen kann gegen eine Anklage wegen Sachbeschädigung. Da er das Boot im Bootshaus angebohrt hat, kommt wohl tatsächlich ein Hausfriedensbruch mit auf die Rechnung. Gschwind sucht und findet in seinen Kontakten die Nummer von Beat Stettler, einem befreundeten Anwalt, aber er zögert, ihn anzurufen. Erst will er mehr Klarheit.

Als er schließlich den Streifenwagen in Richtung Thun wegfahren sieht, geht Gschwind davon aus, dass die Luft wieder rein ist. Er steigt ein, fährt in gemächlichem Tempo auf sein Haus zu. Tatsächlich: Kein Streifenwagen mehr in Sicht. Bloß ein undeutliches Flimmern liegt in der Luft. Das müssen seine müden Augen sein.

Haben sie Rina mit auf den Posten genommen?

Ist Rina bei Bernhard?

Als Gschwind auf das Grundstück einbiegt und ein paar Meter vor der Garage seinen Wagen anhält, ist ihm, als sitze er in einer Falle. Seine Ohren füllen sich mit einem feinen alarmierenden Pfeifton, er fühlt in seinen Unterarmen eine unangenehme Anspannung. Für einen Augenblick ist er unfähig, sich zu rühren.

Gschwind verlässt schließlich seinen Wagen, geht auf direktem Weg in den Keller und horcht, auf der Treppe stehend, hoch ins Erdgeschoss, wo alles ruhig zu sein scheint. Seinen Safe öffnend, tritt Schweiß auf seine Stirn, durchzieht eine schlagartige Hitze seinen Körper; das Geld ist noch da. Er ist nicht sicher, ob er klar zu denken fähig ist, aber es scheint ihm von Vorteil, alles Geld mitzunehmen. Weil er keine Tasche griffbereit hat, holt sich Gschwind von seinem improvisierten Bett den Kissenbezug und füllt die zu Packen gebundenen Scheine hinein.

Als er die Werkbank passiert, fällt ihm die an der Wand hängende Bohrmaschine auf. Ihm ist, als schaue sie ihn an, nicht er sie. Er bemüht sich vergeblich, seine Nervosität zu unterdrücken.

Ist es, fragt er sich, denkbar, dass Rina die Polizisten in den Keller gelotst und ihnen die Bohrmaschine gezeigt hat? Vor wenigen Minuten erst? Und die Beamten haben zufrieden festgestellt, dass der aufgeschraubte Bohrkopf exakt jenen Durchmesser aufweist, der zu den Löchern im Boot passt? Worauf der endlos kluge Bernhard, neben der schönen Rina stehend, ganz lakonisch gesagt haben dürfte: Hab ich's doch gewusst!

Nein, das kann sich Gschwind nicht vorstellen. Die Bohrmaschine fixiert ihn; er kann seinen Blick nicht von ihr lassen. Wird nicht gerade der Umstand, dass er die Maschine ganz banal wieder an ihren Stammplatz zurückgehängt hat, in aller Deutlichkeit beweisen, dass er im Affekt gehandelt hat? Im Windschatten eines schrecklich realistischen Albtraums? Und wieso eigentlich sollte diese Sachbeschädigung so schlimm sein, dass sie eine Anzeige rechtfertigt? Verglichen mit dem Ehebruch seiner Frau, kombiniert mit dem von Ruthenbeck, ist das doch nichts als eine winzig kleine Lappalie, wie Rina es ausdrücken würde.

Gschwind gibt sich einen Ruck, wendet sich von der Werkbank ab. Sogleich aber kehrt etwas in ihm zurück, streckt etwas in ihm die Hand aus und holt den Bohrer von der Wand.

Dem Gefühl, mit genau dieser Handlung seine Schuld nur noch zu unterstreichen, schleudert er einen lautlosen Fluch hinterher.

Hausfriedensbruch und Sachbeschädigung, wahrscheinlich vorsätzliche. Wahrscheinlich mutwillige und böswillige Sachbeschädigung. Gut: Er hat genügend Bargeld auf der Seite, um allfällige Bußen zu begleichen. Hauptsache, Ruthenbeck hat seinen

Denkzettel verpasst bekommen. Hauptsache Rina sieht, dass diese Geschichte nicht spurlos an ihm vorbeizieht.

Jetzt doch erleichtert, lässt Gschwind den Keller hinter sich. Als nächstes einen Kissenbezug voller Tausendernoten auf die Rückbank seines Teslas schmeißen zu können, trägt dazu bei, dass sich sein Selbstwertgefühl etwas erholt. Am liebsten würde er den schwer gefüllten Kissenbezug gleich wieder von der Rückbank hervorholen, um ihn nochmals und mit noch mehr Elan auf die Rückbank zu werfen – er glaubt es selbst kaum, aber er fühlt sich gerade ziemlich sexy. Ein Jammer, dass ihn Camille jetzt nicht sehen kann.

Derart viel Geld auf dem Rücksitz liegen zu haben, verursacht in ihm auch keine Bedenken; das Schließsystem des Teslas ist ja im Grunde ähnlich sicher wie ein Safe.

Gschwind wischt sich Schweiß von der Stirn, wirft den Motor an und fährt los in Richtung Lavin.

*

KAPITEL 39

Der flinke, auch in scharfen Kurven kompromisslos spurtreue, satt auf dem Asphalt liegende und jede noch so unbedeutende Veränderung am Gaspedal sofort umsetzende Tesla: für Pascal Geschwind ein Wunder der Technik. Ihn besänftigt es, den Wagen präzise nach seinem Willen handeln zu sehen. Das Gefühl, durchaus kontrollieren zu können, was in seinem Leben passiert, kehrt allmählich zu ihm zurück.

Allerdings stört es ihn empfindlich, bei normaler Sitzposition im Innenrückspiegel nur einen Zipfel des Kissenbezugs zu sehen, aber fast den ganzen Akkubohrer. Um dies zu ändern, löst er den Sicherheitsgurt und greift arrangierend nach hinten. Am liebsten hätte er den Bohrer ganz aus dem Sichtfeld des Innenrückspiegels verbannt. Allerdings möchte er verhindern, dass er den Bohrer zu entsorgen vergisst; schließlich platziert er ihn so auf der Rückbank, dass im Spiegel ganz unten rechts noch ein winziger Teil von ihm zu sehen ist.

Nur ungern gesteht er sich das Gefühl ein, wie dünn die Firnis seiner Ruhe ist. Gerne würde er glauben, es handle sich bei ihm um einen erfolgreichen Mitarbeiter einer international führenden Firma, der sich an einem gewöhnlichen Arbeitstag die Zeit nehmen kann, seine sich in einer Burnout-Klink erholende Mutter zu besuchen. Das im Kissenbezug verstaute Geld und der Akkubohrer, der die feinen Rückstände einer perforierten Bootswand mit sich trägt, drängen ihn aber zu der Annahme, er ähnle einem Verbrecher auf der Flucht.

Im Radio wird eine Unterwassersprengung erwähnt, die den Felsen der Beatenbucht, der zum Verhängnis der *Queen* geworden ist, in Stücke reißen soll. Aufgrund des niedrigen Wasserpegels und der unklaren geologischen Situation des Thunersees aber sehe, so heißt es, die Schifffahrtsgesellschaft vorerst von einer Sprengung ab. Die Gesellschaft habe aufgrund der Betriebseinstellung

Kurzarbeit beantragt; sie hoffe, auf Kündigungen verzichten zu können.

Es wird weiter diskutiert und der Fokus auf die Frage gerichtet, ob nicht eine Detonation alter Munition ein Loch in den Thunersee gerissen haben könnte. Ein Sprecher des Militärdepartements wird dazu befragt, und er spricht dabei derart langsam, dass Gschwind den Eindruck gewinnt, es könnte sich um einen satirischen Beitrag handeln. Er habe zwar Verständnis, wenn gewisse Bürger dazu neigen, ihrer Fantasie in Bezug auf eine Munition, die zwischen 1940 und 1960 vom Militär im See versenkt worden sei, freien Lauf zu lassen, sagt der Sprecher. Aber am Boden des Thunersee lagere sich jährlich eine circa zwei bis vier Zentimeter dicke Sandschicht ab; der Großteil der damals versenkten Munition befinde sich inzwischen also unter einer bis zu vier Meter dicken Sanddecke. Das Risiko einer Detonation alter Bomben liege, wenn er sich einmal etwas salopp ausdrücken dürfe, bei unter null.

Dass sich dieser Sprecher, wahrscheinlich tadellos uniformiert an einem uralten Telefonapparat sitzend, tatsächlich einen feinen Lacher über seinen eigenen Scherz erlaubt, macht Gschwind gute Laune. Es passt dieser Radioauftritt gut zu Gschwinds Bild der Schweizer Armee, die seiner Einschätzung nach seit Längerem nur noch folkloristische Aufgaben wahrnimmt.

Abschließend fragt die Moderatorin, was der Militärsprecher von der These halte, der extrem tiefe Wasserstand könnte eine Folge der Sondierungsbohrungen sein.

Das sei ja bloß eine These, antwortet dieser, er wolle sich dazu nicht äußern.

Als Musik gespielt wird, schaltet Gschwind das Radio aus.

Kurz vor Unterseen hat er zwei langsam fahrende Wagen vor sich; er will schon überholen, da bemerkt er fünf, sechs junge Rinder, die sich frei auf der Fahrbahn bewegen, hinter ihnen ein Landwirt, nervös hantierend mit einem Stock.

Die Autos halten an, auch Gschwind muss warten. Der Fahrer des Wagens vor ihm steigt aus und stellt sich breitbeinig auf die Fahrbahn. Misslaunig bleibt Gschwind sitzen, wirft einen Kontrollblick in den Innenrückspiegel und überfliegt die Nachrichten. Er liest von einem offenen Brief, den unabhängige Wissenschaftler an den Kanton Bern gerichtet haben. Sie fordern, die Sondierungsbohrungen am Beatenberg unverzüglich einzustellen. Solange ungeklärt sei, weswegen der Thunersee derart rasch Wasser verliere, sei eine das geologische Gefüge stark irritierende Tiefenbohrung nicht zu verantworten.

Auch ein Communiqué des Wirtschaftsdachverbandes wird zitiert. Verbandspräsident Heinz Glomme zeigt sich erfreut, dass der Kanton Bern sich weder von den betrügerischen Machenschaften der Firma Valnoya noch von willkürlichen Thesen einzelner Wissenschaftler von seiner Pflicht abhalten lasse, seriös abzuklären, wie es um die Rapacitanium-Ressourcen der Schweiz bestellt sei.

Gemäß den Angaben des Amtes für Gewässerregulierung, auch das erwähnen die Medien, sinke der Spiegel des Thunersees weiterhin in einem beispiellosen Ausmaß.

Plötzlich wird Gschwind von der Aufregung gleich vor ihm abgelenkt: Obwohl inzwischen etliche Personen auf der Fahrbahn stehen, kommen die ausgebüxten und verunsicherten, stolze Hörner tragenden Tiere rasch auf die stehenden Autos zu und scheinen nicht gewillt, sich zurück zur Weide treiben zu lassen. Gschwind, abgeschirmt in seinem Tesla, wirft noch einmal einen Kontrollblick in den Rückspiegel, das Geld, die Bohrmaschine, alles liegt an seinem Platz. Er atmet ruhig durch. Als er wieder auf die Straße vor sich schaut, steht ganz nah an der Flanke seines Wagens ein junger, muskulöser Stier.

Schützend hält sich Gschwind die Unterarme vors Gesicht. Mit einem Mal wird der Tesla heftig erschüttert. Etwas geht zu Bruch, Gschwind versinkt in seinem Sitz, verbarrikadiert sich hinter überkreuzten Unterarmen. Wenig später sieht er den dunklen Schatten des Stiers direkt am Wagenfenster vorbeiziehen.

Er kann es nicht fassen: Wo eben noch der elegant geformte, sich sieben Sekunden nach dem Einparken automatisch einschwenkende Außenspiegel war, ragen offene Drähte in die Luft, die Gschwind nun anstarrt, als müsse er in ihnen ein Zeichen seiner Zukunft erkennen.

*

KAPITEL 40

Wie einen Patienten fährt er seinen Tesla ins nächste Dorf, nach Unterseen, hoffend, dort eine halbwegs kompetente Autogarage zu finden. Name, Adresse und die Haftpflichtversicherung des Landwirts hat er sich notiert.

Er findet tatsächlich eine Autogarage und trifft dort auf einen schmerbäuchigen Mechaniker, der sich den Schaden anschaut. Als Gschwind ihm den Namen der Lackierung nennt, zieht der Mann überrascht die Brauen hoch. Er ruft einen Lehrling, den er Gschwind gegenüber als Tesla-Fundamentalisten vorstellt.

Es bleibt Gschwind nicht verborgen: Als der Lehrling seinen Tesla sieht, hätte er den Wagen am liebsten umarmt. Mit einem fieberhaften Engagement klärt der Lehrling ab, wie und wo Ersatz zu finden wäre für den abgerissenen Außenspiegel.

Gschwind beobachtet, wie sich die geschwärzten Finger des Lehrlings über die schwarze Tastatur eines Laptops bewegen. Er denkt an seine Großmutter Gerda, die in diesem Unterseen wohnt, nur einen Steinwurf von dieser Autogarage entfernt. Etwas drängt ihn, sie zu besuchen, obwohl es schon absurd zeitaufwendig ist, seiner Mutter wegen nach Lavin zu fahren.

»London kann liefern!«, jubelt der Lehrling nach langer Recherche.

Der Chef der Garage wirft seinem jungen Mitarbeiter einen mitleidigen Blick zu. Gschwind ist einverstanden, sich den Außenspiegel mit der richtigen Lackierung aus London liefern zu lassen. Egal, wie teuer die Sache auch wird. Er willigt zudem ein, sich zunächst einen Ersatz in einem anderen Lack montieren zu lassen.

»In zwei Stunden können Sie den Wagen abholen«, sagt der Chef.

Gschwind wedelt mit zwei Hunderternoten und will wissen, ob es nicht auch schneller ginge.

Lachend kratzt sich der Mechaniker sein Doppelkinn und erklärt, die Zeit vergehe nicht langsamer, wenn er mehr bezahle.

Am liebsten hätte ihn Gschwind für diese Weisheit geohrfeigt. Er ist überzeugt: Würde sich die Schweiz an der Mentalität und dem allgemeinen Tempo des Berner Oberlands orientieren, das Land hätte erst vor wenigen Tagen den Rütlischwur über die Bühne gebracht.

Möglichst unauffällig holt er das mit Geld gefüllte Kissen von der Rückbank; einen kurzen Moment lang sieht er den Mechaniker im Gespräch mit einem Polizisten dessen Frage bestätigen, ob der Mann im Tesla eine Bohrmaschine mit sich geführt habe.

Diese Fantasie verärgert zurückdrängend, versenkt Gschwind die Bohrmaschine in der Dunkelheit des Fußraumes, fasst mit sicherem Griff den Kissenbezug und lässt die Garage hinter sich.

In der Café-Bar eines Hotels, dessen Stil in allen Details die deutlich überteuerte Touristenfalle erkennen lässt, hat er kaum sein Mail-Programm geöffnet, als er vom Schoßhündchen einer offenbar wellnesssüchtigen Touristin angebellt wird, die sich anschickt, mit ihrer laut von ihren Beautysorgen sprechenden Freundin irgendeinen überkandidelten Latte-Unsinn zu genießen.

Als er sich an der Rezeption nach einem ruhigen Hotelzimmer erkundigt, in das er sich für zwei Stunden zurückziehen könnte, wird Gschwind angestarrt, als verdiene er sein Geld als Zuhälter. Er verlässt das Hotel und betritt wenig später eine Spelunke, in die sich seit Jahrzehnten wohl nur Ortsansässige verirren, die hier noch nie einen hinter einem Laptop sitzenden Menschen gesehen haben. Er fühlt sich beobachtet, ihm scheint, es starren alle auf seine zugegebenermaßen vielleicht etwas ungewöhnlich anmutende Kissentasche.

Unfähig, in Ruhe zu arbeiten, blickt Gschwind immer wieder auf seine Patek Philippe, kontrolliert die Börsenkurse, durchfliegt einen Text, der über den Abbau des für Batterien unverzichtbaren

Kobalts berichtet. Mehr als 60 Prozent der jährlich gehandelten Menge stamme aus der Demokratischen Republik Kongo, einem der ärmsten Länder der Welt. Die politische Instabilität des Landes führe zu hoher Preisvolatilität und massiven Preispeaks. Batterieverbauende Firmen mit sozialen und ökologischen Standards müssten ihre Lieferketten überprüfen: In der Umgebung kongolesischer Minen seien häufig Boden und Gewässer verseucht, die Bewohner seien übermäßig oft krank, Mitarbeiter würden versklavt, riesige Wälder zugunsten von Minen abgeholzt, die Artenvielfalt nehme ab.

Gschwind fragt sich, ob er den Artikel einer linksradikalen Zeitung liest. Es ist ein Artikel von *Zeit online*; er fragt sich, ob er die Einstellungen seiner App verändern und diese Quelle künftig ausschließen sollte. Immerhin, so denkt er, geht es nicht um Rapacitanium. Und doch ärgert er sich über diesen Artikel, über die Kurzsichtigkeit des Verfassers, der offenbar glaubt, die Konsumenten seien schuld, wenn im Kongo Bürgerkrieg herrscht, wenn dort der Staatsapparat auf Vetternwirtschaft und Korruption aufbaut und es für ein paar nervige Insekten keinen Wald mehr gibt.

Gerne würde er den Verfasser des Artikels fragen, was sich bitte schön in Sachen Krieg und Korruption verbesserte, wenn batterieverbauende Firmen das von ihnen benötigte Kobalt woanders einkaufen. Soll eine schlechter laufende Wirtschaft den Kongo aus der Armut und in die Demokratie holen?

Dem wohl schon seit einer Ewigkeit hier am Nebentisch sitzenden Trinker rutscht das Bierglas aus der Hand. Derbe Flüche erfüllen den Raum, und Gschwind ahnt, er wird hier nirgendwo in Ruhe arbeiten können.

Weil sein Sinn für familiären Zusammenhalt nicht zulässt, unter diesen Umständen von einem Besuch bei seiner Großmutter abzusehen, macht er sich schließlich doch auf zu ihr. Als er in den schmalen Lombachweg seiner Kindheit und Jugend einbiegt, gerät er in eine sentimentale Stimmung. Voller Rührung blickt er auf das Haus, das eine zarte Melancholie in ihm aufkommen lässt: Einst stand es mit seinem ausgedehnten Blumengarten, einer kleinen Garage und einem Kaninchenstall ganz allein am Dorfrand. Jetzt ist es umzingelt von Häusern, die ebenfalls keinen Architekturpreis gewonnen haben. Hier ist er aufgewachsen, hier hat er seine Kindheit verbracht.

Vorfreudig, Gerda überraschen zu können, drückt er die Klingel. Ein mehrstufiger Glockenklang ertönt.

Niemand öffnet. Aus dem alten Briefkasten zieht Gschwind einen Umschlag, der an den vor Jahren verstorbenen Ernst adressiert ist; Werbung eines Versandhandels. Dann entdeckt er am Briefkasten neben dem Namen Gschwind den Namen Rosenburg, mit Schreibmaschine auf einen zerknitterten Klebestreifen geschrieben.

In der Garage hinter dem Haus steht kein Auto. Er fragt sich, ob Gerda, die seit Jahren nicht mehr fahren sollte, wohl selbst schon zu ihrer Tochter gefahren ist.

Im ehemaligen Kaninchenstall, in dieser zimmergroßen, noch immer leicht süßlich nach Stroh und Kaninchenkot riechenden Scheune, findet Gschwind eine Campingmatratze, einen Schlafsack und einen großen Rucksack vor. Auf einem Holzbrett steht ein alter Laptop, daneben verschiedene Stifte und ein Stapel Papier mit Skizzen, Tuschezeichnungen, Notizen, ein leeres Glas und eine leere Weinflasche. Ein Nero d'Avola, wie ihn Großvater Ernst gerne getrunken und verschenkt hat. Eine Unterhose liegt auf dem Boden, eine Zahnbürste, eine Nagelschere und ein Buch. Jemand wohnt hier, denkt Gschwind; jemand wohnt hier wie ein Kaninchen und lässt sich von meiner Großmutter füttern.

*

KAPITEL 41

Dem verlängerten Stromkabel des Laptops folgend gelangt Pascal Gschwind vom Kaninchenstall über den Blumengarten ins Halbdunkel der Garage, die einst auch als Werkstatt benutzt wurde und die ihn, kaum tritt er ein, mit nostalgischen Gefühlen überschwemmt. Der Geruch dieses Raums, das Gemisch von abgestandenem Benzin, Holz, Lötkolben und Schmieröl erinnert ihn an Großvater Ernst, an jenen stolzen Mann, dessen Bedächtigkeit und Sorgfalt im Grunde nichts anderes war als seine ganz eigene Art zu befürchten, Gegenstände und kleine Besitztümer, für teures Geld erstanden, könnten verfrüht ihre Makellosigkeit einbüßen. Bis vor wenigen Jahren noch hatte Ernst seine Gerda im uralten, himmelhellblauen BMW ausgefahren – in jenem BMW, der nun nicht in der Garage steht.

Unsicher, was er davon halten soll, holt Gschwind sein Telefon hervor. In den Nachrichten findet er ein Interview mit Martin Bickel, einem emeritierten Professor der Geologie, der unterstreicht, dass Hollensteins These zum rasch sinkenden Seespiegel interessant und prüfenswert sei. Allerdings stehe vorerst nicht die Frage im Vordergrund, ob der Thunersee einen neuen unterirdischen Abfluss erhalten habe oder nicht. Wichtiger sei vorerst zu verstehen, was es bedeute, dass der Wasserpegel weiterhin dramatisch sinke. Inzwischen liege dieser mehr als 45 Zentimeter unter dem langjährigen Mittel, und wenn überall betont werde, welche schwerwiegenden Folgen dies für die wassernahen Biotope und überhaupt für die Aare und alle folgenden Wasserläufe habe, so sei das gewiss richtig. Nicht vergessen sollte man allerdings die physikalischen Kräfte. Ein Seebecken übe auf seine Uferlandschaft einen starken vom Gewicht der Wassermasse herrührenden Druck aus; bei einem um 45 Zentimeter weniger gefüllten Becken verringere sich dieser Uferdruck rasch um ein paar Millionen Tonnen. Man dürfe sich den

Beatenberg, den Niesen und die anderen am Thunersee stehenden Berge gerne wie ein schiefes Buchregal vorstellen: In den vergangenen 10.000 Jahren seien sämtliche Bücher an ihrem Platz geblieben, weil sich jemand stetig, vom Boden aus, mit gleichbleibender Kraft gegen das schiefe Regal gedrückt habe: der See. Verringere sich nun diese Kraft um ein paar Millionen Tonnen, sei damit zu rechnen, dass das Buchregal minimal aus der Balance gerate – da und dort werde sich wahrscheinlich ein Buch aus dem Regal lösen und zu Boden krachen. Er sei politisch nicht so aufgestellt, um in den zuständigen Gremien etwas zu bewirken, und wie das Beispiel Gabriela Hollenstein zeige, werde es ja nicht besonders goutiert, wenn man heute als Wissenschaftler eine Aussage treffe, die sich nur zu Teilen auf Fakten stütze. Dennoch rate er dem Kanton Bern, nicht nur die Sondierungsbohrungen einzustellen, sondern auch die dem Nordufer des Thunersees folgende Straße für jeglichen Verkehr zu sperren – möglichst umgehend.

Gschwind weiß nicht, was er von einem Professor halten soll, der hier im Grunde vorschlägt, die Zufahrt zu seinem Haus zu sperren. Er findet es unappetitlich, dass sich mehr und mehr Wissenschaftler in einer prophetischen Rolle sehen und ungehemmt einer ganzen Kantonsregierung sagen, wo welche Gefahr drohe und was man zu tun habe. Hätte die Menschheit immer auf derart vorsichtige Wissenschaftler gehört, stünde die Erfindung des Feuers wahrscheinlich noch bevor.

Als er Motorengeräusche vernimmt, hebt Gschwind seinen Blick: Er sieht den alten blauen BMW um die Ecke biegen, gesteuert von einem Mann, den er nie zuvor gesehen hat; neben diesem Mann sitzt Gerda.

Bei laufendem Motor steigt er aus, eilt, Gschwind kurz zuwinkend, auf die andere Seite, um Gerda beim Aussteigen behilflich zu sein.

Als er Gerda sieht, erschrickt Gschwind: Abgemagert scheint sie ihm; ihr einst rosiges Gesicht wirkt eingefallen, ihre Brauen sind überraschend buschig.

Der Anblick trifft ihn. Er fragt sich, wie es sein kann, dass Gerda in so kurzer Zeit derart hat altern können. Dann realisiert er, dass er sie tatsächlich seit zwei Jahren nicht gesehen hat.

Lebhaft begrüßt Gerda ihren Enkel und behauptet, es schicke ihn der Himmel. Sie hätten soeben eine kleine Ausfahrt gemacht, sagt sie, noch ganz außer Atem vom Aussteigen, schenkt dem neben ihr stehenden Mann ein Lächeln und errötet leicht.

»Das ist jetzt der Jonas!«, sagt sie freudig und strahlt den Mann an. »Ich habe doch schon viel von ihm erzählt!«

Der Mann trägt schütteres Haar, ein spitzes, scheinbar an Lenin sich orientierendes Kinnbärtchen und einen üblen Mundgeruch.

Gschwind und er geben sich ungeschickt die Hand.

Auf den zweiten Blick stellt Gschwind fest, dass Jonas Hose und Hemd seines geliebten, verstorbenen Großvaters trägt – eine stumme Empörung paralysiert ihn.

Jonas eilt zurück ans Steuer, fährt den Wagen in die Garage.

»Einen großartigen Untermieter habe ich da!«, schwärmt Gerda, stützt sich auf ihren Gehstock und blickt ihren Enkel erfreut an.

»Er wohnt im Kaninchenstall«, entgegnet Gschwind.

»Ja, im Kaninchenstall«, ruft Gerda, als ob das eine großartige Sache sei. »Habe ich dir schon gesagt, wie bescheiden dieser Jonas ist? Und wie großzügig mir gegenüber?«

Sprachlos steht Gschwind vor diesem Großmuttergesicht, in dem sich, wie ihm scheint, seine ganze Kindheit spiegelt. Er steht ihren Falten gegenüber, die sie zwar erschreckend alt aussehen lassen, mit denen sie aber auch inniger lachen kann als je zuvor. Sodann muss er mitansehen, wie sich ein fremder Mann, bestimmt keine 30 Jahre alt, dicht neben die offenbar geistig in

Schwierigkeiten geratene Gerda stellt, sie lieb anschaut und ihr so innig, als wären sie frisch verliebt, seine Hand auf die Schulter legt. Aufgrund der Kleider ähneln die beiden in einer für Gschwind frappierenden Art jenem Bild, das er von Gerda und Ernst in seiner Erinnerung trägt.

*

KAPITEL 42

Als Jonas fragt, ob er auf dem Gartentisch Kaffee und Kuchen servieren soll, strahlt Gerda, als gäbe es etwas zu feiern. Gschwind weiß nicht, ob er sich für sie freuen soll.

Sie setzen sich; Pascal beobachtet besorgt, wie umständlich es für Gerda geworden ist, Platz zu nehmen. Als sie endlich eingerichtet ist, zieht sie Zeichnungen aus einem Stapel alter Zeitschriften; Bleistiftskizzen von Tassen, Gabeln und Löffeln, Teetassen, Kaffeetassen, nochmals Tassen, ein Weinglas. Restlos begeistert fragt sie Pascal, ob er nicht beeindruckt sei vom Talent dieses jungen Mannes. Im Migros-Restaurant sei er plötzlich vor ihr gestanden, habe ihr angeboten, ihr einen Kaffee zu bezahlen, falls er ihr seine Zeichnungen zeigen dürfe.

»Und du bist auf diesen billigen Trick hereingefallen?«, will Pascal wissen.

»Er hat mir tatsächlich einen Kaffee bezahlt!«, wehrt sich Gerda. Behutsam streichelt sie über die Zeichnungen, als hätten diese soeben etwas Schlimmes erleben müssen.

»Und zum Dank darf er nun für Monate gratis bei dir wohnen?«

Gerda lächelt, als sei die Frage knapp an ihr vorbeigezischt und im Garten lautlos verendet.

Mit einer kleinen Reihe ganz anderer Fragen versucht Pascal nun, in etwa einzuordnen, wie es Gerda ergeht.

Sie erzählt, sie sei nicht mehr so gut zu Fuß. Stolpere oft. Vergesse viel. Jonas helfe ihr jetzt mit den Einkäufen. Und wieder schwärmt sie von Jonas und seinen Bildern, davon, wie genau er beobachtet, wie er über das Licht redet, frappierend einfühlsam, sagt sie verträumt, auch wenn es nur eine Teetasse sei, die, so sage er es, an ihrem obersten Rand dem Licht einen Platz zum Glänzen anbiete.

Gschwind wünscht, er hätte das überhört.

»Und wie lange lebt er nun schon bei dir?«

Gerda grinst, wirft dann mit leicht übertriebener Geste einen Blick auf ihr Handgelenk und sagt: »Ach, ich hab' nicht auf die Uhr geschaut!« Dann lacht sie, dass es Pascal das Herz erwärmt.

Es ist ein Spruch, den Ernst zu wiederholen nicht müde geworden war. Dass er ihn soeben ein erstes Mal aus dem Mund seiner Großmutter hört, rührt Pascal.

Danach gefragt, was Paul und Barbara zu ihrem Untermieter sagen, kippt Gerdas fröhliche Laune abrupt: Sie schwingt sogar eine Faust durch die Luft und klagt, es seien die beiden doch viel zu eingespannt, um überhaupt eine Minute Zeit zu haben. Dann fragt sie nachdenklich: »Hast du gehört, was mit der *Queen* geschehen ist?«

Gschwind nickt, erwähnt die Nervenklinik in Lavin und sieht, wie Gerda nasse Augen bekommt. Das bringt auch ihn den Tränen nahe.

Jonas betritt die Terrasse, ein dicht belegtes Tablett in den Händen.

Begeistert klatscht Gerda in die Luft, wischt sich die Augen trocken und legt die Zeichnungen sorgfältig zurück auf die Sitzbank.

Mit den Gesten eines professionellen Kellners verteilt Jonas Tellerchen, Tassen, Gäbelchen, Löffelchen, Kaffee, Zucker, Rahm und Kuchen auf dem Tisch.

Gerda arrangiert für ihn ein Sitzkissen und hört nicht auf, es zu beklopfen, als versuche sie, einen Hund zum Platzmachen zu bewegen. Begeistert erzählt sie, Jonas befinde sich auf einer Weltreise durch die Schweiz und leiste sich den Luxus, keine eigene Wohnung zu haben.

Gschwind bleibt die Spucke weg; er wagt kaum, dem neben ihm sitzenden Mann ins Gesicht zu blicken.

»Die Avantgarde hat sich schon immer etwas einfallen lassen«, sagt Jonas plötzlich überraschend selbstsicher.

Gschwind möchte gerne sagen, dass Avantgarde offenbar ein anderer Begriff für ungeschickt verschleierte Obdachlosigkeit sei, mag sich aber nicht auf ein Gespräch mit diesem Landstreicher einlassen.

Dann bemerkt er ein starkes Zittern an Gerdas Händen: Sie schafft es kaum, ihre Gabel zum Mund zu führen, ohne dass etwas herunterfällt.

»Jeden Morgen kocht mir Jonas einen wunderbaren starken Kaffee«, sagt sie, und legt wie beiläufig ihre Gabel nieder.

Jonas nimmt das Kompliment entgegen mit dem Gesicht eines Konfirmanden.

Gschwind erwägt, aufzustehen und den lokalen Sozialdienst zu kontaktieren. Er ist überzeugt, dass Gerda professionelle Pflege braucht, dass man sie von diesem parasitischen Künstler befreien und in einem Pflegeheim unterbringen muss. Bloß weiß er nicht, wer das alles organisieren soll.

»Wenn du sehen könntest, wie viel der Jonas zum Frühstück verdrückt – einfach kolossal!«, sagt Gerda nun und strahlt übers ganze Gesicht. »Und wenn ich etwas für den Haushalt benötige, kann ich ihm einfach das Portemonnaie geben und er eilt nach Interlaken. Von diesen Ausfahrten kommt er manchmal nicht so rasch zurück, aber der BMW ist immer vollgetankt! So einen Untermieter musst du erst einmal finden!«

Gschwind muss sich zügeln, Jonas nicht zu fragen, woher er eigentlich diese Frechheit nimmt.

Um sich zu beruhigen, zieht Gschwind seine Brille vom Kopf, legt sie sorgfältig neben seinen Teller, genießt die unscharfe Sicht und rettet sich mit einem großen Bissen in den Kuchen. Er ist froh, bald aufbrechen zu müssen.

*

KAPITEL 43

Seit er die Passhöhe des Brünig passiert hat, deutlicher dann aber noch in der museal anmutenden Landschaft vor Luzern und schließlich überdeutlich dort, wo der Kanton Zürich zerfleddert und ins Graubünden abkippt, wächst in Gschwind der Eindruck, er bewege sich durch ein halbleeres, verlassenes Land. Wo er auch hinblickt: Überall gammlige, im 19. Jahrhundert stehengebliebene Dörfer, in nostalgischem Pathos an der schmalen, sich windenden Straße herumstehende Holzhütten, bewohnt von innovationsfeindlichen Provinzlern, die nichts so sehr motiviert, wie ihre Lebenskulissen auf das Sorgfältigste zu konservieren. Überall stehen Bäume mit kitschig verfärbtem Laub, stemmen sich überhebliche Felsformationen aus dem Boden, und auf den Weiden lassen sich dicke Kühe in aller Seelenruhe vom eigenen Gewicht ins Gras drücken. Dann die Straßen: Derart viel Asphalt für derart wenige Autos! Sehen die Schweizer nicht ein, wie unwirtschaftlich das ist?

Es ist wohl seine Reise nach und durch Peru, die ihn das erstmals in dieser Wucht erkennen lässt: Würde der Bund Anreize schaffen, möglichst alle Menschen in die Städte zu holen, sänken nicht nur die Kosten für die Infrastruktur, auch die Biodiversität würde profitieren. Längst zerstückelte Lebensräume fänden wieder zu einer Einheit, geschwächte Populationen könnten sich erholen. Die Menschen hätten mehr Energie für ihre Arbeit, weil sie sich ihre Nerven nicht von langen Pendelstrecken aufreiben ließen.

Gschwind gibt zu: Mit Zwangsumsiedlungen kennen sich die Chinesen besser aus. Dennoch ist er überzeugt, mehr als die Hälfte der in der Provinz wohnenden Leute würden, einmal umgesiedelt in eine Stadt, psychisch eine bessere Gesundheit aufweisen. Abgeschiedenheit, Einsamkeit und Stupidität sind Gschwinds Dafürhalten nach verschwistert.

Mit Levin über derartige Themen diskutieren zu können, fehlt ihm. Gerne hätte er dessen Gesicht gesehen, eben vorhin, als er *geschwächte Populationen* gedacht hat. So einen Begriff würde Levin nie und nimmer aus seinem Mund erwarten. Zu gerne möchte er seinem Sohn zeigen, wie grün er denkt.

Der Begriff erinnert ihn aber auch daran, dass im Biodiversitätskapitel des Nachhaltigkeitsberichts noch immer nicht viel mehr zu lesen ist als der Hinweis darauf, dass irgendwo in Afrika nach 22 Uhr auf einem Valnoya-Parkplatz die Lichter ausgehen, angeblich um ein paar Nachtfaltern ein angenehmeres Leben zu ermöglichen. Kurz glaubt er, es sei ein Fehler, sich zwei Tage vor seinem Fernseh-Auftritt noch den Luxus zu leisten, seine in der Burnout-Klinik ja wohl bestens versorgte Mutter zu besuchen. Und doch ist er überzeugt, dass sie es verdient hat. Dann trifft ihn die Einsicht, dass er sich nur deshalb über alles enerviert, weil ihn das von seinen Schuldgefühlen ablenkt.

Mitten hinein in diese neuerlich aufkeimenden Gefühle erhält Gschwind einen Anruf von einer unbekannten Festnetznummer. Es klingelt schmerzhaft lange, aber Gschwind antwortet nicht. Als gleich danach Rinas Nummer auf dem Display erscheint, steigert sich seine Nervosität erheblich. Aber Gschwind geht nicht ran.

Keine drei Minuten später leuchtet die Büronummer auf; jetzt antwortet er. Ein gewisser Roman Parnack ist am Apparat, Gschwind kennt ihn kaum, auf der Isle of Man haben die beiden einander kurz die Hand geschüttelt, mehr nicht.

Parnack erklärt, er sei ad interim als Vertreter von Daniel Hillers eingesprungen, solange dieser in Untersuchungshaft stecke. Es sei gerade ziemlich chaotisch bei Valnoya, sagt Parnack, und möchte von Gschwind wissen, ob er mit seiner Arbeit gut vorankomme.

Wortkarg fasst Gschwind zusammen, wie sich die Daten aus Peru darstellen und erwähnt, dass er doch ein bisschen Lampenfieber vor dem morgigen Fernsehauftritt habe.

Wie Gschwind geahnt hat, geht Parnack nicht darauf ein, sondern räuspert sich, lässt es still werden, um dann zu sagen, dass eben die Polizei angerufen und nach ihm, Gschwind, gefragt habe.

Eine mächtige Kraft drückt auf Gschwinds Brustkorb.

»Spontan habe ich entschieden, denen zu sagen, Sie hielten sich gegenwärtig in Peru auf. Ich hoffe, das war ganz nach Ihrem Wunsch. Wenn nicht, melden Sie sich doch bei denen.« Damit verabschiedet sich Parnack und legt auf.

Gschwind fühlt sich wie weggetragen von einem Fieber. Er merkt, er bringt die für das Fahren nötige Konzentration kaum mehr auf.

Unvermittelt setzt er den Blinker, biegt in eine Nebenstraße ein, folgt ihr in einen Wald, parkt bei einem Holzstapel und steigt aus. Vis-à-vis erkennt Gschwind den Wegweiser eines Fitness-Parcours, zehn Meter hinter ihm steht ein kleiner grüner Kasten mit braunen Plastiksäcken für Hundehalter.

Er setzt sich auf den Waldboden, lehnt sich an das gestapelte Holz, vergräbt das Gesicht in den Händen.

Als er die Augen wieder öffnet, merkt er, dass es ihn nicht verwundern würde, stünden nun drei Polizisten vor ihm, um ihn hier abzuholen und aufs Revier zu führen. Aber er ist allein, allein mit sich und dem Wald, mit dem Tesla, dem Geld und der Bohrmaschine. Alles wirkt ruhig, und das Brennholz auf dem Stapel ist so akkurat geschichtet, als gebe es dafür einen Preis zu gewinnen.

Gschwind gibt sich einen Ruck, holt den Akkubohrer aus dem Auto, eilt damit hinter den Holzstapel und schmeißt das Gerät ins Herbstlaub. Kurz zucken seine Hände, als habe er einen Stromschlag erhalten.

Mit dem Bedürfnis, sich die Hände zu waschen, steigt er wieder in sein Auto, bemüht sich, nach einer ersten, zackigen Beschleunigung, ganz langsam zu fahren und erklärt seinem Herz, es gebe keinen Grund für eine erhöhte Pulsfrequenz.

Mit einem langen Blick in den Rückspiegel kontrolliert Gschwind, ob er die Bohrmaschine tatsächlich losgeworden ist.

Im Radio wird von Rissen in der Betondecke eines Eisenbahntunnels zwischen Spiez und Interlaken berichtet. Offenbar stehe das Gestein dort unter tektonischen Spannungen, wie der Nachrichtensprecher sagt. Der Tunnel befinde sich beim Dorf Krattingen, direkt am Thunersee, vis-à-vis der Beatenbucht. Die Bern-Lötschberg-Simplon-Bahn, Betreiberin jener Linie, habe die Strecke nach einer Unterbrechung von zwei Stunden wieder freigegeben. Ob ein Zusammenhang zwischen diesen Rissen und den Sondierungsbohrungen am Beatenberg bestehe, sei unklar.

Gschwind findet es lächerlich, dass es haarfeine Risse in einer Betondecke überhaupt in die Nachrichten schaffen. Gerne hätte er gewusst, wer verantwortlich ist für den Hinweis, dass es vielleicht *keinen* Zusammenhang gibt mit den Bohrungen. Derart tendenziöser Journalismus müsste verboten werden.

Als er in Klosters von einem Schild informiert wird, dass die Passstraße über den Flüela noch offen ist, entscheidet sich Gschwind gegen den ihm viel zu teuer anmutenden Autoverladezug durch den Vereina-Tunnel.

Auf den unzähligen Serpentinen lässt die Batterie seines Teslas erstaunlich viel Leistung liegen, die noch verfügbare Reichweite sackt zusammen. Oben auf der Passhöhe, 2383 Meter über einem weit entfernten Meer, hält Gschwind an und steigt aus, er benötigt frische Luft. Aber nicht einmal in dieser Höhe ist es richtig kühl.

In einiger Distanz erkennt er am Horizont abgedeckte Gletscher; riesige Flächen sind mit dunkelweißem Vlies bedeckt, die das Gletschereis daran hindern sollen, rasch abzuschmelzen. Angesichts dieser geschenkähnlich eingepackten Riesen ist sich Gschwind sicher, dass selbst Sisyphos persönlich nicht auf die

Idee gekommen wäre, die ohnehin früher oder später abschmelzenden Gletscher mit einem derart absurden Aufwand einzuhüllen.

Ehe er sich überlegen kann, was er tut, holt er sein Telefon aus der Hirschledermappe und googelt den Begriff der fahrlässigen Tötung.

Fieberhaft liest er einen Bericht zu einer Gerichtsverhandlung aus dem Berner Oberland, bei der ein Sohn angeklagt war, am Auto seines Vaters Radmuttern gelockert zu haben. Der Vater, wohnhaft in den Bergen, verlor auf seiner nächsten Fahrt die Kontrolle über den Wagen und erfasste eine Fußgängerin, ein zwölfjähriges Mädchen, das seinen Sturz über das Geländer und hinab über einen Felsen nicht überlebte.

Wegen fahrlässiger Tötung wurde der Sohn am Bezirksgericht Thun mit acht Jahren Gefängnis bestraft.

Gschwind wird übel.

Darüber, dass es schlicht ein böser Zufall war, der dieses Mädchen genau an jener Stelle spazierengehen ließ, wo der Vater die Kontrolle über seinen Wagen verlor, schweigt sich der Bericht aus.

Zufrieden, umgehend eine Meinung gefasst zu haben, die jener des Gerichts widerspricht, setzt sich Gschwind in seinen Tesla. Er fährt mit offenem Fenster, der Fahrtwind tut ihm gut.

Nach ein paar Kilometern wird ihm klar, wie deutlich das Beispiel mit den gelockerten Radmuttern aufzeigt, dass auch eine Sachbeschädigung an einem Motorboot zur fahrlässigen Tötung werden kann.

Lange sucht er nach Gründen, die dem widersprechen, aber es überzeugt ihn nichts. Ohne noch zu ahnen, was er ihr sagen will, wählt Gschwind Rinas Nummer. Sie antwortet nicht, er hinterlässt keine Nachricht.

Hätte sie ihm jetzt erzählt, Bernhard Ruthenbeck werde ihn wegen Hausfriedensbruchs und Sachbeschädigung anklagen, hätte er sie stundenlang umarmt.

Er wählt die Nummer von Beat Stettler und bittet, als das Band anspringt, den mit ihm befreundeten Anwalt um einen Rückruf.

Im Radio wird nicht ohne eine gewisse Aufregung die Nachricht verlesen, es habe sich im luzernischen Luthernbad ein Erdbeben ereignet. In dem am Fuß des Napfs gelegenen Bergdorf habe die Erde mit einer Stärke gebebt, wie sie in der Schweiz wohl kaum je gemessen worden sei. Neun Personen seien bereits tot geborgen worden, wie viele Verletzte es gebe, sei unklar. Die Bergungsarbeiten stünden noch ganz an Anfang, mehrere Rettungshubschrauber stünden im Einsatz. Fast sämtliche Häuser des von 300 Personen bewohnten Dorfs seien beschädigt, einige komplett eingestürzt. Die einzige zum Dorf führende Straße sei verschüttet, die Stromversorgung unterbrochen, der Zugang zum Dorf nur zu Fuß oder per Hubschrauber möglich. Die Ursache des Bebens sei unklar; der Erdbebendienst werde demnächst mitteilen, mit welcher Wahrscheinlichkeit man sich auf ein Nachbeben gefasst machen müsse.

Eingeschüchtert blickt Gschwind in die ihn umgebende Bergwelt; er fährt ein wenig langsamer.

Ihm ist, als wäre die Straße ein wenig enger, das Geröll an den Hängen ein wenig lockerer. Auch in den von Felsbändern durchzogenen Nadelwäldern wohnt etwas Bedrohliches. Neun Tote. Bei einem Erdbeben in der Schweiz. Von einem Dorf namens Luthernbad hat er noch nie gehört. Erst allmählich versteht er, wie sehr es ihn beruhigt, bestätigt zu bekommen, dass die Welt ein gefährlicher Ort ist. Ein paar Löcher in einem Boot können kaum der Rede wert sein.

*

KAPITEL 44

In dem am Fuß des Flüela-Passes gelegenen, von Touristen aufgrund fehlender Infrastruktur gemiedenen Lavin fällt es Gschwind nicht schwer, die Burnout-Klinik zu finden. Ein stilvolles, für wohlhabende Zürcher ansprechend renoviertes Hotel, eine winzige Bäckerei, ein staubiger Lebensmittelladen, drei, vier Bauernhöfe und eben diese mit ihrem kubischen Bau ziemlich auffällige Klink, viel mehr gibt es nicht in Lavin.

Gschwind parkt, steigt aus, vermeidet es, den überhaupt nicht edlen Seitenspiegel zu beachten; seine Mutter geht noch immer nicht ans Telefon.

Leer und still ist es hier; Gschwind scheint, es sei das gesamte Dorf eine Burnout-Klinik. Zischend öffnet sich die Schiebetür, eine telefonierende Mitarbeiterin begrüßt ihn mit einem Nicken. Sie streicht sich eine blonde Strähne hinters Ohr und erklärt ihm zwischen zwei ins Telefon gesprochenen Sätzen, Frau Gschwind befinde sich gerade auf einem Spaziergang mit ihrem Sohn.

Gschwind lacht und sagt, der einzige Sohn von Frau Gschwind stehe gerade vor ihr. Er sagt es leise und eher zu sich selbst.

Zurück auf dem Dorfplatz lehnt sich Gschwind an seinen Tesla. Im Hintergrund bimmeln Schafe, in einer großen Pfütze spiegeln sich undeutlich die Wolken. Natürlich spiegeln sie sich ganz deutlich, aber Gschwind ist zu müde, genau hinzusehen. Er fragt sich, wann er wieder einmal einen Schlaf finden wird, der diesen Namen verdient. Außerdem wüsste er gerne, wer der Mann ist, der hier mit seiner Mutter spazierengeht.

Das Bimmeln der Schafe wird nach einer Weile vom Ächzen einer geradezu lachhaft langsam durchs Dorf rollenden Eisenbahn übertönt, die, das kann Gschwind auch aus dieser Distanz erkennen, derart wenige Personen befördert, dass auch ein deutlich wirtschaftlicheres Postauto diese Aufgabe hätte übernehmen können. Als der Zug das Dorf hinter sich gelassen hat, bleibt eine Ruhe zurück, die das Tal zu erdrücken droht.

An seinen Tesla gelehnt, von starker Müdigkeit erfasst, blickt Gschwind zum Eingang der Klinik. Staunend stellt er fest, dass diese Klinik im Grunde viel Geld mit einer Ruhe verdient, die ihr ein so gut wie menschenleeres Tal jeden Tag neu und kostenlos zur Verfügung stellt. Ein beneidenswertes Businesskonzept.

Als er genauer hinhört, kann er zirpende Grillen hören; das Resultat vielleicht einer Achtsamkeit, die ihn an Rina erinnert, an die zu denken er keine Lust hat. Kurz schließt er die Augen und sieht, wie ein Streifenwagen heranfährt, wie zackig sich die Uniformierten aus dem Wagen winden, wie sie ihm erklären, dass sie ein paar Fragen haben, wie er nickt und einsteigt und von ihnen davongefahren wird.

Er öffnet die Augen, alles ist ruhig, und weit oben, das fällt ihm erst jetzt auf, leuchten überwältigend schön die goldenen Lärchen.

Auf den News-Kanälen wird berichtet, dass im Kanton Luzern der Pegel des Sempachersees aus bisher ungeklärten Gründen rasch ansteige. Der See, der den Abschluss des Suhretals bilde, habe keinen namhaften Zufluss, erhalte den Großteil seines Wassers aus einer unterirdischen Quelle, und für Hochwasser sei er nicht bekannt. Die 12.000 Einwohner der Stadt Sursee, direkt am See gelegen, müssten sich nun, mitten in der Dürre, auf eine Überschwemmung vorbereiten. Die Suhre, die bei Aarau in die Aare münde, sei im Suhretal bereits in mehreren Dörfern über ihr Ufer getreten. Lokale Feuerwehrgruppen versuchten, den Schaden einzudämmen. Die Stadt Aarau stehe vor dem Entscheid, den Zivilschutz aufzubieten. Der Artikel ist noch viel länger, aber Gschwind ist kaum mehr fähig, etwas aufzunehmen.

Was er sich wünscht, dringlich wünscht, ist Ruhe und Sammlung, damit er morgen Abend einen brillanten Fernsehauftritt hinbekommt. Daniel Hillers angemessen zu vertreten, hält er nach wie vor für eine große Herausforderung.

In der Bäckerei steht Gschwind vor leeren Brotregalen. Spontan kauft er sich eine Nusstorte und ist zufrieden mit seiner Idee, diese als Ersatz für das verpasste Mittagessen während der Rückfahrt zu sich zu nehmen. Zweimal fragt er, ob er den Preis richtig verstanden habe; widerwillig bezahlt er schließlich die verlangten 35 Franken.

Im Hotel Linard lässt er sich einen doppelten Espresso servieren und will sich aus dem Netz der ihn erfassenden Verwirrungen befreien und wenigstens rasch die dringlichsten Mails beantworten. Alsbald jedoch wird hinter dem Tresen ein Radio angestellt: Der tadellos weiß behemdete Buffetiero will sich offenbar die neuesten Nachrichten zum Erdbeben von Luthernbad anhören. Und statt Mails zu bearbeiten, muss sich Gschwind von einem Nachbeben erzählen lassen, von 14 Toten, von komplett zerrissenen Straßen, von Suchhunden, die sich durch die Trümmer bewegen, vom Aufgebot der Schweizer Armee. Er muss sich erzählen lassen, dass der öffentliche Druck auf den Kanton Bern, die Sondierungsbohrungen am Beatenberg einzustellen, größer wird. Und dass die Verantwortlichen des Kantons in einer Stellungnahme darauf hinweisen, dass nichts auf einen Zusammenhang hindeute; ihre Bohrstandorte befänden sich nicht weniger als 40 Kilometer von Luthernbad entfernt, der Bohrbetrieb laufe ohne Unregelmäßigkeiten ab.

Der Moderator verspricht baldige Sondersendungen zum Erdbeben von Luthernbad und eine Direktschaltung nach Sursee und nach Aarau, wo sich angesichts des rätselhaft ansteigenden Seepegels Panik verbreite.

Gerne würde Gschwind all diese Informationen als nichtig wegwischen, zu deutlich aber ist, dass diese Dinge auch im Fernsehstudio Thema sein werden. Also verlässt er das Mailprogramm und beginnt zu recherchieren. Sollte auch Gabriela Hollenstein dazu neigen, nun jedes Problem, das etwas mit Wasser, Boden oder Landschaft zu tun hat, mit den Sondierungsbohrungen in Verbindung zu bringen, will er klug dagegenhalten können.

*

KAPITEL 45

In schicken Schuhen, dezent geschminkt und schön gekleidet, das Haar zu einem Pferdeschwanz gebunden, begrüßt ihn herzlich seine erstaunlich jugendlich wirkende Mutter.

Sie umarmen sich. Verblüfft, Barbara derart aufgeräumt und bei guter Stimmung anzutreffen, ist Gschwind jetzt doch glücklich, sich zu diesem Besuch aufgerafft zu haben.

Barbara zeigt ihm das großzügige Zimmer, das aus naturnahen Materialien gebaute Bad, die mit qualitativ hochstehenden Utensilien ausgestattete Kochnische, sie zeigt ihm alles, als hätte sie hier nach langer Suche endlich eine passende Wohnung gefunden.

Nah beisammen stehen sie auf dem halbrunden Balkon, der den Blick freigibt auf einen in breiten Nadelwäldern fußenden, schroff aufragenden Berg. Piz Mezdi, sagt sie nur, und Pascal spürt, wie gerne Barbara emporschaut, wie sie es genießt, dass auch er in diesem Moment nichts sagt, nur der Stille lauscht.

Pascal rätselt, ob Barbaras gute Stimmung mit dem Schock zu tun haben mag, unter dem sie gewiss noch steht. Er bedauert, die Rezeptionistin nicht gefragt zu haben, ob es überhaupt klug oder im Gegenteil zu vermeiden sei, mit Barbara über das Schiffsunglück zu sprechen. Jetzt ist er unsicher, ob er sie wird fragen können, was sie von der Theorie halte, die *Queen* sei nur havariert, weil der Thunersee unterirdisch Wasser verliere.

Barbara bietet ihm Tee und ein Rosinenbrötchen an, setzt sich zu ihm an den Balkontisch, fragt, ob sie ihm etwas zeigen dürfe und holt von drinnen einige Bleistiftskizzen. Tassen sind darauf zu sehen, ungelenke, krumme, irgendwie auch schöne Teetassen.

Das habe sie gestern gelernt: Besser noch als Teetrinken sei Teetrinken und Zeichnen. Das entführe in ein ruhiges, achtsames Beobachten.

Pascal studiert die Zeichnungen und spricht ein Lob aus. Man sehe gut, dass die Tasse just an ihrem obersten Rand dem Licht einen Platz zum Glänzen angeboten habe. Er hört sich das sagen und könnte sich ohrfeigen dafür.

Barbara lächelt.

Pascal rätselt, seit wann sich seine Mutter so elegant schminkt.

Barbara fragt ihn unvermittelt, ob er bereit sei, sich etwas erzählen zu lassen.

Darauf gefasst, sich nun eine Stunde lang anzuhören, wie die stolze *Queen* auf den Felsen aufgelaufen sei, hört Pascal Barbara stattdessen sagen, wie froh sie sei, dank dieses Aufenthalts viel Zeit verbringen zu können mit ihrem nun wichtigsten Mann.

Pascal stutzt. Er schaut seine Mutter an, als habe er sie nie zuvor gesehen.

Sie erzählt, sie sei selber maßlos überrascht, aber sie habe sich Hals über Kopf verliebt. Verliebt in den wunderschönen Fausto aus dem Tessin. Eben habe er sie auf einen romantischen Spaziergang begleitet. 19 Jahre jünger sei er als sie, ein genialer, eigenwilliger und total erfolgreicher Handwerker. Sie liebe ihn, wie sie noch nie im Leben einen Mann geliebt habe. Auch Fausto sei ganz hin und weg. Führe sich auf wie ein Teenager. Spreche davon, endlich die Liebe seines Lebens gefunden zu haben – und nein, beim besten Willen nicht: Sie habe es bisher nicht geschafft, es dem lieben Paul zu sagen. Das gehe über ihre Kraft.

Unfähig, auch nur eine Silbe zu sagen, hört Pascal ihr zu.

Paul kenne diesen Fausto sogar, denn es sei Paul gewesen, der, um Küche und Bad renovieren zu lassen, einen wirklich guten Handwerker habe engagieren wollen. Da sei ihnen eben ein gewisser Fausto empfohlen worden; ein Genie, wenn es um stilvolle Umbauten gehe. Und während Paul vor allem die hohe Arbeitsqualität, die Liebe zum Detail gefallen habe, sei sie, Barbara, gleich bei der ersten Begegnung von einer Art elektrischem Schlag getroffen worden: Dieser schwarz gelockte, kräftig gebaute fremde Mann sei in total staubigen Arbeitshosen, in einem farbbekleckerten T-Shirt in ihrer Küche gestanden, und sie habe, noch in dem kleinen Moment, da sie ihm ihre Hand gab, gewusst, dass sie diesen Mann berühren möchte, dass sie sich von diesem Mann berühren lassen wolle, dass sie zu ihm gehöre, dass sie seine unbedingte Nähe, sein Vertrauen und seine Stimme wolle.

Zögerlich setzt sich Pascal seine Brille wieder auf, die er, um Abstand zu gewinnen, kurz abgelegt hat.

Barbara ist in ihrer Erzählung kaum zu bremsen, und Pascal hat längst verstanden, dass sie sich wie neu geboren fühlt. Zurückverwandelt wahrscheinlich in die junge, attraktive Frau, die sie für Paul bestimmt auch einmal war, vor 40 Jahren, vor 30 Jahren, für einen heute 63-jährigen Paul, der bekannt ist für seine stoische Ruhe, für seine Nachdenklichkeit, für seinen Wunsch nach absoluter Stille, wenn er Zeitung liest, für seine Art, erst einmal nichts und später in aller Ruhe zu sagen, er müsse sich erst eine Meinung bilden.

Vage beginnt Pascal sich zu begeistern für die Lebensfreude, die er an Barbara sehen kann. Bis Barbara seine Hände nimmt und ihn fragt, ob er bereit sei, ihr emotional bei der Scheidung zu helfen.

Der Gedanke, ihrem treuherzigen Paul zu sagen, sie wolle sich scheiden lassen, um einen anderen zu heiraten – dieser Gedanke bringe sie seelisch ins Grab. Sie werde das nur schaffen, wenn er ihr dabei helfe. Denn egal wie sie die Sache drehe und wende: Sowohl Vernunft wie auch Leidenschaft diktierten ihr nur eines: Hin zu Fausto und die Scheidung von Paul.

*

KAPITEL 46

Auf der Rückfahrt von Lavin über den im letzten Licht des Tages schwach erhellten Flüelapass nach dem bereits in der Dunkelheit liegenden Davos, das Prättigau hinab über Küblis, Fideris, Jenaz und Schiers nach Landquart und weiter in Richtung Walensee, sitzt Pascal Gschwind wie geohrfeigt und seelisch sprachlos hinter dem Steuer, sitzt ohnmächtig all den Gedanken und Gefühlen gegenüber, die ihm seine sich offenbar im amourösen Ausnahmezustand befindende Mutter mit auf den Weg gegeben hat. Wenn er sich vorstellt, was Barbaras Absichten alles mit sich bringen, was sie auslösen, ja, zerstören werden, für Barbara selbst, für Paul, für Gerda, für ihn, fühlt er deutlich, er wird nicht die Großherzigkeit aufbringen, ihre neue Liebe gutzuheißen.

Dass sowohl sein Vater als auch der Rest der informierten Schweiz nun denkt, Barbara kuriere in Lavin ihre Nerven, während sie sich ungestört von einem vergleichsweise jugendlichen Liebhaber verwöhnen lässt, festigt Pascals Meinung, seine Mutter verhalte sich pubertär.

Gschwind versteht nicht, was sie mit einem Handwerker will, der nicht einmal fließend Deutsch spricht. Sie, die kein Wort Italienisch kann. Was sie mit einem will, der die meiste Zeit weit hinten im Tessin hockt und offenbar mit dem endlos romantischen Vorhaben prahlt, mit hauseigenen Kastanien ein Teigwarenmehl herzustellen und auf dem Markt zu verkaufen.

Gschwind glaubt, Barbara lasse sich blenden von Komplimenten, von erotischen Berührungen. Um loszukommen von diesen Gedanken, schaltet Gschwind das Radio ein. Dort wird erneut vom Erdbeben in Luthernbad berichtet. Ein Geologe erzählt, die Alpenauffaltung sei entgegen der landläufigen Meinung eben überhaupt nicht zu Ende. Sie sei weiterhin in vollem Gange, und wo geologisch etwas im Gange sei, gebe es Spannungen im Gestein, die sich irgendwann lösen müssten.

Die Frage, ob die Sondierungsbohrungen am Beatenberg das Beben verursacht hätten, sei schwierig, wenn nicht unmöglich zu beantworten. Er wolle nicht esoterisch klingen, habe aber bislang keinen besseren Vergleich gefunden: Wer sich mit den Erschütterungen befasse, die sich in den Alpen nach baulichen Eingriffen zeigen, dem falle immer wieder auf, wie deutlich diese Gebirgszüge einem menschlichen Körper ähneln, der sich mit Akupunktur behandeln lässt. Nicht nur sei jeder Körper unterschiedlich, es zeige auch ein jeder Körper unterschiedlich sensible Stellen. Eine Nadel, eingestochen an einer Stelle, löse vielleicht nichts aus. Eingestochen aber an ganz anderer Stelle, löse die Nadel in einer erstaunlichen Reaktion eine langjährige Verkrampfung.

Verärgert schaltet Pascal Gschwind das Radio aus. Das wirre Geschwätz macht ihn nervös: Wenn Berge Akupunktur machen, dann üben sich Seen wahrscheinlich in Yoga. Ein stilles Tal wäre somit nichts anderes als eine meditierende Landschaft.

Abermals kreisen Barbaras Worte in seinem Kopf. Wahrscheinlich hätte er alles aufzeichnen sollen, denn bereits jetzt, kaum eine Stunde später, kann er kaum mehr glauben, dass wahr ist, was sie ihm erzählt hat. Und er merkt, wie Wut in ihm aufsteigt.

Er strengt sich an, ruhig zu atmen, setzt den Blinker, parkt den Wagen am Rand eines Dorfes, steigt aus, legt die Brille weg, schließt die Augen und atmet tief ein.

Bei einem Kontrollblick zum Kissenbezug entdeckt er auch die Bündner Nusstorte, die er völlig vergessen hatte. Er fragt sich, ob er tatsächlich 35 Franken für diese Nusstorte bezahlt hat. Falls das stimmt, müsste eigentlich die Lehrtochter des Bäckers die Butter mit ihren warmen Händen, mit viel Liebe und ein lokales Poem rezitierend einen halben Tag lang in den Teig hineinmassiert haben. Gschwind verlässt seinen Wagen, verriegelt die Tür und macht ein paar Schritte auf einem finsteren Feldweg. Er lockert seine Beine, sorgt sich um seinen verwirrten Kopf. Er vergewissert sich, allein zu sein, ehe er mit einem Selbstgespräch beginnt. Dazu spaziert er zügig in die beruhigend wirkende Dunkelheit hinein. Zu seiner Rechten liegt unbekümmert der nachtschwarze Walensee, auf dessen ruhiger Oberfläche sich in Kürze womöglich die ersten Sterne spiegeln werden; diese milde Stimmung, die stoisch am Ufer stehenden Bäume, die relative Weite tun ihm gut.

Aus Gewohnheit überfliegt er kurz die Nachrichten und liest, dass der Wirtschaftsdachverband in einem Communiqué auf zahlreiche Bohrungen hinweist, die im Entlebuch, 20 Kilometer entfernt von Luthernbad, im Rahmen eines Neubaus eines Kleinkraftwerks seit ein paar Monaten stattfinden. Es dienten die Bohrungen der späteren Gewinnung von Erdwärme zur Beheizung eines größeren Wohnquartiers. Bohrtiefen von bis zu 5000 Metern seien dort bewilligt worden; der Kanton Luzern stehe Bohrungen offenbar aufgeschlossener gegenüber als der Kanton Bern. Das Communiqué endet mit dem Hinweis, die Distanz zwischen Beatenberg und Luthernbad betrage 45 Kilometer.

Gschwind jubelt still; morgen im Fernsehen will er darauf Bezug nehmen. Er ist regelrecht glücklich, dass sich noch ein paar klar denkende Köpfe dagegen wehren, jedes nur erdenkliche Unglück den Sondierungsbohrungen zur Last zu legen.

Zufrieden steigt er in seinen Tesla. Weil er keine Lust hat auf ein süßes, 35 Franken teures Abendessen, sucht sich Gschwind im nächsten Dorf ein Restaurant. Weil ihm alles andere deutlich zu teuer ist, lässt er sich die banalsten Teigwaren servieren, zusammen mit einem doppelten Espresso, den er sofort, auch wenn er noch unglaublich heiß ist, hinunterkippt. Dann stellt er die Tasse auf den benachbarten Stuhl und damit aus seinem Blickfeld; er erträgt es nicht, wie ihn die Tasse anstarrt mit der Aufforderung, genau zu benennen, auf welchem ihrer Ränder sich welches Licht einen schönen Platz gefunden hat.

Die US-Börse in New York meldet ihre Zahlen zum Börsenschluss, aber Gschwind schafft es nicht, sich zu konzentrieren. Ihn erreicht eine Nachricht von Barbara, mit der sie sich herzlich bedankt und unterstreicht, wie viel Kraft es ihr schenke, sein Verständnis zu spüren. Sie fühle sich eng mit ihm verbunden. Dann lässt sie ein paar Sätze folgen zur Havarie der *Queen*, in der sie offenbar so etwas wie ein Zeichen zu sehen glaubt, ein Zeichen natürlich für die Liebe zu Fausto, und überhaupt sei die Arbeit auf dem See so anonym geworden, es gehe heute nur noch darum, möglichst viele Touristen mit möglichst wenig Aufwand über den See zu schieben und ihnen dabei möglichst viel Geld aus der Tasche zu ziehen. Mit der persönlichen und stolzen Arbeit von einst habe das nichts mehr zu tun. Deswegen spüre sie, der richtige Moment sei gekommen, um sich vorzeitig pensionieren und sich mit aller Lebensfreude auf etwas ganz Neues einzulassen. Es sei entschieden: Wenn ihr Aufenthalt in der Klinik ende, werde sie zu Fausto ins Tessin ziehen.

Gschwind wischt die Nachricht weg, bezahlt sein Essen und setzt sich in seinen Wagen. Mit jedem Kilometer, den er hinter sich bringt, fühlt sich Gschwind dringlicher verpflichtet, seine Mutter daran zu hindern, ihren vielleicht gerade jetzt etwas schwierigen, grundsätzlich aber gut bezahlten Job aufzugeben, um mit einem viel jüngeren Liebhaber, der bald schon eine andere haben wird, im Tessin durch Kastanienwälder zu kriechen.

*

KAPITEL 47

Es ist längst nach Mitternacht, als Gschwind die Passhöhe des Brünig erreicht und feststellt, dass er, um ins Büro zu gelangen, längst einen anderen Weg hätte einschlagen müssen. Entnervt hält er an; in seinen Händen liegt ein Zittern, in unregelmäßigen Abständen zuckt sein linkes Lid. Wahrscheinlich könnte er jetzt auch stehend einschlafen.

Er nimmt sein Telefon und lässt sich die Distanzen berechnen; bis nach Oberhofen sind es knapp 50 Kilometer, bis nach Aarau mehr als 100. Nichts aber widerstrebt ihm mehr, als eine Nacht in Oberhofen zu verbringen, überhaupt dieser Villa nahe zu kommen, die bis vor Kurzem noch sein Haus und seine Heimat war.

Nein, er will zurück ins Büro, nur dort fühlt er sich halbwegs zuhause. Also wird er durch Oberhofen hindurchfahren wie durch einen Tunnel, wird das Dorf links liegen lassen, als habe er nicht das Geringste mit ihm zu schaffen.

Um einigermaßen wach zu bleiben, fährt er abermals mit offenem Fenster.

Auf der kurvenreichen, dem Nordufer des Thunersees folgenden Straße muss Gschwind an jenen emeritierten Professor denken, der im Radio gesprochen hat und der genau die Straße, auf welcher er nun fährt, aufgrund erhöhter Steinschlaggefahr sperren lassen wollte: Gschwind sieht Bücher, die sich aus einem schiefen Regal lösen. Zu den Ansichten dieses Professors sind Gschwind in den Medien keine Kommentare begegnet, und die Verantwortlichen des Kantons Bern halten die Gefahr, von der er sprach, offenbar nicht für gegeben.

Bald schließt er auf zu einem langsam fahrenden Wagen, über den er sich sogleich ärgert. Drei Mal versucht er ein Überholmanöver, aber es stellt sich als zu gewagt heraus, und so lässt er es bleiben, hält seinen Wagen nah am Heck des alten Alfas und folgt dessen Rücklichtern durch jene schmale Schneise kalten Lichts, die der Wagen kaum straßenbreit aus der Dunkelheit schneidet.

Er ist endlos müde jetzt, Sodbrennen steigt in ihm auf.

Über dem samtschwarz schimmernden See schiebt sich die Pyramide des Niesens in sein Blickfeld, ein stilles, mondfarben glänzendes, von ihm immer wieder gerne erblicktes Bergwunder, welches ihn jetzt unerwartet an seine am See verbrachte Kindheit erinnert. An Großmutter Gerda, an Großvater Ernst und an eine Zeit, in der seine Mutter, Kapitänin Barbara, eine unangefochtene Heldin war, eine erfolgsverwöhnte, mit stolzer Uniform einem imposanten Raddampfer vorstehende Frau.

Aber dieser vor ihm fahrende Alfa: Lange ist Gschwind kein derart betagtes Modell mehr begegnet. Ein dermaßen uralter Alfa wird doch nur noch von seinem Vater gefahren; wie Paul den Wagen durch den Abgastest bringt, ist ihm seit Langem ein Rätsel.

Er fragt sich, ob das nicht nur das gleiche Modell dieses Alfas sei, sondern tatsächlich sein Vater, der da vor ihm fährt. Kommt ihm denn die Nummer nicht bekannt vor? Ein Donnern unterbricht seine Gedanken, der Wagen, oder ist es die Straße?, wird momentlang von einer heftigen Erschütterung erfasst. Verunsichert blickt Gschwind hinaus auf den See, hinüber zur Beatenbucht; ihm ist, als habe ihm eine mächtige Hand ins Lenkrad gegriffen. Das dunkle Grollen mag mit einem Gewitter zu tun haben.

Kaum hat er seinen Blick zurück auf die Straße genommen, sackt vor ihm der alte, kantenreich geschnittene Alfa Romeo ab; mitten auf der Fahrbahn und direkt vor ihm stürzt der Wagen in einen Abgrund. Es ereignet sich das alles rasend schnell, zugleich in einer unfassbaren Gemächlichkeit: Jedes Detail, jedes Tatsachenteilstück leuchtet kristallklar vor ihm auf.

So sieht Gschwind, wie die ihm als Orientierung dienenden Rücklichter des Alfas in eine schwarze Tiefe fallen und Sekundenbruchteile später weiter unten aufgefangen werden. Dumpf gelangt das blecherne Geräusch des Aufschlags an sein Ohr, und noch ehe er fähig ist, zu bremsen, stellt er fest, wie er das Wort *Achsbruch* denkt, als gelte es bereits während des unerklärlichen Vorgangs, den entstehenden Schaden an diesem jetzt vor ihm schlingernden Auto zu benennen. Und dann tritt er auf die Bremse.

Zu spät. Auch sein Wagen stürzt – zu dicht war er dem Alfa gefolgt, zu hoch war das Tempo – über eine dunkle Kante hinaus ins Leere. Kurz fühlt sich Gschwind schwerelos, dann reißen mit Wucht die Gurte an ihm, fliegt ihm die Brille von der Nase, schnellt sein Kopf nach vorn. Abdeckungen lösen sich, ein weißes Kissen schleudert sich ihm entgegen. Auch beim Beifahrersitz, wo seine Mappe liegt, explodiert ein Kissen. Kaum hat das Kissen seinen Kopf aufgefangen, kaum ist zu fühlen, dass er in seinem Telsa zum Stillstand kommt, gelingt es Gschwind, sein Gesicht so weit zu wenden, dass er unscharf erkennen kann, wie der Alfa Romeo vor ihm gegen den offenen See hin schlingernd eine Weile nur auf seinen beiden linken Rädern fährt, hinter dem Unterstand der Schiffsanlegestelle eine hölzerne Leitplanke durchbricht und schließlich über die Böschung ins Schwarze stürzt.

Das alles dauert Stunden, Gschwind kann den Wagen förmlich in der Luft hängen sehen, jeder Schwerkraft enthoben.

Und doch ist ihm klar, er darf jetzt nicht zögern.

Er löst sich aus dem Gurt, sucht vergeblich nach seiner Brille, drückt sich am weicher werdenden Kissen vorbei aus der Tür und rennt am Unterstand der Anlegestelle vorbei zur Böschung. Viel ist da draußen nicht zu sehen, dunkel ist alles, akustisch vage umrahmt von einem Plätschern. Aber er erkennt: Der Alfa sinkt.

Er vernimmt den panischen Schrei einer Frau, dann ein dunkles Donnern, das knallhelle Aufschlagen von niederkrachendem

Gestein, er hört einen Wagen in voller Entschleunigung, vielleicht sind es auch zwei, Reifen gellen auf, Blech kracht, Glas splittert. Dann schließen sich seine Ohren, alle Geräusche werden dumpf. Wenige Meter neben der Anlegestelle wirft er sich die steile Böschung hinab ins Wasser.

*

KAPITEL 48

So schnell es Kleider und Schuhe zulassen, bahnt sich Pascal Gschwind seinen Weg durch das Wasser. Eiskalt ist es, finster, es zieht ihn hinab, drängt in seinen Mund. Er verschluckt sich und hustet; ein guter Schwimmer ist er nicht. Nie gewesen. Er versucht, seine Bewegungen zu koordinieren.

Hustend versucht er zu begreifen, was sich da draußen bewegt. Sind das Steine, die nah an seinem Kopf vorbei ins Wasser schießen? Wenige Meter vor ihm, neben dem schon fast vollständig vom See verschluckten Auto, ragt ein Kopf aus dem See, ein Kopf und rudernde Arme.

Immer kälter wird das Wasser. Und schwerer. Die geschossgleich ins Wasser geschleuderten Steine wollen kein Ende nehmen. Nur langsam kommt Gschwind voran, heftig schlägt sein Herz. Er ruft, hört aber keine Antwort. Er schreit. Jetzt hört er wieder die Stimme einer Frau. Sie schreit etwas.

Wieder und wieder schleudert Gschwind die Frage aus sich heraus, ob da noch wer im Auto sei, gepeinigt von der Fantasie, sein Vater, eingeschlossen im Alfa, ertrinke in diesem Augenblick.

»Ist jemand im Auto?«

Lauter kann er nicht schreien, ohne Wasser zu schlucken.

Unweit von sich hört er die Frau schwer atmend *Paul is home* rufen, sie wiederholt es so oft und laut, bis sich Pascal endlich beruhigen, endlich glauben kann, dass er seinen Vater nicht verliert, dass Paul nicht im Auto ist, dass sein Vater nicht und auch sonst niemand ertrinkt.

Aber ihn verlässt seine Kraft. Er bringt das Wasser nicht richtig aus dem Mund, seine Hände verkrampfen sich zu Fäusten, seine Beine werden schwer, immer wieder liegt er bis über den Mund im See. Dabei sollte er doch diese Frau retten, diese schwarz schimmernde Frau im schwarzen Wasser – Gschwind fühlt einen Schwindel. Und einen Arm in seinem Rücken? Er dreht sich, das muss Blut sein auf der Stirn dieser Frau, Blut in ihrem Haar, eine üble Schnittwunde zieht sich über ihr Gesicht.

Kälte presst sich an seine Brust. Kälte und diese Frau, die er, in seinem Schwindel, nicht wird retten können. Der See zieht ihn nach unten, er sieht die Wunde der Frau vor seinen geschlossenen Augen, er versucht, nicht in das Gefühl zu sinken, jetzt zu sterben, gemeinsam mit dieser Frau, in diesem weichen Wasser, in diesem weit sich hinstreckenden See.

Hat er ihr den Ellbogen ins Gesicht geschlagen? Waren es wieder Steine, die ins Wasser flogen? Er wird den Schwindel nicht los, er spürt den Atem dieser Frau, spürt einen Arm auf seinem Brustkorb, sie ist noch da, sie redet etwas, ihre Stimme klingt beruhigend. Es ist jetzt ihre Stimme, die ihn trägt, es ist ein gutes Gefühl und er möchte nicht, dass sie zu sprechen aufhört. Solange sie spricht, ist er bereit zu sterben, ganz aufgehoben in ihrer Stimme.

Mit einem Mal berührt seine Hand einen ruhenden, einen glatten Stein. Einen Stein am Ufer. Der Unterarm der Frau presst sich noch kräftiger an seine Brust. Hebt ihn an. Sie spricht, er versteht nichts und es ist wunderschön, sie nicht verstehen zu müssen. Schön ist auch diese Böschung, schön sind diese Gräser, die in aller Zufriedenheit auf dieser Böschung leben und Halt geben und trocken sind.

Dann taucht Gschwind ab in eine Umarmung. Vielleicht weil er nochmals heftig hat husten müssen; die Frau umarmt ihn, spricht zu ihm, alles, was jetzt geschieht, fühlt sich richtig an.

Auch fühlt er: Das Blut ihrer Wunde läuft über sein Gesicht. Er fühlt ihren Atem, die Kraft ihrer Augen. Mehr braucht er gerade nicht.

Sie sagt etwas, er sieht ihre Lippen, sieht ihre Zähne aufglänzen, sie hält ihn, wohl weil er noch immer nicht spricht, noch immer nichts sagen kann.

Ihr nasses langes Haar klebt an seinem Hals. Er sieht, auch sie atmet warm und heftig. Gut, dass sie hier liegen. Sie zerrt an ihm, rüttelt – stürzt sie zurück ins Wasser? Er stemmt seine Lider auf, ihre Wunde kommt ihm vor Augen, er sieht das frische Blut und versteht, die Rettung ist noch nicht beendet, er muss Hilfe anfordern, stemmt sich hoch. Ihr Körper ruht schwer an seiner Seite. Mit ganzer Kraft gelingt es ihm, sich loszureißen: Er will die Böschung hoch, kriecht auf allen Vieren, zieht sich an Grasbüscheln hoch und höher, und erblickt plötzlich eine Flut von Autolichtern. Er sieht eine eingebrochene Straße, Steine und Felsbrocken, und inmitten der ganzen Szenerie seinen Tesla: die Schnauze leicht eingedrückt, der linke Scheinwerfer erloschen.

Ein paar Meter hinter seinem Wagen, um einen halben Meter erhöht, steht ein Mercedes, ein ganz neues Modell, die Vorderräder des Wagens drehen sich in der Luft. Gschwind sieht dunkle Gestalten, sieht die Lichter ihrer Telefone.

Jetzt greift die Frau nach seiner Schulter, die Frau mit dem langen nassen Haar und dem Blut auf der Stirn. Sie hält ihn. Als würde sie sonst umfallen. Sie stehen beisammen, wie ein Paar, sie bleiben zusammen und warten, dass die fremden Menschen auf sie zukommen.

*

KAPITEL 49

Erst allmählich, nach dem Eintreffen von Ambulanz und Polizei, mit den über ihn gelegten Decken, der in seinem Unterarm steckenden Infusion, versteht, nein, nicht versteht, viel deutlicher: spürt der wieder ruhig atmende Gschwind bis in die Knochen, dass die neben ihm von Notärzten versorgte Frau ihm vor wenigen Minuten das Leben gerettet hat.

Und diese Frau, die ihm während seines Versuchs, sie zu retten, das Leben gerettet hat: Er kennt sie. Es handelt sich um niemand anderen als um Aigul, um die papierlose, vor Bescheidenheit kaum ein schüchternes Wort hervorbringende Frau aus der Türkei, die bei ihnen in Oberhofen putzt.

Was sie kurz vor Mitternacht im Alfa-Romeo seines Vaters gemacht hat, ist Gschwind ebenso rätselhaft wie die Frage, warum Paul sie überhaupt kennt, aber diese Fragen sind von Nebel umhüllt, Gschwind fühlt sie mehr als er sie denken kann. Er beginnt zu ahnen, dass er sich noch immer im Zustand eines Schocks befinden muss. Der Gedanke, von dieser Frau gerettet worden zu sein, lässt Dankbarkeit seinen Körper durchströmen. Hat er je so stark wahrgenommen, dass er lebt, dass er hier ist? Dass er nicht mehr anwesend sein könnte? Es scheint, als zeige sich ihm, jetzt, endlich!, das Leben erstmals roh und sinnlich.

Er kann seinen Blick nicht von der Frau abwenden, die nun auf eine Bahre gehoben wird, und ihn, obwohl sie heftig zittert, zuversichtlich anblickt.

Sie sagt etwas zu einer Ärztin; Gschwind ist glücklich, wieder ihre Stimme zu hören.

Gschwind erhebt sich, langsam, geht dicht zu der Frau heran, um sie besser hören zu können. Eine Ärztin hält ihn auf, zieht ihn zurück, aber egal, er kann noch immer ganz gut das schöne Gesicht seiner Retterin sehen, ihr schönes Gesicht mit der eindrücklichen Schnittwunde, die überhaupt nichts Grausames an sich hat.

Dann sieht er, erstaunlich weit weg, seinen Tesla und versteht, dass er weiterfahren muss. Er hat zu tun, er ist spät dran, Hollenstein ist bestimmt schon im Fernsehstudio, sie müssen ihn endlich gehen lassen.

Wieder hält ihn die Ärztin zurück, sagt, er solle einfach sitzenbleiben.

Eine andere Ärztin streckt ihm fremde Kleider hin.

»Trockene Kleider!« sagt sie und blickt streng.

Er hat große Mühe zu verstehen, was hier geschieht; er wünscht sich nur, man solle ihn endlich allein lassen mit Aigul – da donnert es in den Felsen über ihnen, jemand schreit *Steinschlag!,* rieselnder Sand ist zu hören, irgendwo weiter oben in den Felsenflanken, dann das Gepolter schwerer Steine, drei dunkle Schläge hallen durch die Nacht, und jemand in Uniform fragt laut und von Fluchworten untermauert, wann endlich alle parat seien, diese verdammte Bucht hinter sich zu lassen.

Dann kehrt Ruhe ein. Hinter Gschwind liegt der See; sanft und regelmäßig schlagen seine Wellen an die metallenen Pfeiler der Anlegestelle.

*

KAPITEL 50

Unter einer dicken cremeweißen Bettdecke erwacht er, in einem fremden, cremeweißen, nach Krankenhaus riechenden Zimmer; im Bett neben ihm schnarcht jemand. Pascal Gschwind wähnt sich in einem stupiden Traum und schickt sich nochmals in den Schlaf.

Doch auch beim nächsten Erwachen liegt er in einem Spitalbett. Allmählich finden Erinnerungen zu ihm zurück: Er sieht den in den See stürzenden Alfa, sieht seine durch das schwarzkalte Wasser sich arbeitenden Arme, sieht das verletzte Gesicht Aiguls und spürt ihren warmen Körper, an den gedrückt er im Böschungsgras liegt. Wie all das geschehen konnte, versteht er nicht.

Dass sein Vater papierlosen Türkinnen seinen Alfa ausleiht – mit Blick auf die Gesamtmerkwürdigkeiten, die sich ihm nicht erschließen, ist's nur ein Detail.

Gschwind schlägt die Decke weg, schaut an sich herab, bewegt Arme, Beine, seine Hüfte. Kein Gips, kein Verband, sonderbare Schürfwunden an Unterarmen und Ellenbogen, sonst ist alles normal, alles gesund. Das Beistelltischchen neben seinem Bett ist leer, in der Nachttischschublade findet er seinen Geldbeutel und eine zerdrückte Packung Papiertaschentücher, beides feucht, nur nirgends ist seine Brille.

Dass sein Tesla vollkommen herrenlos und unabgeschlossen zusammen mit 1,25 Millionen Franken in der Beatenbucht steht, wird ihm erst jetzt klar. Blitzartig schwingt er sich aus dem Bett – aber etwas reißt ihm brutal den Kopf zurück. Um seine Stirn klebt ein festes Stoffband, das über zahlreiche bunte Drähte mit einem dezent blinkenden Messgerät verbunden ist.

Benommen legt er sich wieder hin. Wieso erklärt ihm niemand, was das alles soll? Kraftvoll drückt er den roten Knopf. Am liebsten hätte er auch gleich seinen Tesla herbeigedrückt.

Unruhig schaut sich Gschwind um. Draußen ist es hell; die beiden Herren neben ihm scheint das nicht zu kümmern. Wie lange wollen die noch schlafen?

Seine Energie lässt wieder nach, er schließt die Augen, sinkt zurück ins Kissen. In dieser Entspannung wird er durchströmt von dem Gefühl, gerettet worden zu sein – und erfasst von der Sehnsucht, Aigul in seiner Nähe zu haben.

In einem sonderbar schwebenden Gang erscheint ein hochgewachsener Pfleger, der, als sei dies das Dringlichste, zuerst einmal ein Fenster öffnet, und dann an sein Bett tretend mit so sanfter Stimme *Guten Morgen* sagt, als könnte ein lauter Ton hier wertvolle Vasen beschädigen. Er blättert in mitgebrachten Papieren und fragt Gschwind, wie es ihm gehe und was er wünsche.

Mürrisch verzieht Gschwind das Gesicht; er ist nicht in Laune für sentimentale Gespräche. Er will wissen, wieso seine Stirn verkabelt ist.

Man habe gestern noch Rücksprache mit Frau Doktor Lepple gehalten; sein Blutdruck und seine Herzwerte seien beunruhigend, vor allem aber zeige sein Nervensystem – der Pfleger deutet auf Gschwinds Stirn – starke Anomalien. Er solle sich aber keine Sorgen machen, man werde das alles hinbekommen. Frau Doktor Lepple habe entschieden, ihn für 48 Stunden hier zu überwachen; falls nicht alles im Chaos versinke, werde man auch das ohnehin geplante MRI durchführen.

Pascal Gschwind fragt, was mit seinem Tesla passiert sei.

Das wisse er leider nicht, sagt der Pfleger. Heute um 14 Uhr 30 stehe eine Reihe von Tests an, fährt er fort. Frau Doktor Lepple werde sich um ihn kümmern. Es gehe darum, sich in einigen wenigen Schritten an eine Diagnose heranzutasten; man möchte herausfinden, ob bei ihm ein posttraumatisches Stresssymptom vorliege oder ob der in Bewusstlosigkeit gezeigte epileptische Anfall, den er gestern Abend erlitten habe, auf eine ernstere, eine *andere* Ursächlichkeit zurückzuführen sei.

Gschwind schluckt. An einen epileptischen Anfall kann er sich nicht erinnern.

Diese Tests, so der Pfleger, seien weder langwierig noch schmerzhaft, für die Belastbarkeit einer späteren Diagnose aber entscheidend. Der Verdacht auf Morbus Menière liege ja schon länger vor, Symptome seien teils deutlich, wenn auch nicht widerspruchsfrei – da sei es dringend notwendig, ein bisschen genauer hinzuschauen. Dann sagt er ruhig und mit einem wohlwollenden Lächeln, dass um 8 Uhr, also etwa in einer Stunde, ein kleines Frühstück serviert werde, danach könne er sich nochmals ausruhen. Ruhe sei jetzt überhaupt das Wichtigste. Für die ganzen kommenden 48 Stunden. Die Datenerhebung – erneut zeigt der Pfleger auf Gschwinds verkabelte Stirn – laufe bereits, die sanfte Aufregung dieses kurzen Gesprächs werde sich in den Messwerten gespiegelt finden.

Gschwind nickt mechanisch, am liebsten aber hätte er dem Pfleger erklärt, er könne sich seine Messwerte sonst wo hinstecken.

Er fragt nach seinem Telefon und einem doppelten Espresso.

Es komme vor, sagt der Pfleger in einem nun doch leicht schärferen und irgendwie belehrenden Ton, dass Notärzte zu beschäftigt sind, sich auch noch um Telefone zu kümmern. Er, Gschwind, könne sich glücklich schätzen, das Erdbeben überlebt zu haben. Und wie gesagt: Ruhe sei jetzt das Wichtigste. Kaffee komme gleich.

Dann schließt der Pfleger das Fenster, schenkt Gschwind noch einen prüfenden Blick und verlässt das Zimmer.

Pascal Gschwind versteht zwar nun, dass die Straße in der Beatenbucht durch ein Erdbeben aufgerissen worden ist. Allerdings begreift er viel klarer, dass er so schnell wie möglich von hier weg muss.

Wenig später bringt ihm der Pfleger tatsächlich Kaffee. Oder immerhin das, was in diesem Haus als Kaffee gelten mag. Als der

Pfleger die Tür hinter sich wieder zuzieht, gibt ihm Gschwind zwei Minuten, dann setzt er sein Vorhaben um.

Es erweist sich als nicht besonders schmerzhaft, das verkabelte Band von der Stirn zu lösen. Das Display des Messgerätes beginnt nervös zu blinken, Gschwind bemerkt es mit hämischer Freude. Er kontrolliert die Schubladen, die Ablage, öffnet den Wandschrank – von seiner Brille, seinem Telefon, seiner Hirschledermappe keine Spur.

Was man mit seiner Kleidung angestellt hat, ist ihm schleierhaft. Er weiß bloß, über dem Stuhl gleich neben dem Bett des schlafenden Nachbarn hängt welche. Er zieht sie an. Die Hose ist ihm viel zu groß, aber es gibt einen Gürtel. Im knielangen karierten Hemd sieht er aus wie ein Gespenst – so ungefähr fühlt er sich auch.

Mag sein, dass er, was die gestrigen Ereignisse anbelangt, einige Lücken hat. Inzwischen kann er aber ein paar Bilder abrufen, auch solche, die von diesem epileptischen Anfall stammen müssen; ein körperlich heftiger Kampf gegen den Willen der Ärzte, ihn von der schönen, warmen Aigul zu trennen. Hände, die ihn zurückhalten, Asphalt an seiner Wange, absurde Spannungen überall in seinem Körper. Viel mehr weiß er nicht. Aber er weiß ziemlich genau, wo sein Tesla steht.

Gschwind geht auf den Flur vor seinem Zimmer. Nicht gut sehen zu können und gekleidet zu sein wie ein Clown, empfindet er nicht gerade als Stütze. Aber es muss ihm jetzt egal sein. Dass sich weder im Aufzug noch unten im großen Eingangsbereich jemand für ihn interessiert, beruhigt ihn.

An der Rezeption erkundigt er sich spontan nach einer Aigul, die gestern Nacht ambulant eingeliefert worden sei.

Die junge Frau hinter dem Tresen – wahrscheinlich hat sie selber türkische Wurzeln – nennt Gschwind fragend einen türkisch klingenden Familiennamen.

Gschwind zögert, dann nickt er.

Die Frage, ob er zu Aigul gehöre, bejaht er.

Dann stellt sich die junge Frau ganz nahe an den Tresen, senkt ihren Blick und lässt einen Seufzer hören. Mit plötzlich tränenfeuchten Augen erzählt sie Gschwind, sie habe für Aigul die halbe Nacht lang alles Mögliche zu organisieren versucht, und doch habe sie es nicht verhindern können: Soeben sei Aigul von der Polizei abgeführt worden. Aigul, so sagt sie sehr leise, kenne sie noch von der gemeinsamen Zeit in der Flüchtlingsunterkunft. Im Unterschied zu ihr habe Aigul Pech gehabt mit den Papieren, Pech auch mit einem Heiratsschwindler. Stets sei sie gezwungen gewesen, sich illegal in der Schweiz über die Runden zu bringen, sie habe bei reichen Leuten in Oberhofen die Villa geputzt und ansonsten ein schattenhaftes Leben geführt. Sich kaum auf einen Spaziergang gewagt, weil sie Angst hatte, von der Polizei kontrolliert zu werden. Erst durch den Unfall, durch die Spitalseinweisung letzte Nacht sei ihre Illegalität aufgeflogen, und jetzt habe man sie ins Regionalgefängnis Burgdorf gebracht; wahrscheinlich werde man sie ausweisen.

Die junge Frau erzählt dies so voller Kummer, als wäre Aigul ihre Schwester.

Gschwind vermag nichts zu sagen. Er fühlt sich schuldig, und ihn erfasst Empörung. Die Frau, die sein Leben gerettet hat, darf nicht ausgewiesen werden!

Als ihn die junge Rezeptionistin fragt, ob sie etwas für ihn tun könne, bemerkt Gschwind, dass er vielleicht schon ein bisschen lang wortlos am Tresen steht.

Er bedankt sich, wendet sich ab und setzt sich ermattet auf die nächste Bank. Bis er merkt, dass er keine Zeit verlieren darf. Er muss raus hier, muss zu seinem Tesla; er braucht ein Taxi.

*

KAPITEL 51

Kaum lässt Pascal Gschwind das Krankenhaus hinter sich, taucht er in ein verwirrendes, atemloses Durcheinander, das ganz Thun erfüllt. Unzählige Menschen stehen auf den Straßen, stehen zwischen steckengebliebenen Autos, einige umarmen sich, einige weinen, viele schaffen Wertgegenstände aus ihren Wohnungen. Schreie sind zu hören, verzweifelte Stimmen, Klagen. Überall ist die Feuerwehr im Einsatz, Blaulichter drehen sich, über lange Leitern klettern Menschen aus Gebäuden, deren Erdgeschoss eingesackt ist. Der Zivilschutz sucht mit Rettungshunden nach Verschütteten, die Polizei hat alle Hände voll zu tun, Menschen daran zu hindern, in bestimmte Gebäude zurückzugehen. Die Straßen sind übersät von zersplitterten Fensterscheiben, von Schutt; aus einem Gullydeckel strömt Wasser, irgendwo liegt ein Packen Musiknoten, ein Wagen der Polizei bahnt sich mühsam einen Weg. Eine Fußgängerbrücke endet mitten über dem Wasser, die Bude eines Döner-Imbiss besteht nur noch aus zwei schiefen Wänden, rotweiße Absperrbänder flattern im Wind, jemand hievt ein Fahrrad über einen geknickten Laternenmast, riesige Leuchtbuchstaben eines Hotels baumeln an Drähten über die Fassade herab.

Gschwind sieht das alles und sieht es auch wieder nicht. Seine Kapazitäten, jetzt noch etwas aufzunehmen, sind beschränkt, und seine Aufmerksamkeit ist darauf fokussiert, so schnell wie möglich ein Taxi zu finden.

Als er endlich eines vor sich hat, steigt er ein und findet sich hinter einem zart lächelnden Chauffeur wieder.

»Zu Fuß ist besser, junger Mann«, sagt der Fahrer, ein Mann mit pakistanischen oder indischen Wurzeln.

»Fahren Sie mich zur Beatenbucht«, sagt Gschwind, bemüht um einen autoritären Tonfall.

»Sehen Sie Straße, junger Mann?«, fragt der Fahrer, und zeigt auf das Chaos vor ihm. Dann hält er Gschwind sein Telefon hin, auf dem ein Nachrichtenkanal geladen ist. Berichtet wird von einem Erdbeben mit Epizentrum Beatenbucht. Besonders Thun, Spiez und Interlaken sind betroffen; zahlreiche Gebäude, Brücken und Bauten sind eingestürzt, etliche Brände haben gelöscht werden müssen, man rechnet mit bis zu 400 Todesopfern. Der Kanton Bern hat den Notstand ausgerufen.

Die von Bern nach Thun führende Autobahn und sämtliche Bahnlinien sind unterbrochen; im Thuner Lerchenfeld hat die Autobahn wegen eines eingestürzten Brückenpfeilers die Kantonsstraße unter sich begraben. Die Decke des Lötschberg-Basistunnels ist eingebrochen, zwischen Gwatt und Spiez blockiert ein entgleister Güterzug die Schienen. Der Bahnverkehr im Berner Oberland ist komplett eingestellt; das westliche Berner Oberland vom Rest der Schweiz abgeschnitten; die einzige noch passierbare Verbindung zur Hauptstadt verläuft auf einer schmalen Gemeindestraße ins Gürbetal. Der Kanton hat alle Menschen aufgefordert, sich wenn immer möglich nicht in einem Gebäude aufzuhalten, bis der Schweizerische Erdbebendienst Entwarnung gibt.

Zahlreiche Siedlungen entlang des Seebeckens und große Teile Thuns sind ohne Strom; öffentliche Einrichtungen werden mit Notstrom versorgt.

Während der Wasserspiegel des Thunersees weiterhin rasch sinkt, überflutet der Sempachersee inzwischen das gesamte Suhretal; die Stadtbehörden von Aarau haben die Bevölkerung aufgerufen, sämtliche flussnahen Häuser zu evakuieren. Armee und Zivilschutz befinden sich im Großeinsatz.

Pascal Gschwind hat Mühe, all das zu einem sinnvollen Bild zu ordnen. Er macht sich Sorgen, Rina könnte etwas zugestoßen sein.

»Fahren Sie mich nach Oberhofen!«, sagt Gschwind energisch und reicht dem Fahrer das Telefon.

»Keine gute Richtung, Mister«, sagt der Fahrer.

Als Gschwind seinen Wunsch wiederholt, sagt der Chauffeur eindringlich:

»Sie sind schneller zu Fuß.«

*

KAPITEL 52

Auf einem alten Velo, das er am Thuner Bahnhof geklaut hat, bahnt sich Pascal Gschwind seinen Weg durch den Tumult. Ihm ist unheimlich. Eingestürzte Häuser säumen seinen Weg. Ob alte Bauten, ob neue Bauten, überall hat das Erdbeben seine Spuren hinterlassen, überall gibt es Ziegel, Scherben, Backsteine, zerbrochene Blumentöpfe, beschädigte Autos, entwurzelte Bäume.

Nach fieberhafter Fahrt erreicht er Oberhofen. Nie zuvor war ihm derart bang, die gleich hinter der Bushaltestelle abfallende kleine Mauer zu sehen, die den Blick auf seine Villa freigibt. Auf Rinas Villa.

Als sich die Mauer senkt, wird er erlöst: Das Haus steht noch.

Hastig stellt er das Fahrrad hin; vor der Tür zum Windfang liegt die digitale Wetterstation kaputt am Boden. Er weiß noch, sie hat 230 Franken gekostet. Auch weil er unbedingt das Modell haben wollte, das zusätzlich die Uhrzeit anzeigt, funkgesteuert aus Frankfurt, genau bis auf die Hundertstelsekunde.

Gschwind will eintreten, aber die Tür ist blockiert. Er macht einen Schritt zurück: Das Dach des Windfangs ist schräg, zwei Scheiben sind nicht mehr in ihrem Rahmen, überall liegen Glassplitter.

Besorgt ruft Gschwind den Namen seiner Frau. Niemand antwortet.

Er wählt den Kellereingang; in der Steinmauer rechts der Treppe klafft ein Riss.

Als er die Treppe hochsteigt und im Parterre ankommt, nimmt Gschwind eine bedrohliche Stille wahr. Ihm ist, als könne das Haus jeden Augenblick einstürzen.

Dann fragt er sich, ob es hier derart still ist, weil seine Rina von einem Dachbalken erschlagen auf dem Boden liegt.

In der Küche ist der Holzschrank mit den teuren Whiskygläsern eingestürzt, hinter einem Berg von Scherben liegen Schaufel und

Besen; Gschwind ist erleichtert. Er denkt, Rina habe das Erdbeben überlebt.

Sein Gefühl, dass dem so ist, erweist sich als instabil.

Abermals ruft er ihren Namen.

Im Büro ist ein Regal mit Ringordnern eingestürzt und ein Jahreskalender von der Wand gefallen. In der Wohnstube ist die Skulptur eines Künstlers, der für Rina einmal sehr wichtig war, in drei Teile zerbrochen.

Gschwind gelangt zu der Vermutung, Rina habe sich im Haus nicht mehr sicher gefühlt und bei Bernhard Ruthenbeck Schutz gesucht. Schutz und Geborgenheit.

Wieder im Wohnzimmer, schaut er sich nochmals die zerbrochene Skulptur an und versteht: Wegen der Schadensmeldung muss alles erst einmal so belassen werden, wie es ist.

Was er jetzt auch versteht: Für ihn ist das alles nicht so schmerzhaft anzusehen, weil sich der Zusammenbruch ihrer Ehe viel einschneidender anfühlt. Dieses Haus hier – es scheint ihm schon gar nicht mehr richtig zu gehören.

Im Wintergarten sieht es katastrophal aus; keine einzige Fensterscheibe hat sich im Rahmen halten können.

Als er Rinas glänzend rote Sommerschuhe schräg unter einem zerborstenen Glas hervorlugen sieht, erhält Gschwind einen Stich ins Herz. Aber sie selbst liegt da nicht, niemand liegt da. Es ist lediglich Rinas alte Angewohnheit, ihre Schuhe im Wintergarten stehen zu lassen.

Nachdem er in sämtlichen Räumen vergeblich nach ihr gesucht hat, begibt sich Gschwind via Kellertreppe wieder nach draußen. Er schaut sich hinter dem Haus um und benötigt eine Weile, um zu erkennen, dass der Schutthaufen, der sich ihm zeigt, bis vor Kurzem noch sein Bootshaus war.

Und deutlich ist zu erkennen, wie sehr der Wasserspiegel gesunken ist.

Kurz fragt er sich, ob das Becken in ein paar Wochen oder Monaten vollständig leer sein wird.

Jetzt, so dicht am See stehend, blickt er hinüber zum Grundstück der Ruthenbecks. Ihr Haus scheint ähnlich intakt wie Rinas.

Auch die Ruthenbecks sind also mit einem blauen Auge davongekommen.

Gschwind erwägt, rüberzugehen und bei Ruthenbecks zu klingeln. Zu fragen, ob bei ihnen alles in Ordnung sei. Eine in Bernhards Armen Schutz suchende Rina zu sehen, traut er sich aber nicht zu.

Dann denkt er an den Tesla. An das Geld. So schnell es das alte Fahrrad erlaubt, fährt er zur Beatenbucht.

*

KAPITEL 53

Kurz hinter Oberhofen ist die Straße gesperrt. Ein Polizist steht neben einem Absperrgitter und spricht ziemlich leise von einer Felssturzgefahr, als könnte ein zu lautes Sprechen die Felsen bereits stürzen lassen.

Als Gschwind erklärt, sein Telefon und sein Geld liege im Auto, und das Auto stehe in der Beatenbucht, lässt ihn der Polizist passieren.

Ein paar Kilometer weiter, kurz vor der Beatenbucht, hat die Polizei zwei Streifenwagen quer auf die Fahrbahn gestellt, sechs Uniformierte stehen vor einem rotweißen Absperrband. Zwei Dutzend Schaulustige blicken abwechselnd hoch in den felsdurchsetzten Wald, dann wieder zu der von zahllosen kleinen und großen Steinen und Sand übersäten Straße vor ihnen. 60 Meter entfernt zeigt sich im ganzen Steilhang und durch die Straße gehend ein Riss; als hätte jemand mit dem Messer ein Stück aus dem Berg geschnitten. Ohne Brille kann Gschwind es nicht gut erkennen, aber entlang dieser Linie ist die Straße massiv abgesackt: Nun, im Tageslicht und aus der Distanz, sieht der Abgrund, über den er und Aigul vergangene Nacht hinausgedonnert sind, recht harmlos aus. Und ganz friedlich, als hätte ihn dort jemand liebevoll geparkt, steht einige Meter hinter dieser Bruchlinie sein Tesla.

Sein Auto zu sehen, zu wissen, wie viel Geld auf dem Rücksitz liegt und nicht sofort hinrennen zu können – Gschwind kann die Anspannung kaum aushalten.

Dass es hier von Polizisten nur so wimmelt, macht Gschwind nervös. Irgendein Polizist ist sicher informiert über die Autonummer, weiß, wem dieser Tesla gehört und dass dieser Mann eine Anklage am Hals hat. Irgendeiner dieser hier versammelten Polizisten weiß das alles, Gschwind ist überzeugt davon, und um nicht aufzufallen, stellt er sich hinter die lockere Menschentraube der Schaulustigen. Von dort aus beobachtet er, wie ein Mann zu einem

Polizisten geht und erklärt, dass der Weg durch die Bucht die einzige Möglichkeit sei, um zu seinem Haus zu gelangen.

Der Polizist schüttelt seinen Kopf: Hinter dem Absperrband sei jederzeit mit Steinschlag zu rechnen, es bestehe Lebensgefahr, und ehe der Erdbebendienst nicht Entwarnung gebe, bleibe diese Straße gesperrt.

Als der Mann neuerlich seine schwierige Situation zu schildern beginnt, erklärt ihm ein anderer Polizist, er müsse sich ein Wassertaxi organisieren, müsse jemanden finden, der ein Motorboot besitze. Das sei jetzt die einzige Möglichkeit, und selbst bei diesem niedrigen Wasserpegel komme man noch immer fast überall hin.

Gschwind überlegt, wie es ihm gelingen könnte, wenn nicht seinen Tesla, so doch wenigstens das viele Geld zu holen, vielleicht nachts, vielleicht nachts vom Wasser aus – als ein feiner Donner zu vernehmen ist. Sofort blicken alle hoch in die schräg über ihnen liegenden Felsen.

Sand rieselt, ansonsten ist es schmerzhaft still. Ganz lange schmerzhaft still. Bis sich mit überraschend zärtlichen Geräuschen faustgroße Steine aus der Felswand lösen. Zwei oder drei sind es bloß, aber unterwegs reißen sie mehr und immer noch größere Steine mit sich – bald donnert unter bedrohlichem Lärm eine von Staubwirbeln umtanzte Gesteinslawine zu Tal. Ein paar Brocken klatschen in den See, andere schlagen hart auf dem Asphalt auf, und drei richtig riesige Stücke, zu träge, um rasch zu beschleunigen, können sich offenbar kaum für eine Flugbahn entscheiden. Als der erste von ihnen ins Wäldchen gleich am Ufer einschlägt, wirft er zwei Bäume um wie Zündhölzer. Der zweite bleibt in seinem Flug näher an der Felswand, schlägt mit einem ohrenbetäubenden Knall ins Geröll und erschüttert den Boden bis hin zum Absperrband. Der Aufprall des letzten großen Brockens schließlich wird abgedämpft vom Gehäuse des Tesla. Glas splittert, Aluminium bricht ein, und als sich die Wolke aus Steinstaub lichtet, sieht es aus, als stehe dort, ganz friedlich, mitten in der stillen Bucht, ein silbern schimmernder Felsbrocken auf vier Rädern.

Gschwind hält sich an einer Absperrung fest. Er fühlt einen rasch stärker werdenden Schwindel. Der Boden unter seinen Füßen wird weich, und dann fühlt er gar nichts mehr.

*

KAPITEL 54

Unter einer dicken cremeweißen Bettdecke erwacht er, in einem fremden, cremeweißen, nach Krankenhaus riechenden Zimmer. Dieser stupide Traum kommt ihm bekannt vor.

Der hochgewachsene Pfleger steht im Zimmer, er kehrt Gschwind seinen Rücken zu, spricht leise. Er ist beschäftigt mit einem Patienten.

Gschwind reibt sich Schlaf aus den Augen. Verärgert erinnert er sich daran, dass er keine Brille mehr hat. Unsicher schaut er sich um. Er kann sich keinen Reim darauf machen, wieso er schon wieder hier liegt, aber er fühlt sich, als habe er einen Marathon absolviert.

Auf seiner Stirn klebt wieder dieses Band mit den feinen Drähten, schräg hinter ihm schnurrt das Gerät. Langsam erinnert er sich, wie ihm schwarz wurde in der Beatenbucht, und abermals fragt er sich, ob Rina etwas zugestoßen sei. Der Wunsch, sie unversehrt zu sehen, zusammen mit Levin, erfüllt jetzt seinen ganzen Körper. Er spürt, wie sehr er sie noch immer liebt.

»Sie müssen entschuldigen«, sagt der Pfleger, als er bemerkt, dass Gschwind erwacht ist. »Das Mittagessen verspätet sich. Alles versinkt im Chaos. Wer schlimmen Hunger hat, für den haben wir noch Brötchen vom Frühstück.«

Gschwind bestellt einen Kaffee und fragt, wo er telefonieren könnte.

»Funkgeräte sind gerade die besten Telefone«, erwidert der Pfleger mit einem mitleidsvollen Lächeln. »Der Kanton Bern besteht derzeit hauptsächlich aus einem Funkloch. Aber manchmal klappt es trotzdem.«

Erfreut, das Telefon des Pflegers in seinen Händen zu halten, bemerkt Gschwind, dass er sich an Rinas Nummer nicht erinnern kann. Wann hatte er wohl letztmals ihre Nummer getippt? Das muss vor ungefähr 17 Jahren gewesen sein. Er versucht, Rinas

Nummer im Netz zu finden; es überrascht ihn nicht, dass das nicht gelingt.

Verärgert lässt er das Telefon sinken und fragt sich plötzlich, wie er diesem Jonas, der eine Weltreise durch die Schweiz macht, den Auftrag übermitteln könnte, nachts die Absperrungen in der Beatenbucht zu überqueren und das Geld aus dem zertrümmerten Tesla zu holen. Immerhin ist es doch denkbar, dass sich eine der hinteren Türen trotz allem noch öffnen lassen würde.

Der Pfleger erscheint mit dem Kaffee: »Bitteschön! Und um 14 Uhr 30 wird sich Frau Doktor Lepple gemeinsam mit Ihnen Ihre Daten anschauen und das weitere Vorgehen besprechen, ja?«

Als wäre das eine Antwort, streckt Gschwind dem Pfleger das Telefon hin.

Der Pfleger nimmt es mit einem Nicken und lässt das Zimmer hinter sich.

Pascal Gschwind blickt in die Tasse und erinnert sich, dass der Kaffee hier vollkommen ungenießbar ist. In der Nachttischschublade findet er seine Kleider, gewaschen und gebügelt. Selten hat er sich so auf seine Kleider gefreut. An einem Tag wie heute wird Frau Lepple sicher Arbeit genug haben; ihretwegen muss er sich kein schlechtes Gewissen machen.

Er würde nicht behaupten, er fühle sich großartig, aber es gelingt ihm, sich immerhin so auf den Beinen zu halten, dass er, als er aus dem Krankenhaus spaziert, niemandem auffällt.

Das schöne Wetter wirkt angesichts des anhaltenden Chaos in der Stadt geradezu ironisch. Selten hatte Gschwind so deutlich den Eindruck, der Natur sei der Mensch vollkommen gleichgültig.

Um keine Zeit mit der Suche nach einem diebstahlunsicheren Fahrrad zu verlieren, geht Gschwind zu Fuß. In 40 Minuten müsste es zu schaffen sein.

Als die kleine Mauer hinter der Bushaltestelle den Blick auf die Villa freigibt, wird Gschwind von nostalgischen Gefühlen erfasst.

Er hat das Haus vor sich, das seiner großen Liebe eine Hülle gegeben hat. Das Haus, in welchem Levin seine Kindheit erlebt hat. Das Haus, in dem er zusammen mit Rina hatte alt werden wollen. Voller Rührung blickt er zu den beiden Silberweiden, die im schönsten Licht des Herbstes ihre Blätter glänzen lassen.

Die Tür des Windfangs klemmt nicht mehr. Ein ermutigendes Zeichen.

Als Gschwind das Haus betritt, hört er, wie Rina ein Telefonat beendet. Das erlösende Gefühl zu wissen, dass sie lebt, will sich in Gschwind aber nicht recht einstellen. Es mag mit dem Klang ihrer Stimme zu tun haben, der ihn befremdet; erschreckend kühl.

Als er Rina hinter der Anrichte stehen sieht, erfüllt ihn ein Glück. Einen schmerzhaft kurzen Augenblick nur währt es. Dann scheint ihm, sie sehe aus, als sei sie über Nacht um Jahre gealtert. Mit eingefallenen Schultern steht sie da, mit versteinertem Gesicht. Der Blick, mit dem sie ihn nur streift, ist leblos und hart.

Gschwind nennt sie bei ihrem Namen, spricht sie an.

Rina stößt, als hätte sie ein hässliches Tier entdeckt, einen spitzen Schrei aus. Sie flüchtet quer durchs Wohnzimmer in Richtung Wintergarten.

Gschwind hört, wie sie weint, wie sie nach Luft schnappt, und er weiß nicht, ob sie es zulassen mag, dass er sich ihr nähert. Er schaut an sich herab, als müsse er prüfen, ob eine Bedrohung von ihm ausgeht. Vorsichtig macht er einige Schritte, bis er sie draußen vor dem verwüsteten Wintergarten sitzen sehen kann. Sie hat den Kopf in ihre Armbeugen gesenkt; es wirkt, als erwarte sie den Einsturz des Himmels. Dann vernimmt Gschwind ein Knistern, ein feines, technisches Geraschel.

Gschwind erkennt erst jetzt, dass Rina kein Telefon, sondern ein schwarzes kleines Gerät in der Hand hält.

Dann hört er, wie ein Auto vor dem Haus parkt. Noch ehe er überlegen kann, was das zu bedeuten hat, treten drei Uniformierte ein. Sie umstellen ihn, als hätte er sie zum Kampf aufgefordert.

Erst als sich Gschwind eine gute Weile nicht regt, stellen sie sich vor: Mitarbeiter der Kriminalpolizei.

Gschwind nickt nur. Er spürt, etwas geht zu Ende. Und er hört, wie Rina über die Scherben der Wintergartenfenster geht und bitterlich weint.

Eine Frau betritt nun die Küche, streckt ihre Hand aus und stellt sich vor als Staatsanwältin Wüthrich.

Gschwind nickt müde. Am Hosenbund der Männer erblickt er ein Funkgerät, wie Rina es in ihrer Hand hielt.

»Sie sind nicht so gut erreichbar, Herr Gschwind«, beginnt Frau Wüthrich, »aber ich gehe davon aus, Sie wissen es bereits: Ihr Nachbar, Bernhard Ruthenbeck, ist im See ertrunken. Bei einer Ausfahrt mit einem beschädigten Motorboot. Dazu möchten wir Ihnen gerne ein paar Fragen stellen.«

*

KAPITEL 55

In der Zelle ist es gar nicht mal so ungemütlich. Abgesehen davon, dass die Toilettenschüssel einfach so, ohne jede Abtrennung, in den Raum ragt und ihren säuerlichen Hygienegeruch verbreitet. Abgesehen davon, dass das Bett ein bisschen hart und schmal ist, und abgesehen auch davon, dass die Brüstung des kleinen Fensters derart hoch ist, dass er nicht mal sein Kinn drauflegen kann. Man hat ihn aufgefordert, die Schnürsenkel aus seinen Schuhen zu ziehen und sie abzugeben. Sie erhielten ein Etikett, eine Nummer und einen Eintrag in einer Liste. Allgemeine Suizidprävention, hieß es. In seinen offenen Schuhen genießen seine Füße eine ungewohnte Bewegungsfreiheit. Er selbst hat viel von ihr eingebüßt.

Ein kleines Viereck Himmel kann Pascal Gschwind sehen, einen winzigen Ausschnitt eines bedeckten Herbsthimmels. Ein kleiner Hinweis immerhin auf die ungefähre Tageszeit. Unten rechts zieht sich eine feine schwarze Linie durch dieses Teilstück des Himmels, der oberste Draht einer Stromleitung wohl. Im Ausschnitt befindet sich der Draht genau in jener Ecke, die die Bohrmaschine im Innenrückspiegel eingenommen hatte. Es gibt jetzt so viele Dinge in seiner Erinnerung, die er gerne löschen möchte.

Meist starrt Pascal Gschwind nicht aus dem erhöhten Fenster, sondern auf jene Stelle der Tür, an welcher ein Türgriff angebracht sein müsste. Auf jene Stelle, die geradezu danach schreit, mit einer Klinke versehen zu werden. Die es hier nur auf der Außenseite gibt.

Hin und wieder gelangen Geräusche durch die scheinbar meterdicken Wände zu ihm. Als würde ein übergewichtiger Gefängniswärter einen Rundgang absolvieren. Niemals laut und doch jedes Mal sehr deutlich hört Gschwind den Schlüsselbund. Ein richtig großer Schlüsselbund muss das sein, mit den Schlüsseln aller Zellen.

Schon vier Mal hat er versucht, beim Vernehmen des Schlüsselbundgeräusches auf die Hoffnung zu verzichten, der Schlüsselbund klingle nur, weil der Wärter den Schlüssel zu seiner Zellentür hervorholen und gleich aufsperren würde. Vier Mal hat er es voller Konzentration versucht, vier Mal ist er kolossal gescheitert.

Er denkt an Aigul, denkt an sie voller Trauer und mit der Sehnsucht, sich bei ihr bedanken zu können; er ist überzeugt, dass auch sie in ihrer Abschiebehaft empfindlich auf das Geräusch von klingelnden Schlüsseln reagiert.

Herr Blatti, sein Anwalt, der schon bei der Erstvernehmung neben ihm saß und auf dessen Dienste er sich weiterhin stützen darf, hat es mindestens drei Mal wiederholt: Wenn er gesteht, gibt es für die Staatsanwältin keinen Grund, ihn in U-Haft zu stecken. Wenn er gesteht, das Boot beschädigt zu haben, besteht weder Kollusions- noch Fluchtgefahr. Der dritte Grund für eine U-Haft, die Wiederholungsgefahr, falle weg, da Ruthenbeck bereits tot ist.

Um ein Geständnis abzulegen, fehlte Gschwind der Mut. Gleich zu Beginn der Erstvernehmung hat er verstanden, dass Rina der Kriminalpolizei den Akkubohrer nicht gezeigt hatte. Dieses wichtigste Beweisstück fehlt der Justiz also, da ist er ihnen glücklicherweise noch zuvorgekommen, und die kleine Geschichte, die er sich während der Fahrt aufs Revier ausgedacht hat, eine Geschichte, in der er mit Bernhard Ruthenbeck ein Glas Wein beim Bootshaus getrunken hat, diese Geschichte, die davon berichtet, dass er diesen überaus schwierigen Besuch unternommen hat, weil er sich entschieden hatte, nicht weiterhin mit einem Hass auf Ruthenbeck leben zu wollen – ist diese Geschichte nicht derart plausibel, dass er sie auch selber glauben könnte? Dass sie fast schon wahr sein muss? Zu viel negative Energie sei in den Gedanken an den ehebrechenden Ruthenbeck immer entstanden, es habe sich kindisch angefühlt, wie früher im Sandkasten, wenn ihm jemand die schöne Burg kaputtgemacht hat, und also sei er mit einer Flasche Wein zu seinem Nachbarn gegangen, was ihm nur gelungen sei, nachdem er selber schon zwei große Bier getrunken hatte, und zwei große Bier, das sei für einen, der für gewöhnlich überhaupt nichts trinke, eine ziemliche Menge, weswegen er leicht angetrunken mit der Falsche Wein zu Ruthenbeck gegangen sei und dort gleich habe feststellen müssen, dass sein Nachbar ein wohlwollendes Wesen hatte, dass er es verstand, gut zu kommunizieren, dass Bernhard Ruthenbeck schließlich das Kunststück gelungen war, sich vernünftig und ruhig mit ihm zu unterhalten, weshalb er, Gschwind, sich wertgeschätzt gefühlt habe, und jetzt, da sich Gschwind diese kleine Geschichte wieder und wieder selbst erzählt, da er erzählend in einen sonderbaren Strudel eigener Vorstellungen gerät, weiß er inzwischen nicht mehr so sicher zu sagen, ob er das jetzt wirklich alles nur erfunden hat.

Die Stille, die nach seiner Schilderung den kargen Polizeiraum erfüllte, beeindruckt ihn noch jetzt, und insgeheim freut er sich diebisch, dass seine Erzählung so gut die Fingerabdrücke erklärt, die man an der Tür zu Ruthenbecks Bootshaus entdeckt hatte. Es erklärt diese Geschichte auch die drei Birkenblätter, die offenbar am Fußende seines Bettes gelegen haben und die, auch das hat das Team der Spurensicherung dokumentiert, zu jener Birke gehören, die einige Meter vor Ruthenbecks Bootshaus steht.

Als angenehm erweist sich jetzt der Umstand, dass Gschwind für den Zeitpunkt, da Ruthenbeck ertrunken ist, kein Alibi benötigt. Diesbezüglich ist er wirklich fein raus.

Und genau das denkt er noch ein paar Mal. Dieses *wirklich fein raus* schwebt still die vier Wände entlang, die ihn umgeben, auf Hüfthöhe ungefähr ziehen diese drei Worte ihre Runden, mal schneller, dann wieder langsamer. Doch wäre er wirklich fein raus, würde er sich wohl nicht wieder und wieder überlegen, wie man seinem Leben auch ohne Schnürsenkel ein Ende setzen kann.

Mit voller Wucht schwingt er das linke Schienbein gegen die Bettrahmenkante; Tränen schießen ihm in die Augen. Er genießt die temporäre Linderung, die der heftige Schmerz mit sich bringt.

Wirklich fein raus zu sein, das weiß er, sieht anders aus, Gschwind weiß es in hellen Momenten nur zu gut. Bloß weiß er nicht mehr einzuschätzen, wann welche Momente als hell gelten können.

Dass er sich während der Erstvernehmung auf kein genaues Zeitfenster hatte festlegen wollen, dass er nicht genau hatte sagen können, von wann bis wann er mit Ruthenbeck vor dem Bootshaus gesessen und Wein getrunken habe, das hat ihn und seine Geschichte vermutlich doch eine gute Portion an Glaubwürdigkeit gekostet.

Ihm war aber klar, man würde Franziska fragen, ob sie etwas von diesem weinseligen Treffen wisse – eine ungenaue Zeitangabe schien ihm da schlicht eine komfortablere Ausgangsposition zu sein.

Aber was heißt schon komfortabel? Dass er im Umkreis von 10.000 Kilometern gewiss der Einzige ist, der ein starkes Motiv besaß, Ruthenbeck zu hassen – das allein wird als erdrückender Beweis gelten.

Was Rina von ihm denkt, weiß Pascal Gschwind nicht. Sie war nicht mehr aus ihren Wintergartenscherben hervorgekommen. Er nimmt an, sie verurteilt ihn. Egal, wie die Richter auch entscheiden mögen, sie weiß, er hat es getan.

Der einzige Trost, den er hat, ist die Nachricht, dass Levin das Erdbeben unverletzt überstanden hat.

*

KAPITEL 56

Dass es ihm erlaubt worden ist, seinen eigenen Anwalt zu kontaktieren, seinen Freund Beat Stettler, dass es sogar möglich ist, Stettler hier in der U-Haft zu empfangen, ganze 30 Minuten lang, beschäftigt Pascal Gschwind bereits den gesamten Vormittag; es ist, als wäre seine ohnehin vollkommen rastlose Denkmaschine geölt worden. Und egal, wie und was er auch denkt in Bezug auf diesen bevorstehenden Besuch, was für Möglichkeiten, was für eine Hilfe sein Anwalt und Freund sein kann – die pure Gewissheit, mit ihm sprechen zu können, stimmt Gschwind euphorisch.

Genau deswegen führt sich Gschwind wieder und wieder vor Augen, dass auch Stettler nicht zaubern kann, dass auch Stettler an den Grundzügen seiner Situation nicht viel wird ändern können. Die Hoffnung aber, dass ihm genau dies auf vertrackte Weise eben doch gelingen könnte, dass er fähig wäre, allem eine wuchtige Wendung zu verleihen – Gschwind kann sich schlicht nicht von ihr lossagen.

Nach anderthalb Tagen U-Haft, ohne Telefon, ohne Internet, ohne niemanden und nichts, ohne die Ahnung, wie lange sie ihn noch festhalten werden, festhalten dürfen, weiß er gar nicht mehr, wann er das letzte Mal derart nichts und nichts und wieder nichts getan hat. Hier lassen sie ihn vollkommen allein mit diesen vier Wänden, drücken ihm wieder und wieder dieses idiotische, in der unteren rechten Ecke von einem idiotischen Draht angeschnittene Viereck von einem Himmel ins Gesicht, damit er die Existenz der richtigen Welt nicht vergesse, hier drücken sie ihm den säuerlichen Geruch der Toilettenschüssel in die Nase, deren Abfluss ihn wahrscheinlich daran erinnern soll, dass man immer auch noch tiefer hinabgedrückt werden kann.

Das Geräusch, mit dem der Schlüssel in das für ihn unsichtbare Schloss seiner Tür erst eingefahren, dann gedreht wird, geht Gschwind bis in die Knochen. Dass sich diese Tür öffnet, ist ein körperliches Erlebnis. Man führt ihn durch fensterlose Flure, metallene Türen fallen in ihre Schlösser, ein kleiner elektrischer Strom fließt zum Schloss der nächsten Tür, die sich mit einem nervösen Summton öffnet, und bald schon steht Gschwind in einer Kabine und erblickt hinter einer massiven Fensterscheibe seinen Freund und Anwalt Beat Stettler.

»Schieß los, viel Zeit haben wir nicht«, ist das erste, was Gschwind versteht, als die Mikrofone endlich funktionieren. Die Uhr an der Wand hinter Stettler zeigt bereits vier Minuten nach 14 Uhr, Gschwind weiß nicht, ob die 30 Minuten schon in dem Moment begonnen haben, da man ihn aus der Zelle holte.

Stettler will, dass Gschwind erst einmal alles genau so erzählt, wie es sich zugetragen hat. In einem zweiten Schritt möchte er erfahren, was die Staatsanwaltschaft wisse. Und in einem dritten Schritt werde es darum gehen, eine Strategie festzulegen, um den Schaden möglichst gering zu halten.

Die Trennung durch die Glaswand und die akustische Verfremdung der Lautsprecher empfindet Gschwind als störend, die Möglichkeit aber, mit einem vernünftigen Menschen ein vernünftiges Gespräch führen zu können, belebt ihn ungemein.

Er neigt sich ganz nah ans Mikrofon und erzählt. Zu sehr in den Details darf er sich nicht verlieren, aber ein paar Dinge müssen einfach erwähnt werden, damit so etwas wie Verständnis entstehen kann. Der Traum gehört dazu. Dieser kraftvolle Traum mit dem auf dem Tisch tanzenden Ruthenbeck, dem er die Schuhe aufbohrt. Und wie er nackt neben dem Haus steht, wie er sich da fühlt. Zu schildern, wie er die Bohrmaschine holt, das dichte Gebüsch auf der Grundstücksgrenze überschreitet und sich Zugang zum Ruthenbeck'schen Bootshaus verschafft, kostet Gschwind eine gewisse Portion an Überwindung. Mehrmals unterstreicht er, wie sehr er noch unter dem Eindruck des Albtraums gestanden habe; er weiß im Grunde nicht, ob es stimmt, aber er selber hält, was er getan hat, für sehr viel glaubwürdiger, wenn er schildert, er sei noch im Fahrwasser des Traumes geschwommen.

Als Gschwind fertig ist, blickt Beat Stettler bekümmert von seinen Notizen auf, die er sich unterdessen gemacht hat, und schaut auf seine Armbanduhr.

»Uns bleiben zwölf Minuten«, sagt er kühl. Und abgesehen davon, dass er seine Uhr zurück unter das Bündchen seines Hemdes gleiten lässt, tut er tatsächlich nichts. Er bleibt einfach in seiner aufmerksamen Anspannung sitzen und wartet darauf, dass Gschwind erzählt, was die Staatsanwaltschaft schon alles weiß.

Gschwind merkt, wie unsicher er ist in seinen Vermutungen, was für die Staatsanwaltschaft bewiesen ist und was nicht.

Um nicht noch mehr Zeit zu verlieren, wendet sich Gschwind dem Konstrukt zu, das seine Gedanken den gesamten Vormittag über in Beschlag genommen hat. Er weiß, was er der Staatsanwältin erzählen will, er hat es sich in allen Details überlegt, und er ist sicher, auch Beat Stettler überzeugen zu können.

Im Kern geht es darum, dass jeder Bootsbesitzer vor der Ausfahrt mit seinem Boot die Fahrtüchtigkeit seines Gefährts kontrollieren muss. Das lernt man für jede noch so unbedeutende Bootsprüfung. Da die Bohrlöcher eine offensichtliche, eine bestens sichtbare Beschädigung des Bootes darstellen, hätte Ruthenbeck als erfahrener Bootslenker bei der routinemäßigen Kontrolle der Fahrtüchtigkeit diese Beschädigung feststellen müssen – und hätte, statt loszufahren, bei der Polizei Anzeige einreichen können.

Stettler unterbricht ihn, und Gschwind bejaht: Ja, er sei unter Umständen bereit, die Schuld für die Sachbeschädigung zu tragen. Er wolle also, falls juristisch nötig, zugeben, dass er das Boot angebohrt habe. Diese Sachbeschädigung könne seinetwegen auch fahrlässig genannt werden oder mutwillig oder grob fahrlässig, wie auch immer, er sei also unter Umständen und wenn es anders nicht gehe, bereit, diese Schuld zu übernehmen, und die Schuld, nicht von Anfang an die Wahrheit erzählt zu haben, lade er sich eben auch noch auf, wobei er da schon mildernde Umstände einberechnet sehen möchte, da er doch von der Nachricht, Ruthenbeck sei ertrunken, einen Schock erlitten und die nur allzu gut nachvollziehbare menschliche Angst verspürt habe, gleich als Mörder abgestempelt zu werden, was ihn insgesamt dazu genötigt habe, alles abzustreiten.

»Und was ist mit der Bohrmaschine?«, hakt Stettler nach.

Gschwind versteht nicht. Er fühlt bloß, wie wenig er seinen eigenen Worten noch zu folgen vermag.

»Die Tatsache, dass du sie in den Wald geschmissen hast, deutet auf ein Schuldbewusstsein hin, das die Schuldlast einer Sachbeschädigung übersteigt.«

»Dann erwähne ich halt nicht, dass ich sie in den Wald geschmissen habe.«

»Das musst du auch gar nicht. Auf diese Idee kommt die Staatsanwaltschaft auch von allein.«

Gschwind schluckt. Er sträubt sich gegen die von Stettler angedeutete Vermutung, die Staatsanwaltschaft sitze ohnehin am längeren Hebel.

»Falls ich dich richtig verstehe ...«, sagt Stettler und versinkt kurz in einer Nachdenklichkeit, »willst du die Sachbeschädigung und den Hausfriedensbruch eingestehen und zugleich mit dem Argument der Verantwortlichkeit eines Bootslenkers gegenüber der Fahrtüchtigkeitskontrolle seines Bootes die Schuld an einer fahrlässigen Tötung bestreiten.«

Gschwind fühlt sich, als hätte jemand das Messer, das in seiner Brust steckt, einmal gedreht. Schließlich wagt er Stettler zu fragen, ob ihn diese Taktik überzeuge.

»Ich werde mich mal schlau machen, was es mit diesen Bootsprüfungen auf sich hat«, sagt Stettler ohne erkennbare Begeisterung.

»Du findest also meine Argumentation idiotisch«, sagt Gschwind, und spürt, wie sehr ihn das Gespräch aufwühlt.

»Idiotisch nicht«, sagt Stettler. »Ich sehe nur deutlich, dass wir nicht die besten Karten haben. Und damit es schon mal auf dem Tisch ist: Für fahrlässige Tötung sitzen die meisten vier bis sieben Jahre im Knast.«

»Es war Sachbeschädigung! Kein Totschlag!« Pascal Gschwind schreit so laut, dass sich die Worte im Lautsprecher überschlagen.

Hinter Stettler öffnet sich eine Tür, ein Uniformierter blickt in die Kammer und fragt, ob alles in Ordnung sei.

Eingeschüchtert blickt Stettler zu Gschwind, der sich reumütig entschuldigt.

Der Uniformierte bleibt stoisch im Türspalt stehen, deutet auf die Uhr, sagt, sie hätten noch vier Minuten, und zieht seinen Kopf wieder aus der Kabine.

Er habe niemanden umgebracht, er habe bloß ein paar Löcher in ein Boot gebohrt, sagt Gschwind jetzt vergleichsweise ruhig.

Stettler nickt in einer Beiläufigkeit, die Gschwind irritiert, aber er mag jetzt nichts dagegenhalten. Es irritiert ihn ebenfalls, dass Stettler nun auf seine Notizen blickt, als wäre dort etwas zu lesen, das Stettler ihm nicht preisgeben mag.

Gschwind leidet, versucht hinzunehmen, dass wertvolle Sekunden verstreichen, ohne dass das Gespräch zu einer Fortsetzung findet.

Stettler sammelt sich und sagt: »Wenn ich dich richtig verstanden habe, ist davon auszugehen, dass deine Frau der Polizei auch erzählt hat, dass du grundsätzlich weißt, dass Ruthenbeck mit einem schwachen Herz zu kämpfen hatte.«

Gschwind nickt betreten. Auf eine Fortsetzung des Gesprächs in diese Richtung hat er keine Lust. Indirekt Rina auf der Seite seiner Gegner zu wissen, schmerzt ihn besonders.

»Ich muss wissen, ob du mir helfen willst«, hört sich Gschwind sagen.

»Die gängige Rechtsprechung gibt uns sicher keinen Rückenwind«, sagt Stettler.

»Aber dieser heftige Traum, den ich gehabt habe: Der hat das manische Bohren schon vorweggenommen, ich habe quasi im Affekt gehandelt!«

»Affekt ist da leider keine relevante Größe«, sagt Stettler.

»Aber es macht doch einen Unterschied, ob ich quasi aus einem Albtraum heraus etwas tue oder ob ich es ...«

»Was mit Träumen zu tun hat, lassen wir besser im Schlafzimmer. Vor Gericht wirkt das lediglich esoterisch.«

Wieder geht hinter Stettler die Tür auf, der Uniformierte blickt herein; Gschwind versteht, die Zeit ist um.

»Wir sprechen uns, sobald sie dich aus der U-Haft entlassen«, sagt Stettler.

Gschwind bringt nichts über die Lippen.

Auch hinter ihm geht jetzt die Tür auf. Suchend blickt Gschwind ein letztes Mal zu Stettler, der sich bereits nicht mehr auf einen Blickkontakt einlassen mag, dann erhebt er sich.

*

KAPITEL 57

Tags darauf, ohne dass er Schritte wahrgenommen hätte, hört Pascal Gschwind, mit gekrümmtem Rücken auf der Bettkante sitzend, wie ein Schlüssel ins Schloss seiner Zellentür geschoben wird. In der geöffneten Tür, mit einer altmodischen Krawatte, auch etwas schüchtern, als käme er vielleicht ungelegen, steht Anwalt Blatti. Einen Umschlag in der Hand, sagt er freundlich: »Guten Tag, Herr Gschwind.«

Betäubt vom Kreisen ewig gleicher Gedanken bringt Gschwind nichts anderes zustande als ein ironisches, schwach an seinen Mundwinkeln ziehendes Lächeln.

Er komme im Namen der Staatsanwaltschaft, erklärt Blatti, und er habe gute Nachrichten.

Innerlich nicht bereit, sich auf ein anderes menschliches Wesen einzulassen, schon gar nicht auf einen Anwalt, den er mit seinen juristischen Gegnern assoziiert, bleibt Gschwind erst einmal sitzen.

Erst nachdem Blatti ihn zwei Mal darum gebeten hat, folgt Gschwind ihm hinaus in den Korridor und durch fensterlose Flure in ein Besprechungszimmer.

Gschwind fühlt sich wie sein eigener Schatten. Tot zu sein und alles hinter sich zu haben, so scheint ihm, wäre das Einfachste.

Das Besprechungszimmer ist so karg wie offenbar alle Räume hier, aber es gibt keine Trennwand, keine Lautsprecher und keine Mikrofone, Gschwind darf hier direkt bei Blatti am selben Tisch sitzen. Nicht, dass er Blattis Nähe sucht, im Gegenteil. Und doch ist damit der Eindruck verflogen, man müsse ihn in Zellen, müsse ihn wie ein wildes Tier hinter dicken Mauern oder hinter dickem Glas halten.

Blatti erklärt, Staatsanwältin Wüthrich habe entschieden, es sei nicht statthaft, ihn noch länger in Untersuchungshaft zu behalten.

Gschwind fühlt, Blatti sucht in seinem Gesicht nach einer Regung; es ist ihm aber völlig gleichgültig, dass sein Gegenüber nichts anderes sehen kann als Misstrauen und Erschöpfung.

Um es noch deutlicher zu formulieren, sagt Blatti, er, Gschwind, werde nun, gleich im Anschluss an dieses Gespräch, das Polizeirevier verlassen dürfen.

Gschwind spürt, wie sich diese Nachricht langsam in ihm ausbreitet. Womöglich zeigen seine Züge nun doch eine Art Erleichterung; er hat jedenfalls den Verdacht, dass Blatti, der noch immer prüfend auf sein Gesicht blickt, zufrieden sei mit seiner Reaktion.

Sodann fährt Blatti fort: Da die Staatsanwaltschaft allerdings der Meinung sei, eine Fluchtgefahr könne nicht ausgeschlossen werden, sei das Ende der Untersuchungshaft mit einer vorsorglichen Maßnahme verknüpft. Man belege ihn mit einem Ausreiseverbot, er dürfe die Schweiz nicht verlassen, weder beruflich noch privat. Eine oder mehrere Ausnahmen davon könne er theoretisch zusammen mit seinem Anwalt in einem eigens dafür angeregten Verfahren erstreiten. Seiner Erfahrung nach seien Bemühungen dieser Art aber meist zum Scheitern verurteilt; ein Ausreiseverbot habe schließlich nur dann einen Wert, wenn es strikt umgesetzt werde.

Das Ausreiseverbot sei gültig ab Ende der Untersuchungshaft, also ab jetzt, und gelte mindestens bis zum Termin der erstinstanzlichen Gerichtsverhandlung.

Offenbar zufrieden, alles erwähnt zu haben, schiebt Blatti Gschwind einen Umschlag zu und erklärt ihm, er finde darin alles noch einmal schriftlich.

Jetzt müsse er nur noch auschecken, sagt Blatti.

Als Gschwind die Hand Blattis vor sich sieht, ist er sogar einverstanden, diese Hand zu schütteln.

Blatti hat den Raum schon fast verlassen, als Gschwind ihn fragt, wann diese erstinstanzliche Gerichtsverhandlung stattfinden werde.

Blatti dreht sich zu ihm um und zieht die Schultern hoch.

»Der Termin wird in circa sechs bis acht Wochen festgelegt werden; Sie dürfen damit rechnen, in ungefähr vier oder fünf Monaten vorgeladen zu werden. Wenn viel los ist, in acht. Ebenfalls wird Ihnen bis in acht Wochen mitgeteilt werden, bis wann Ihr Anwalt seine Verteidigungsschrift einzureichen hat.«

*

KAPITEL 58

Zwei Schnürsenkel in der Hand, die Füße in viel zu lockeren Schuhen, steht Pascal Gschwind da. Ganz oben an der Treppe. Mit Ausblick auf die Straße. Hinter ihm das Polizeigebäude, vor ihm die Stadt Thun. Fußgänger ziehen vorbei, kaum je lässt sich ein Auto blicken, obwohl die Straße hier schön breit ist und tadellos asphaltiert. Ein paar der rotweißen Absperrbänder sind zu sehen, grobe Risse ziehen sich durch Fassaden, Fensterscheiben sind zerbrochen, aber alles ist friedlich, erstaunlich still. Mit immer wieder neuem Schwung jagen Schwalben um die Hausecken.

Gschwind stellt fest, er ist ein freier Mann, er kann sich hier frei bewegen. Und doch scheint alles verbaut, und doch fühlt er sich nirgends erwünscht.

Erstaunlich tief zieht ein Hubschrauber der Rega vorbei.

Ja, er hat Schnürsenkel. Zwei Stück sogar. Aber er hat keine Brille, er hat kein Geld, er hat keine Kreditkarte, er hat kein Telefon.

Ihm ist, als habe man ihm die Schnürsenkel nur zurückgegeben, damit er sich jetzt erhängen kann.

Obwohl es im Grunde aussichtslos ist, will Pascal Gschwind sich anstrengen, klar zu denken. Vielleicht müsste er dazu erst einmal etwas essen. Das geht aber nur, wenn er Geld hat.

Auf dem Gehsteig ziehen zwei Männer einen Handwagen hinter sich her, der beladen ist mit einer schweren Maschine, vielleicht mit einer Art Notstrom-Aggregat.

Ist er früher einmal einer Arbeit nachgegangen?

Er kann sich daran erinnern. Sehr gut sogar. Valnoya. Peru. Das Rapacitanium am Beatenberg. Die *Lost Time Frequency Injury Rate*, die Aufmerksamkeitsassistenten in den Fahrzeugen, das noch beinahe leere Kapitel zur Korruptionsbekämpfung und die 21 Toten von Chile, die nicht Teil des *Sustainability Reports* sein dürfen. Dann der Auftritt im Fernsehen, der Schlagabtausch mit Gabriela

Hollenstein, zu dem es nicht mehr gekommen ist. Der mit den Kantonen auszuarbeitende Umweltverträglichkeitsbericht, mit dem er noch gar nicht begonnen hat. Alles da und doch meilenweit entfernt.

Wieder zieht ein Hubschrauber über die Dächer der Stadt.

Noch immer steht Gschwind da, in viel zu lockeren Schuhen, mit den beiden Schnürsenkeln in der Hand. Er schaut in die vorbeiziehenden Fußgänger, als säße er an einem schönen Fluss. Einmal fährt auch ein Fahrzeug der Ambulanz durch, mit blauen Lichtern, aber ohne Sirene, der allgemeine Fluss der Dinge wird kaum gestört. Ist es nicht schön, wie dieses Auto vorbeirollt, fast lautlos, fast schwebend, angepasst an das Vorbeiziehen der Fußgänger. Als abermals die Schwalben über die Straße ziehen, hört Gschwind deutlich, wie ihre Flügel den Wind zerschneiden.

Gschwind fühlt sich krank. Vielleicht nicht körperlich. Aber diese U-Haft hat seinen Geist ruiniert. Nein, er will nicht zu Frau Doktor Lepple, die macht ihm noch immer Angst. Aber dass er, zwei Schnürsenkel in der Hand, nicht für den Rest seines Lebens einfach hier stehenbleiben und in den kaum vorhandenen Verkehr starren kann, das ist ein Problem.

Seine Frau? Mit der war er mal verheiratet. Sie hält ihn für einen Mörder.

Sein Tesla? Treu wie ein Hund, aber begraben unter einem Felsbrocken.

Sein Sohn? Denkt er an seinen Levin, fühlt Gschwind schmerzhaft viel Liebe. Er stellt sich vor, wie er seinen Levin aufsucht. In dieser kleinen Waldhütte. Die vielleicht vom Erdbeben Schaden erlitten hat. Die vielleicht neu aufgebaut werden muss, und Levin und alle anderen brauchen Unterstützung, brauchen Gelder, eine helfende Hand.

Gschwind stellt sich vor, wie er sich zu dieser berühmten Waldhütte bemüht und sich endlich zeigen lassen will, wie das alles läuft bei *Back to the Fruits*. Aber kaum sieht er Levin vor sich stehen, wird ihm klar, was sein Sohn ihm ins Gesicht spucken würde: »Mutter hat mir alles erzählt. Du hast Bernhards Tod in Kauf genommen, du bist ein Mörder!«

Gschwind weiß, Levin wäre ohne weiteres fähig, so zu sprechen. Jetzt, da er es sich vorstellt, hört er schon, wie Levin genau so spricht, ihn vernichtet mit einem einzigen Blick.

Es kränkt ihn abgrundtief. Kränkt ihn derart, dass er sich kein Leben mehr vorstellen will. Also würde er vor Levins Waldhütte wortlos kehrt machen, würde einen steilen Wanderweg wählen, einen, der ihn hoch hinausführt, einen alpinen Wanderweg, der möglichst weit weg führt von allem und allen, und dann würde er sich von einer Hängebrücke stürzen.

Pascal Gschwind schließt die Augen, betritt die Stahlkonstruktion. Die Hängebrücke reagiert nicht gleich auf sein Gewicht, aber nach ein paar Schritten nimmt sie verzögert seine Bewegungen auf. Sie ist filigran, eine elegante Konstruktion, in beachtlicher Höhe schwingt sie sich über die Schlucht. Gschwind mag nicht lange hinabblicken, er will sich nicht von Gedanken und Vorstellungen aufhalten lassen, die Handlung soll jetzt gelten, das Körperliche. An einer seitlichen Verstrebung hievt er sich hoch, genießt, wie weich und elastisch sich das harte Drahtseil verhält, und dann muss er nichts anderes mehr tun, als einfach loszulassen. Das tut er. Er lässt los. Fühlt das feine Nachfedern des Metalls und spürt dann nur noch, dass nichts ihn mehr halten kann, dass eine unerwartete Freiheit beginnt.

Ein harter Schlag trifft ihn auf der Schulter; Gschwind zuckt zusammen.

Er öffnet die Augen und vor ihm steht Daniel Hillers, so breit, so hoch und so kernig wie eh und je.

Pascal Gschwind, ganz ohne Sprache und ohne Verstand, blickt zu Hillers wie auf ein Wunder.

Hillers ist auch überrascht, ihn hier anzutreffen. Er deutet auf die Schnürsenkel und fragt:

»Was haben sie denn dir angehängt?«

Es braucht ein paar Erklärungen, bis Gschwind versteht, dass auch Hillers eben erst aus der Untersuchungshaft entlassen worden ist.

Hillers wirkt vielleicht nicht besonders frisch, aber erstaunlich unbekümmert. Und er trägt seine Lederstiefel. Trägt sie so, als sei klar, dass man sich, entlassen aus der Untersuchungshaft, nicht noch mit Schnürsenkeln beschäftigen will.

»Ich habe meinen Lieblingsanwalt engagieren können«, erklärt Hillers, und wirkt dabei auf Gschwind im Grunde genau so, wie damals auf der Isle of Man. »Er ist schon in den Startlöchern für alle Rekurse und verfahrensmäßigen Anfechtungen. Bis dann etwas rechtskräftig ist – falls sie mir überhaupt etwas nachweisen können – bleiben mir sicher 18 Monate. Zeit genug für neue Businesspläne.«

Gschwind, in der eigenen Fantasie soeben gestorben, hat größte Mühe, sich in einer Gegenwart zurechtzufinden, in der ein unverwüstlicher Daniel Hillers vor ihm steht und frappierend locker über seine mögliche Verurteilung spricht. Gschwind merkt, wie sehr es ihn verlockt, nun mit einer ähnlichen Gelassenheit von seiner eigenen Geschichte zu erzählen. Aber seine Geschichte ist nicht gelassen zu erzählen.

»Ein privater Unfall mit einer ziemlich groben Sachbeschädigung«, fasst er es zusammen. »Eine wirklich dumme Geschichte.«

»Und wie läuft es bei Valnoya?«, will Hillers wissen.

»Bei denen hab' ich gekündigt«, sagt Gschwind, und überrascht damit vor allem sich selbst.

»Im Ernst?«

Gschwind genießt diesen interessierten Blick, den Hillers ihm schenkt. Aber er hat keine Kraft, jetzt über Valnoya zu sprechen. Er will wegkommen vom leeren Reden und sagt: »Eigentlich wollte ich mich gerade mit diesen beiden Schnürsenkeln erhängen.«

Hillers Blick verändert sich. Er scheint durchaus zu bemerken, dass Gschwind hier in einen Spruch kleidet, was eine Wahrheit in sich trägt, die Gschwind nur in einen Spruch gekleidet zu ertragen vermag.

Forschend blickt Hillers seinem Gegenüber in die Augen.

Still ist es zwischen den beiden, still ziehen hinter ihnen die Fußgänger vorbei, und in einiger Distanz ist abermals ein Hubschrauber zu hören. Auf Hillers Gesicht sammelt sich Nachdenklichkeit. Gschwind denkt, er hätte vielleicht den Mund halten sollen. Da drückt ihm Hillers seine schweren Hände auf die Schultern und fixiert ihn so lange mit seinem strengen Blick, bis dieser sich wahrhaftig einem Freund gegenüber fühlt. Dann sagt Hillers ruhig: »Du weißt hoffentlich: Selbstmord ist ganz schlecht für den ökologischen Fußabdruck!«

Pascal Gschwind muss plötzlich lachen, lauthals lachen, er lacht völlig befreit, und die ganze niederschmetternde Ewigkeit der zweitägigen Untersuchungshaft scheint endlich von ihm abzufallen.

Auf der gegenüberliegenden Straßenseite hält ein Wagen an. Seine Scheiben sind verdunkelt, die Warnlichter blinken.

»Mein Chauffeur wartet«, sagt Hillers. »Kommst du mit?«

Kaum hat er das gesagt, wendet er sich zum Gehen.

Gschwind zögert und will wissen, wohin.

»Erst einmal nach Gstaad, wo mein Flugzeug wartet«, sagt Hillers, jetzt schon ein paar Schritte von Gschwind entfernt. »Mittelfristig aber wohl nach China.«

Gschwind, die beiden Schnürsenkel in der Hand, erwähnt die Ausreisesperre.

»Du kennst wohl den Gstaader Flughafen nicht«, sagt Hillers lachend, hält inne und geht wieder auf Gschwind zu.

»So etwas wie eine Passkontrolle suchst du dort vergeblich. Die kennen mich alle, und du läufst einfach mit mir mit.«

Gschwind weiß, es gibt Dutzende von Gründen, die dafür sprechen, diesen Hillers jetzt einfach ziehen zu lassen.

Hillers macht nochmals zwei Schritte auf ihn zu, bis er wieder direkt vor ihm steht: »Wenn du hier nicht krepieren willst, steig' ein!«

Weil Gschwind noch immer sprachlos vor ihm steht, greift Hillers mit einem Lachen nach den Schnürsenkeln, geht mit ihnen zu dem wartenden Auto, öffnet die Beifahrertür und ruft: »Na komm' endlich!«

Als Gschwind die Hintertür öffnet und einsteigt, sieht er eine Frau am Steuer sitzen. Es ist Camille, und sie lächelt.

*

secession